全世界都在等我们

不是风动 / 著

广东旅游出版社
中国·广州

Contents 「目录」

第一章 错影　001

第二章 偏袒　047

第三章 妄念　093

第四章 沉沦　155

第五章 病态　229

第六章 风起　289

相性十二问　307

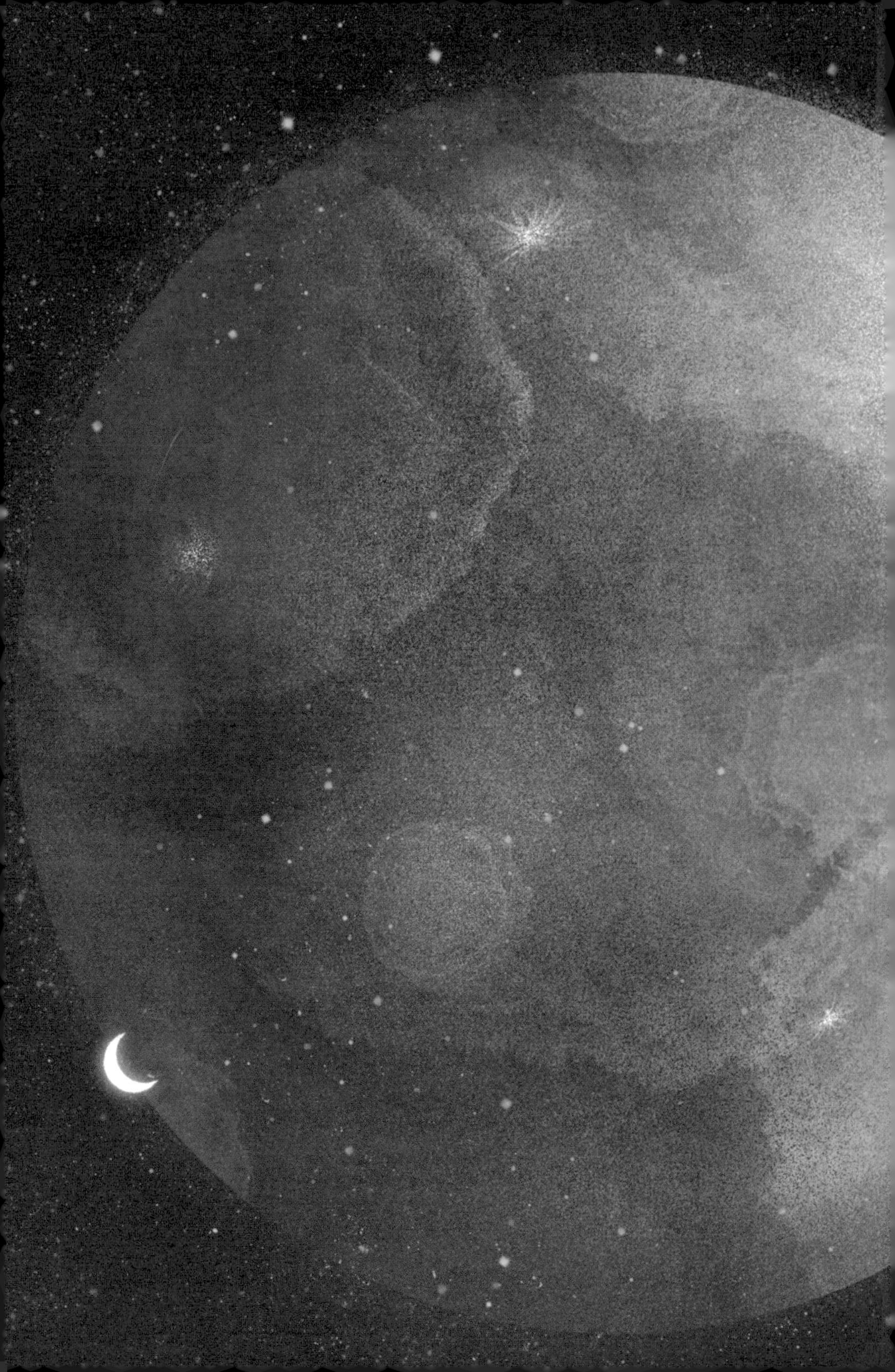

在他们看不见的地方，

热量或被吸收或被释放，分子碰撞结合，
人类用这样的办法探索未知事物的浓度，
以肉眼面对宇宙的鬼斧神工，
穷尽一切努力去尽量精准地测算未知。

月亮独自引领夜空时，
不会有人多么注意它的存在，
而当群星也出现时，
众星拱月之景才会让人意识到——

那月亮是多么珍贵而不可多得。

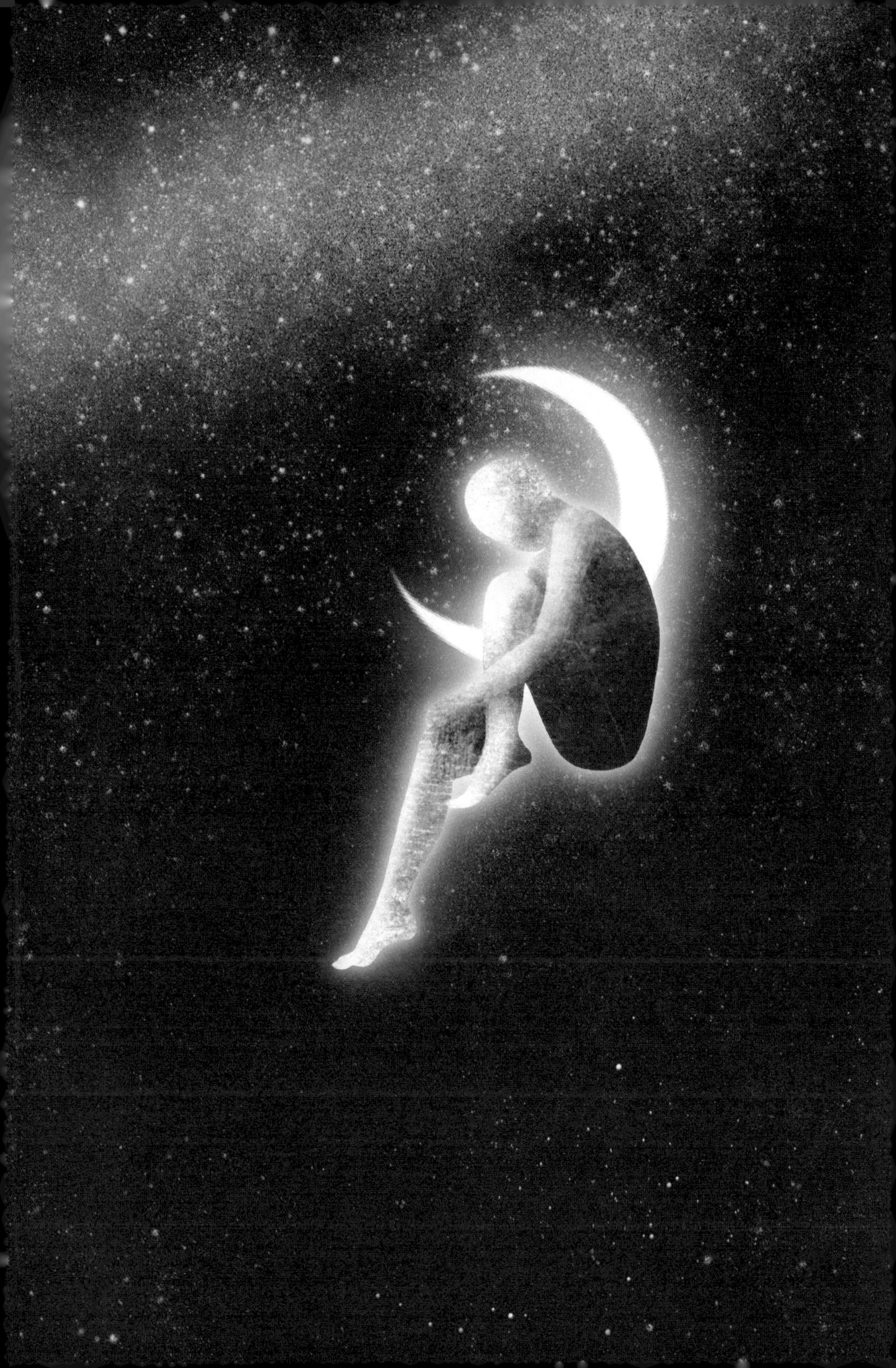

我 见日光之下一切事,
　　都是虚空,都是捕风。

第第第第一章

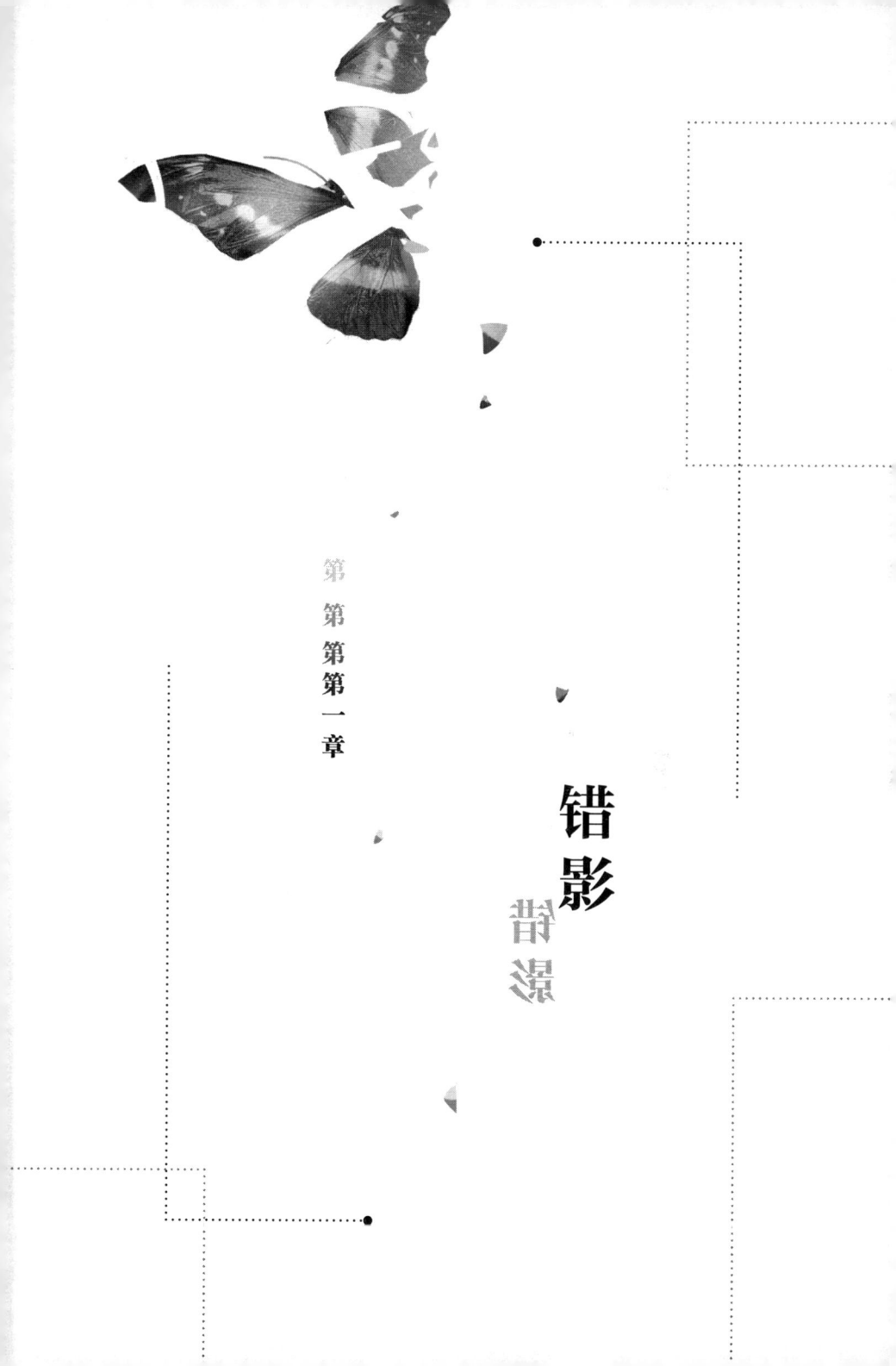

错影

01

周衡到楼下时,林水程还在收拾东西。破落的居民区一片嘈杂,旁边一堆孩子远远地歪头打量楼下这辆豪华的空间车。

林水程刚下课回来,衬衣上被楼梯的灰刮了几道,他努力从摞成堆的纸盒中探出头来,轻声道歉:"不好意思,我还有点东西要拿。"

他眼尾有一粒红色泪痣,能把人看得心一跳。

周衡礼貌地说:"傅先生说您什么都不用带,东西等搬去星城时再买。"

林水程坚持:"能丢的都丢了,这是我的书和资料,还有我的猫。"

他把箱子放进后备厢,又上楼去了。他很清瘦,是纤细漂亮的那一挂,有礼貌,也有搞科研的那种犟气。

好一点的形容是书卷气,次一点的形容就是土,不上道。

拿老板的钱自然得给老板干活,周衡给傅落银当助理这么久,这样的事情处理多了,但是林水程这么不上道的实属平生罕见。

他们这些学生在实验室里累死累活做出来的数据,拿什么项目成果都是傅落银一句话的事。

林水程只顾他的数据资料,全然没意识到今后等着他的还有大把好机会——他现在的联盟星城大学江南分部,一样的分数进来,可地理位置、事业资源,哪里比得上本部?还愁没有新项目做?这边的资料带到那边去也是吃灰。

林水程被傅落银资助了两年,周衡第一次见他什么样,现在就是什么样。

周衡寻思着,这大概是资助关系中最常见的一种,拿了钱,慢慢就真把自己当回事了,还有点小清高。

林水程最后拿下来的是一个圆柱形的试剂杯,里面装着满满一杯淡蓝色的液体。

大概因为是易碎物品,他一直捧在手上,过飞机安检时被拦下来,安检员问:"这是什么?"

"硫酸铜水溶液。"林水程说,"里面还有一些硝酸钾、氯化铵、乙醇和樟脑。"

"做什么用的?"

"混合溶液,温度变化时可以析出晶体。也叫风暴瓶,很美。"

他们走的是傅落银专用的VIP通道,安检员只是走个过场,问了问就放走了。

林水程的奶牛猫不走托运程序,跟着林水程一起登机。机舱加氧,这只半点稀有血统都没有的土猫也享受了一把顶级待遇,吃完鹅肝后就趴在林水程腿上睡着了。

从江南分部飞到星城中央要五个小时。林水程没有睡,低头点开短信。

5小时前。

傅:"一会儿小周来接你,搬个家。"

林水程:"好,晚上你回来吗?"

2小时前。

林水程:"我做饭吧,你要是工作累了,可以回来吃饭。"

现在。

林水程:"我上飞机啦。"

他发送完一条信息后,摁灭了手机屏幕。

周衡无聊,看林水程放在桌上的风暴瓶,忽然问道:"你不是做数据的吗?还是喜欢化学?"

林水程说:"本科是学化学的,考研后才转了专业学量子分析。"

"反正都听不懂,你成绩一定很好。"周衡感叹了一句,"这一行出来挺赚钱的吧,我那天听傅总说,萧氏那边量子分析师工资可以给到这个数——你弟弟住一年 ICU 的钱都有了吧!"他立刻发现这话说得不太妙,补了一句,"不过肯定不用这么久,很快就能出院的!"

他还保持着给林水程比数字的手势。打工仔小市民的快乐就是谈论钱,果然就见到林水程转过头,对他安静地笑了笑,"嗯"了一声,声音很清淡。

林水程的弟弟林等今年十五岁,几年前出车祸导致严重脑损伤,至今都没醒来。家里有这样一个病人,每时每刻都在烧钱。

周衡不清楚林水程自己能赚多少钱,不过他当初替傅落银调查过林水程的背景,知道林水程家里应该是有些拮据的。林水程上大学期间也有人资助过他,但是后来不知为何突然终止了。毕业后他工作过两个月,得到傅落银的资助之后才有钱回去继续读研深造。

落地后直奔新居。

周衡帮林水程收拾东西,实际上也没什么可收拾的。这里是傅落银几年前添置的房子,虽然一直没回来住过,但家具物件一应俱全。

林水程的几大箱子书和密密麻麻的手写资料不许人碰,他就去帮那只奶牛猫收拾,摆猫窝,拼爬架。很快有人上门送日用品和衣服,一应俱全,连猫粮都有了,周衡拆了一袋,拿一颗逗着奶牛猫玩:"想吃吗?过来握握手。"

奶牛猫就走过来,把爪子往他手心搭了搭,随后叼走了猫粮。

"真聪明，你教的？它叫什么名字？"周衡夸赞后问道。

他和林水程相处不多，没什么别的话可说，就讲讲猫。

一般人谈起自己的宠物总是会口若悬河，林水程迟疑一会儿后，才轻轻开口："它叫小奶牛。"

周衡笑："小奶牛？"

他等着林水程接着说点什么，但是林水程似乎就当对话结束了，去冰箱里挑了一些菜，准备做饭。

周衡："……"

林水程才察觉什么似的，抬眼看他，客客气气地问："留下来吃个饭吗？"

周衡说："不了，没什么事的话我就先走了，你要是再有什么事直接联系我就成，你弟弟的转院手续明天办好。"

"谢谢。"林水程送他出门。

周衡离开前回头看他，玄关的灯光洒落下来，照出眼前年轻人精致漂亮的脸。

林水程的眼神温润得像一只猫咪，却淡得像是照不出任何人的影子。

傅落银推开家门时，保姆正在收拾餐桌，看见他后尴尬一笑："小傅先生回来了，傅先生说过了饭点就撤饭菜，让您回去后去书房找他……要不我给您单独煮个面？"

外边在下雨，傅落银的大衣上沾了点雨水，他随手放在门边的衣架上，说："不用了，我出去吃。"

傅家的规矩就是这样，过了饭点，就是天王老子都吃不了一口饭，作息时间和军队保持同步。联盟这几家世交，只有傅家家风最严，两个孩子从小就没睡过懒觉，原因也很简单——睡了懒觉就没饭吃。

这样的家风培养出的两个儿子，都让人赞不绝口：大儿子楚时寒从事化学研究，成绩斐然；二儿子傅落银进入军工集团，小小年纪，眼看着都快升分部总指挥长了。

如果没有两年前的噩耗，这应该会是非常幸福完美的一家子。

"你这次能调回星城，先生和夫人都特别高兴，尤其是你哥去世之后，夫人就……"保姆正要往后说的时候，傅落银打断她："我妈在哪儿？"

"夫人这段时间做了个纤维瘤小手术，这会子工夫在睡觉呢。"保姆说。

"还是会拿着我哥的照片，一看就是一个下午吗？"傅落银往上面看了看，楚静姝喜欢待的缝纫间已经灭了灯。

保姆有点不敢回答。

傅落银没说什么，从手里递出一样东西："这个胸针给她带的，书房我就不去了，跟老爷子说我还有任务。"

"啊？这么忙吗？我这里给您做的面条还没下呢……"

"不用了。"傅落银走回门口，重新拿起他沾着雨水的外套。

司机在外面为他撑开伞。

星幻夜CLUB，灯光迷离。

"不是吧，负二，你两年没回家，这次就待了这么长时间？今晚我们都以为你不来的。"

面对傅落银的镇定，董朔夜一口酒差点呛死，随即压低声音说："不过这个……也理解吧，毕竟你哥那件事对叔叔阿姨打击挺大的。可能一时间也顾不上你……不过，负二，我跟你说，咱们这些被放养的也好，玩的时候没人管呀！家有什么好回的，长辈们道理一大堆，我每回回去都要挨训，啧。"

"说得是，不过我看负二以后逍遥日子也到头了，在江南分部多好啊，我跟你们说，我上回去负二那里蹭饭，见到了负二资助的那个星大高才生，简单聊了聊，感觉他真的什么都懂。"

旁边苏瑜一拍手，突然想起这一茬，问傅落银："负二，那他没带过来？可以考虑高薪挖过来，正好我家制药公司也需要人才，你看看要不要……"

傅落银瞥他，眉眼淡漠，嘴里却不客气："做梦。"

"还真带到这边来了啊？"苏瑜恍然大悟，"哦，星大本部就在这边，调动也方便。不过，希望这个小科学家学成之后不会和你闹掰，踏踏实实地学习，别像夏燃一样。"

最后几个字声音越来越小，包厢内部气压也越来越低。

董朔夜怜悯地看了一眼苏瑜："大哥，您可真会说话。"

"夏燃"两个字是傅落银的禁忌。

这个人本身也是傅落银资助过的，曾经也是富家子弟，家道中落后被傅落银扶持，打算培养为自己日后的左右手。傅落银投入了许多资源和精力，对他寄予厚望，却眼睁睁地看着他越走越远，耽于虚荣，整天和一些不务正业的富二代混在一起，后来甚至与他反目。傅落银仿佛被蛇咬了一口，心里始终放不下这件事。

出来抽烟的间隙，苏瑜偷偷告诉董朔夜："负二这回应该不会再栽了吧。我上次真见过那个男生，简单接触了一下，我觉得比夏燃更努力，也更听话，品学兼优的一个好学生，身边看起来也没有品行不端的朋友。"

"没图你说什么呢。"董朔夜凑过来问，"有照片没？"

苏瑜说："我偷拍了好多张，没敢让负二知道。"

手机相册翻到去年秋天，眼尾带着红色泪痣的年轻人出现在眼前。

照片中，林水程穿着白毛衣搭配驼色风衣，背了个书包，眉宇间很学生气。当中有几帧还是 LIVE（动态），一动起来让人挪不开眼。

"就这个，名字也好听，山一程水一程的。"苏瑜回味起来。

董朔夜越往后翻，眉头皱得越深，他抽了一口烟："他长得是不是有点像夏燃？"

"不像啊，就不是一个风格的好嘛。"苏瑜琢磨着，也盯着看了几眼，"难道你觉得像？"

"要说像也得像到骨子里。"董朔夜伸手让他看，"你看这人的神情、眼神，还有他……啧，这个抬头偏头的姿势，你仔细看看，再说像不像！"

"嘀！"苏瑜蒙了，"你这么一说还真是啊，这人连小动作都特别像。我说他怎么让我感觉特别熟悉，感觉负二还是没放下那件事，他那么信任夏燃，愿意自己省吃俭用都想夏燃能继续读书，没想到夏燃说翻脸就翻脸。"

董朔夜怜悯地看了他一眼："这话还是少在负二面前提。负二资助林水程，估计也是想让夏燃知道，自己能找到他的替代品，他错过的到底是什么。"

傅落银进门时没开灯，林水程窝在沙发上打瞌睡，蒙眬间知道像是有人进来了，摸索着起来想开灯。

黑暗中，牛奶猫喵喵叫了几声。

林水程慢慢清醒过来，声音软软的，带着鼻音："你回来啦。"

落地窗透进来一点微弱的月光，映照得他眼底潋滟朦胧，仿佛刚从噩梦中惊醒。

"先……先吃饭吧。"看清来人后，林水程揉了揉带着薄汗的碎发，微笑起来，去开了灯。

林水程很会做饭。

加热餐桌上饭菜还转动着，蜜汁排骨、三杯鸡、柠檬煎罗非鱼，几样清炒小菜，还有罗宋汤。香气氤氲。

"又在等我吃饭？"看他在眼前忙上忙下，傅落银终于说了一句话。

"你说呢？"林水程托腮坐下，牛奶猫跳上桌，又被他驱赶下来。

02

傅落银是两年前认识的林水程。他当时有个军工项目要和星大这边的数据项目组对接，林水程是跟过来的一个学生。

年轻学生，不怎么会酒桌饭局的那一套，乖乖的，别人让他喝酒就喝，很快就喝得半醉。傅落银迟到了，一开包厢门就看到了林水程。

更准确地说，是看见了他的眼睛。林水程的眼睛亮得怕人，直愣愣地盯着他，眼神里像是跃动着星光。

桃花眼，红泪痣，很艳很漂亮的长相，本来悄无声息地揣着学生的谨慎沉默在角落，却在见到他的一刹那绽开了，透出逼人的光华，让人禁不住有一瞬间的恍惚。

所有人都起身迎接他，只有林水程一个人坐着没动。

教授扯了扯林水程，为了缓解尴尬，笑着说："这是我的学生助理，林水程。小林，这就是这次我们项目的总负责人傅总经理，快敬杯酒。"

林水程给他敬酒时手很稳，不像一般人面对他时那样怕。对方几乎是出神一样地看着他，让傅落银不免觉得有些好笑。

"……我脸上有东西吗？"他用只有他们两个人能听见的声音问。

林水程回过神来，猛然摇头，带着醉意的眼底有一些无措。他坐下后抿了一口酒，在唇边带起一片红润色泽，迷离柔软。

散场后傅落银去停车场，他没带司机，特意在车边抽了半支烟。

不出半分钟，他果然就见到这个年轻学生急匆匆喘着气过来了，步子都有点不稳，过来找他也不知道说什么，只是还是用那样的眼神看他,似乎想对他说什么话。

最终,林水程问他是否可以资助自己完成学业。

傅落银一直都知道自己想要什么,经历过夏燃的背信弃义,傅落银没有再资助过别人。但此时此刻,一个神态气质与夏燃如此相似的学生,却让他看到了另一种希望:他希望这个学生能够明白事理,在他的资助下成为能为自己所用的人才。这才是对夏燃最大的讽刺。

傅落银递给林水程一张卡和一张名片,说:"我下次会过来找你。"

卡是无限透支的,林水程既然需要去导师那里打工,应该很需要钱。或者林水程压根儿就是为了他的钱和地位主动贴过来——傅落银都无所谓。

重点是他答应了林水程的请求。

这是公平交易,他给林水程钱和稳定的居所,把林水程当成某种赌气般押的宝。从见到林水程的第一眼起,他就知道这个人或许可以成为对背信弃义者的一个反击——他可以花资源培养一个夏燃,也可以把同样的资源倾注在林水程身上,让对方日后为自己所用。至于林水程自己怎么想,他已经不在乎了。那段时间他哥哥刚出事,家里一团乱麻,他既要料理楚时寒的后事,又要安抚家中接近崩溃的两位老人,因此也聘请林水程做自己的助手,在学习之余帮自己处理一些杂事。这样他也能腾出手来处理哥哥离世之后的事。

到如今,林水程名义上已经死心塌地当了两年傅落银的助手,其实除了傅落银处理哥哥后事那几个月,林水程帮忙照看了一下傅落银在江南分部的一些事,后来更多的时间还是专注在学业上。现在又因为傅落银工作调动,也跟着搬到了星城总部。

傅落银最近刚刚到七处工作,每天都加班到很晚,不仅要厘清七处的人员结构,也要考查一下哪些人值得自己信任,林水程目前是个可用之人。

这天傅落银又几乎是凌晨一点回家，直接洗漱睡觉，但是到凌晨五点就醒了，他以前当过两年兵，这期间养成的生物钟不好抵抗。

他下床去洗手间，奶牛猫被他惊醒了，在他脚边绕来绕去，试图找个机会咬他。傅落银不跟这种小东西生气，去客厅找到了猫粮袋子，给小奶牛抓了一把猫粮。

他抓的猫粮，小奶牛不吃。他勾了勾手示意猫过来，小奶牛却直接啪嗒啪嗒奔去了卧室，迅速蹿上了床，窝在林水程怀里，林水程没醒，睡得很沉。

傅落银再醒来时，已经是三个小时之后。饭菜的香气隔着门都传了过来，他洗漱后推开门，看见热好的饭菜放在桌上，是家常的黑椒乌冬和一份烤羊腿。

林水程人不在客厅，也不在餐厅。

傅落银吃了早饭，再去慢悠悠地找人。推开最里边的房间，就看见林水程戴了副金边眼镜坐在书桌前，面前放着浩如烟海的数据资料。

林水程看得很认真，傅落银推门进来也没有察觉，直到傅落银的声音响起的时候，他才恍然回过头。

"你今天去学校吗？"傅落银问。

林水程说："嗯。"

"一会儿我送你过去。"

林水程是转到本部的研究生，提前联系好了对接导师，现在离开学还差几天，他去拿实验室的钥匙，顺便再把资料注册了。

"师弟是江南分部转过来的啊？我看看……你本科学化学的？"接待他的是个直系师姐，见他好看，笑眯眯的，也很热情。

林水程："嗯。"

"化学好，我一直想找个学化学的男朋友，学化学的都很浪漫。"

师姐把钥匙递给他,"喏,你的办公桌是07,这把是小建模实验室的钥匙,你自己做课题可以用,资料也可以放那里,不想人进去的话可以反锁。我们这一行跟数据打交道,最忌讳的就是数据泄露。"

"好,谢谢。"林水程说。

他的声音很冷淡,表情带着笑意,眼神却没什么波动,透着一点拒人千里之外的淡漠。

傅落银说:"走了,顺路把你送回家,我有任务。"

林水程抬眼对他一笑,说:"好。"

林水程对别人和对他这个资助人的态度切换自如,如此明显的"双标",令人叹为观止。

傅落银这次是真有事情,开车回去的中途接了个电话,临时要他去某个地方开会,方向也改了,就把林水程放到了路边。

林水程自己坐公交车回家,上楼后遇到了一点问题,周衡昨天忘了提醒他录指纹,现在只有输密码才能进房间。

小奶牛在里面听见了动静,喵喵叫着,隔着一道门迎接他。

林水程感觉自己有点发烧,昨天搬家太累,出去一趟后没了力气。

这会儿他被拦在门外,好半天后才厘清思绪,打电话给周衡。

周衡在另一边连连道歉:"对不起、对不起,我给忘了,进门密码是初始密码,就是房主的八位数生日,您记得进门后去玄关的调控中央录入一下您的指纹。改密码也在那里操作。"

林水程说:"好。谢谢您。"

电话挂断了。

林水程下意识摁了一串数字,防盗门的警报嘀嘀响了一下,又传来咔嚓一声拍照的声音,系统仿真声音告诉他:"您已输错密码一次,已输错的密码与您的照片将录入系统并发送给系统中央,如果您并非此房屋的主人,请立即离开。"

林水程愣了一下。

他的动作停滞了，手指悬在那里，居然像是一时间不知道如何进行下一步。

很久之后，他才想起了什么似的，揉了揉自己的太阳穴，打开手机搜索页面。

搜索人物词条：傅落银。

这三个字很难打，输入法里之前没有这个名字的记录，他头脑发晕，摁了好多次才正确拼写出来。

相识两年，他对傅落银的了解，也只有这个名字而已。

傅落银的个人词条很快就出现在网页上。

姓名：傅落银，联盟傅氏科技董事长。

生日：2309.9.27。

家庭关系：暂无。

"生日，23090927。"

他默念着输入这串数字，门终于成功打开。

小奶牛往他身上跳，林水程摸了摸它的头。

03

联盟部署大楼顶层，会议室。

傅落银坐在会议桌尽头，随手将手里的档案往桌上一丢："要我继续 B40016102 计划（简称 B4 计划）可以，我要求重启楚时寒遇刺事件的调查项目。"

"我说……小傅总，"对面一位老者发言了，"对于你家里的变故，我们也深表同情，但是其一，调查项目是你父亲亲自关闭的，我们都已经确认了，那只是一起单纯的抢劫事件，背后没有任何人操纵。只是单纯的……你哥哥从码头带着资料下来，遇见了抢劫斗殴事件，不幸身中数刀身亡，资料已经追回，这个……没有再调查的价值了。退一万步来说，你哥哥也是为了B4计划牺牲的，如果这个项目不继续，也对不起时寒拼了命保护下来的那些数据啊！"

"既然没有再调查的价值，那么重新启动调查也没有坏处，项目成本由我一人承担。"傅落银说，"这是我唯一的要求。我要重启楚时寒遇刺的调查项目。"

大厅里寂静了一下。

B40016102计划是联盟七处的一项生物改造计划，涵盖了数学、化学、生物科技、仿真科技、基因研究等多个领域，涉及大量机密，参与者也鱼龙混杂，不过大部分是商人。

傅家一直是这项计划的领军人物，傅落银作为第二代执行总裁，手里握着这项计划的钥匙——傅氏科技。

这个集团是家族企业，按傅凯的年龄，这个集团本来没到必须让刚刚25岁出头的傅落银来把控的阶段——傅落银如今已经与好多六七十岁的老人家平起平坐了，实在是令人眼红。

不过两年前楚时寒发生意外，傅老爷子深受打击，征战了大半辈子的壮年人一下子就垮了；楚静姝更不用说，从那之后深陷抑郁，经常对着儿子的照片发呆哭泣。傅落银也就成了扛起担子的唯一人选。

由于楚时寒身份特殊，且傅家出于保护楚时寒的考虑，一直对外隐瞒楚静姝和楚时寒的姓名，时至今日，得到风声的只知道傅家大少像是出了事，而其他人甚至连傅家大儿子其实姓楚都没弄明白。同时，傅家秘不发丧，对外只说一切平安。

"意外"两个字轻得好像没有任何分量，却又是让人最无奈、最无法驳斥的结论。谁又能保证自己不会患上某种绝症，或是遇上无差别杀人犯呢？

为什么意外,偏偏就降临在一个刚刚迈入人生崭新篇章的年轻人身上?

"小傅,你的意思是不认可当时的调查结果,是这样吗?"对面的人皱起眉,"你认为是他杀?"

"我无法给出结论,我只对我父亲当时做出的临时中止调查的决定感到不解,启动调查,和我继续公司名下 B40016102 计划的研究并不矛盾,我也希望在座诸位不要让这两件事成为矛盾。"傅落银说,"没什么事的话我先走了。下午我在七处还有个会要开。"

联盟近日时常下雨。

傅落银回家时,楚静姝正站在花圃边发呆。这片花圃以前种着白铃兰和郁金香,如今没有人打理,凄风苦雨中,丛生的杂草歪斜凌乱,间或有一些灰败得看不清颜色的野花。

"妈。"傅落银顿住脚步,从司机手里拿过伞,上前把自己的外套脱下,给楚静姝披上,"妈,外面冷,我们进去吧。"

楚静姝怔怔地看了他一眼,酷肖的面容让她突然激动起来:"时寒!时寒你终于回——"

"妈,哥已经死了。"傅落银静静地回答,"楚时寒已经死了。"

他这话如同晴天霹雳,让楚静姝整个人震了一下,从过度悲伤的迷蒙中脱出。

不再年轻却依然美丽的女人低头捂住脸,声音发抖:"对,对……你哥死了,你哥死了……"

"你一天天地在外边干些什么,都不知道回来……你爸当年不让继续查,你也不帮着继续查,你哥一个人在地下多冷啊!你回来看过他没有,啊?"楚静姝泪流满面,"你们一个个的,都只知道工作、部队,我怎么就……怎么就嫁进了这么个家,生了你这么个儿子呢!你去他坟前送过花没有?啊?时寒他最喜欢铃兰花……"

"两年了，妈。"傅落银说，"我喜欢什么花，您知道吗？"

风声渐小，气氛在这一刹那陷入死寂。

楚静姝溢满泪水的眼中带着愣怔："你喜欢……"

一边的司机和保姆都不敢说话。

傅落银严重花粉过敏，小时候差点为此送了命，楚静姝居然已经忘了。

"扶她回去。管家呢？以后这种天气不要让我妈出门。"傅落银说，"我爸在哪儿？有件事我要找他问一问。"

"傅先生今天早晨出差去江南分部了，也没说什么时候回。"保姆怕他生气，小心翼翼地说。

"给周衡打电话，我抽空过去一趟。"

"是。"

眼见着傅落银转身要走，保姆问："小傅先生不在家里吃饭吗？"

"不了。"

傅落银坐进车里，揉了揉太阳穴。

司机等着他的指示，问他："回七处吗？那边人联系说为您安置的住处已经准备好了，可以过去看看。"

"不去那里，去……"傅落银想了想，说，"林水程那儿。"

快到下午了，林水程还没开学，应该在家里。

傅落银什么山珍海味都吃过，林水程做的饭没有特别惊艳之处，做出来都是很普通的家常菜。但是说不出为什么，他喜欢林水程做饭时的那种氛围。温暖的灯光，认真的眼神，家常的饭菜香气，都是他此前二十五年没有接触过的。

到了地方却扑了个空。

傅落银推门进去，只看到奶牛猫缩在角落对着他㝎毛，屋里一片黑暗，没有林水程的踪迹。雨水泼洒在落地窗上，发出阵阵响声。

他没什么耐心，直接给林水程打了电话过去，接电话的人却不是林水程本人。

"喂？啊，找林师弟是吗？他进建模实验室了，规定是手机不能带进去，我转告他可以吗？"

他听出是昨天接待林水程的师姐的声音。

林水程还真是个好学生，似乎比他预想中更爱学习一点。

他本来想就这样在这里等林水程回来，却鬼使神差地改变了主意："不用，我过来接他就好。谢谢。"

他记得林水程好像不会开车，也没有车。外面电闪雷鸣，雨一时间没有停下的意思。这个天气，就算等到公交车，回来也会淋成落汤鸡。

他不介意履行一下朋友的义务。

时值此刻他才发觉，林水程从来没有向他要求过什么，从而也导致林水程在他这里的存在感很薄弱。在江南分部的两年，他几乎忘了他还资助了一个学生。

这个人好像很容易满足，傅落银也没见他用那张卡给自己添置过什么东西。

"雨越下越大了，孩子们都快回家吧，这个天气，应该回家'撮'一顿火锅啊。"

数据建模实验室里，巨大的主机嗡嗡运转着，头发花白的导师王品缘乐呵呵地搓着手，催学生们下班，显然已经急不可耐。他头发花白，一副老顽童的样子，在学生面前也没什么架子。

研二的学生们对他偶尔会摸鱼的秉性了解得一清二楚，也都纷纷笑着准备早退了。

实验室里的人越走越少，王品缘挨个去敲实验室的门："都走了，今天提前锁门！每年都是这样，研一的孩子留得最久，等到了研二，跑得比谁都快。"

林水程坐在桌前跑数据，恍若未闻，等到师姐抿嘴笑着敲了敲他的桌子时，才回过神来，笑笑说："老师、师姐，你们先下班吧，我这里还有一些数据没跑完。"

王品缘很感兴趣地走到他背后看了看："你在用 BFPRT 算法？这个数据跑得出来吗？"

林水程笑了笑："希望能跑出来，感觉用这个算法是正确的，不用大机器。"

大机器指他们核心实验室的量子计算机，不到非常复杂的时候不会启用。

王品缘打量了他一会儿——眼前人是新面孔，长得非常漂亮，这样的男孩子看不出是会安静坐在实验室里的，或许去当明星更合适。

他想了起来，这次有个学生从江南分部调到本部来。

关系户处处都有，没人能避免和关系户打交道，不过关系户的个人能力时常都要打个问号。

"你叫林水程？"他问。

"是，老师。"林水程停下手里的动作，站起来看着他。

王品缘随手从袖子里摸出一张纸，往上面写了五行凌乱的数字："看一眼，来做个非常简单的密码游戏，看看咱们新来的小伙子和数字有没有缘分。"

这是他们做数据的人常玩的游戏。长期和数据分析打交道的人，最重要的往往不是运算能力和专业知识，而是对数字的敏锐度，对剖析方法的直觉。

几个没走的同学也围过来，各自在心里计算着。

林水程看了一眼："两次栅栏，密码样本是我电脑上跑出的第一行数据。但我解不出里面的信息。"

"好快。"旁边有学生小声议论着，有些惊奇，"他真是跨专业考进来的?"

王品缘含笑说:"不错。因为我给的就是一串乱码。谜底就是乱码,你要怎么解?"

林水程沉默了一会儿。

师姐在旁边插嘴笑道:"师弟,你别理他,他回回都要这样给新人下马威。你知道,我们这一行经常遇到这种情况,数据做到最后,发现是无意义的。他总是怕我们陷入死胡同,也是让你以后要学会舍弃乱码,及时调整方向。我们这一行大部分时间是在瞎猫碰死耗子,小到密码破译,大到指数级别的异常数据排查,我们得学会甄选。"

"可是就算是乱码,也会有其中的意义。"林水程说,"统计学家调查人们敲击键盘每个字母的频率,'二战'时的数据分析师通过这个打出了密码战争。有人会偏爱7,认为7是自己的幸运数字,他的数据中会透露出这一点;有的程序员会有特殊的编程习惯……一个人死了,与他相关的数据会产生波动,因为这个世界中有关他的那一部分数据消失了,浩如烟海的数据中缺失了他那一天打电话给恋人的通信波段,缺失了他本该在那天确认收货的货物编码,他看到了什么信息导致他做出这个决定?现在是信息时代,每个人都能直接被分解为数据。如果是意外,一只蝴蝶偶然扇动翅膀引发了一场巨大的风暴,那么蝴蝶振翅的频率会留下来,我们可以找到那只蝴蝶。"

"他好会说……"师姐和其他几个同学呆住了。

林水程今天一大早来实验室,基本没有说过话,有也只是简单的日常交流。这个漂亮的新晋数据师寡言而冷淡,像是对一切都漠不关心。

王品缘看了他一眼:"你说得有道理,这就是我们的工作,从乱象中找到规律,在被抹除的痕迹下挖出伤口……许多做假账的人会恨死我们。那么你认为该如何解释我选择的这串乱码呢?"

林水程说:"您横向选取了我屏幕上正中偏上的字段,视线距离和桌椅高度可以透露您的身高,这是物理上的分析。您的阅读顺序是从左向右,瞬间读取范围是24个字符以内,您偏好7、4等有棱角的数字,可以从数字心理学上进行侧写,您是……"

王品缘笑着打断他:"完了,再这样分析下去,你连我晚上想吃哪道菜都知道了。你很敏锐,林水程。这个世界上的确没有意外,灾祸降临都是有征兆的,帮大家剔除灾祸也是我们工作的一部分。"

林水程低声说:"是,老师。"

"把你在江南分部的课题给我看一下,结课之后愿意的话,直接跟你师姐进研二的项目组吧。"王品缘说,"早点下班,你朋友在外面等你呢。"

师姐在后面暗暗心惊——刚入学就直接跟研二的项目组,王品缘亲自带,这是多好的机会!

如果能被萧氏、傅氏这些科技集团看中,说不定以后一辈子都不用愁了,王品缘对这个学生的重视程度可见一斑。

"朋友?"

林水程愣了一下。

他转身向外看去。

隔着透明的玻璃,傅落银一身常服,抱臂安静地等在实验室外,英气中透着利落。周围行走的人纷纷侧目。

"小小蝴蝶小小花,快快乐乐来玩耍;一个开在春风里,一个飞在阳光下。两个朋友在一起,两个名字不分家……好听吗?这是我每天要给我女儿唱的歌,小林啊,不过更多时候,蝴蝶就是蝴蝶,会飞的那种,不是每一只蝴蝶都会引起风暴。"老教授的声音逐渐在风中远去。

林水程出门关上灯,实验室里顿时陷入一片黑暗。

他抬眼看向傅落银。

视线触及的那一刻,他有一刹那的恍惚。

021

然而很快他就抛弃了这种感觉——他的脚步越来越快,越来越快,冒雨直接向他奔跑过去。

04

今天林水程穿得简简单单,和每个普通的学生一样,站在实验室里时穿着白大褂,又漂亮又像是拒人千里之外。

尤其是他跟别人说话的那样子,双手插兜,脊背笔挺,微微低头,碎发垂落,又乖又冷,和他在傅落银面前的样子形成鲜明对比。

到家后,傅落银催着林水程去做饭。

林水程很乖,要他去就去。他洗了一个澡,下厨做饭。傅落银开了个电话会议,从下午开到天黑,回来时桌上已经盛好热腾腾的饭菜。

他做了水盆羊肉和大盘鸡,炒了卷心菜,切了一点黄瓜丝当清凉小菜。这边做完,另一边蒜蓉茄子也出了烤箱,香气四溢;除了这些,他还找了一个煲汤的炉子,调了一个清汤火锅出来,在旁边放上蔬菜以备烫煮。

傅落银拉开座椅坐下,说:"只有我们两个人,以后不用做这么多。"

林水程说:"可是今天适合吃火锅呀,其他的好吃的也想做给你。"

外面电闪雷鸣,暴雨倾盆,温度急剧降低,的确适合吃一些热腾腾的东西。傅落银舀了一勺汤喝,的确齿颊留香,热腾腾地暖进胃里。

两人剩下的一大桌菜,不用收拾,每天正午十二点、下午五点会有家政过来处理,林水程做饭看起来完全是乐趣。

傅落银随口问:"你哪儿学的做菜?"

"以前刚上大学时没钱吃食堂,奖学金没下来,买了食材,偷偷用实验室的酒精炉做饭。那时候我被……一个师兄抓包了,被他包庇,说只要每天做给他也分一点吃,他就不告诉教授。"林水程停顿了一下，说，"为了不被开除，我去买了菜谱，想做得好吃一点，这样师兄就舍不得告发我。不过后面师兄拉我去他的出租房做饭了，没有再违规。我给他做了一学期的饭。"

傅落银笑着跷起腿，点了支烟。转眼看着林水程，他忽然发现林水程脸红得有点厉害："你发烧了？"

"嗯？"林水程回过神来，感到自己身上的确是有点发热。他昨天头晕了一会儿，没有管，这会子又烧了起来。

傅落银也没在意："身体是自己的，发烧了就多喝点热水，多注意休息。"

林水程说："好。"

半夜雨下得更大了。傅落银被手机振动吵起来，看见是七处给他发了信息，是有关他这次回星城后的部门调动情况。

除此之外，还有周衡三小时前发来的消息——

"给您联系好了去江南分部的航班，今明两天星城直飞江南分部的所有航班都会为您留出头等舱位，您可以随时决定出发。"

他看了一眼，回了个"我现在过去"。

外面雨声不减，凉意阵阵。

傅落银换完衣服，推开工作间的门，看见林水程背对他趴在桌边。桌上资料都已经收了起来，只剩下一个圆形底座的透明烧瓶，里面是淡蓝的溶液，还有一些丑丑的絮状沉淀物。

林水程穿着单衬衣，外边披了一件外套，傅落银俯身探了探他额头的温度，发现还在发烧。

"我走了，过几天再回来。到时候给你打电话。"

林水程动了动，睁开眼，偏头看他，"嗯"了一声，脸色苍白。

傅落银走到门边，回头看他一眼，本来不打算多说，却鬼使神差地开了口："发烧了就回去躺着，明天让周衡带你去打针。"

"好。"林水程醒了,坐在椅子上揉了揉脑袋,抬眼突然看见自己的风暴瓶里因为雨夜降温而析出了结晶,先是眼前一亮,随后又是一阵失落。

傅落银听到他嘀咕说:"为什么是这个形状?"

林水程全部的注意力都被那个烧瓶吸引过去了,看起来也想不起要送他出门。傅落银也没在意,出门前又捋了把奶牛猫夸起来的毛,就这样走了。

他去江南分部的行程只有一天,回来七处又有项目要交给他。他父亲过来参加某个商会,傅落银打电话过去,是傅凯的秘书接电话:"落银是吗?傅先生今天晚上行程排满了,您如果要今天跟傅先生见面,可以为您空出十分钟时间,具体是晚上十一点二十分到十一点三十分。"

傅落银说:"有急事,我现在就要见他。"

秘书说:"落银——"

傅落银挂断了电话。

商会会议室外,傅落银直接闯了进来。

傅凯刚听秘书汇报完这件事,傅落银后脚就进来了。会议室里还有不少人,傅落银亮了亮七处的特别通行证:"七处办事,打扰一下。请傅凯先生出来一下,有任务。"

出来时,傅凯的脸色很不好。

等到了无人的地方,他直接说:"瞎胡闹!我什么时候跟七处对接过?你越来越没规矩了!"

傅落银并没有理会他的怒火,直接说:"七处要我重启 B40016102 计划。"

傅凯沉吟了一会儿:"听组织办事,七处怎么决定,你配合就好。"

"我提了个要求,重启我哥两年前的专项调查。"傅落银直视着他的眼睛,"您能告诉我,为什么当年临时中止这个项目吗?"

傅凯皱起眉,直接呵斥道:"胡闹!都过去两年了,这个时候提这个事干什么?!"

他中气十足,声音洪亮,依然拿着当年训斥两个儿子的态度和声势,训着眼前这个已经长大成人的孩子,浑然不觉这样有什么问题。

此时两人方圆五十米之内,已经一个人都没有了。

傅落银说:"两年前我在分部基地盯公司的实验进程,这件事从头到尾是你调查的。我不知道你查出了什么,以至于非临时中止调查不可,这个调查组一天不重启,我妈一天就清醒不了,我哥也一天不能安息。这也是您想看到的吗?"

傅凯沉默了。

傅凯和楚静姝十分恩爱,他们生下来的第一个孩子随楚静姝姓,就是一个最好的例证。

是人总会有偏心的时候,楚时寒是他和楚静姝的第一个孩子,寄予的希望也会更多。当年楚时寒死,他亲手跟进调查,也亲手中途结束,没有追究任何一个人。

楚静姝不能接受这样的调查结果,状态一天比一天差,陷入了严重抑郁的状态,精神状况岌岌可危。

两年时间,好好的一个家分崩离析。

做出这样的选择,为此付出的代价不可谓不大。但是自始至终,傅凯没有对此进行任何解释。

傅凯说:"这件事你不要插手。你是时寒的亲弟弟,我是他的亲生父亲,你要相信,如果这案子背后有人操控,我会是第一个揪出他的人。但事实上是,这个案子中不存在任何嫌疑人,码头上的斗殴者已经伏法,再继续下去只是浪费资源。我要说的就这么多。"

他警告性地看了一眼傅落银:"刚回星城,不要在七处惹乱子,我要回去开会了。"

傅落银没说话。

傅凯走之前，回头看了他一眼，语气仍然是命令式的："瘦了，你感冒了？声音有点哑，回去加强锻炼。当兵的这么容易生病，像什么样子。"

傅落银才察觉到自己声音也有点哑，不知道是因为熬夜还是因为吹过风。也许是林水程传染的他。

回星城途中，傅落银也发起了烧。他给周衡打了个电话，约私人医生去他在七处分配的房子，他回去休息。

傅落银指尖发烫，一低头看见上头还有个浅浅的牙印，想起什么似的，问道："林水程给你打电话了吗？他也感冒了，药给他也送一份过去。"

周衡说："还没呢，可能小林先生不好意思找我，我去联系吧。"

傅落银正要挂断电话，听见周衡在另一边说："您最近常去小林先生那儿，先生上次定制的衣服需要照样往那边送一套吗？"

傅落银回想了一下，自己最近去林水程那儿多吗？

他是看林水程一个人这么辛苦，挺可怜。

而自己有家不想回，也是找一个短暂的安心之所。

傅落银说："你看着送。"

周衡电话打来的时候，林水程正在家里洗烧杯。

他把淡蓝色的溶液和丑丑的絮状沉淀都倒掉了，重新配了一瓶，放在自己的实验台边。

小奶牛跳上他的桌子，又被他抱了下来。电脑散热片嗡嗡运行着。

他带来的最值钱的东西就是这台电脑，是他用积攒下来的奖学金买的。

他歪头把电话夹在肩膀附近，双手擦拭烧瓶。

"小林先生吗？"

"是我，有什么事吗？"

"哦，是这样，傅先生感冒了，说您也感冒了，我来问问您是否还不舒服，需要送药或者让私人医生上门来看一看吗？"

林水程继续擦着烧杯，想了想："不用了，我可以自己买药。"

"真不用吗？傅先生现在发烧度数挺高，如果您也需要私人医生，我们派车来接您，您可以和傅先生一起看病。"

"不用。"林水程瞄了一眼电脑，把擦干净的烧杯放回原处，用另一只手挡着小奶牛，不让它再次跳上来。

电脑嘀嘀两声，弹出一个error（错误）警告：运算已终止，结果显示为无穷数。

林水程看了一眼屏幕，说："我在学校实验室做项目，导师不让走人。"

"哦，原来是这样，那我也不打扰您了，您注意休息啊。"

电话挂断了。

林水程给手机调了静音，把小奶牛拎出去，随后关上门。

阴沉的雨天，里面的小台灯远远没有走廊灯明亮，门一关，如同被黑暗吞没。

05

傅落银的病持续了两天，很快就康复如初。

私人医生说："您是在江南分部待了久了，水土不服，没调整过来，应该是这边水质问题引起的菌群失调，这几天注意一下，慢慢调整一下食谱，注意饮食清淡，再就是不要过度劳累，适度休息。您的压力应该很大，但是一定要注意调整作息，规律作息是最重要的。"

傅落银说:"知道了。"

他要是抽得出时间休息,还用得着这样?

医生给他开了益生菌,傅落银喝完就去七处开会了。

七处是联盟独立部门,也不隶属于任何权力机构,负责的内容直接影响联盟科技、太空防御和未来二十年各领域的走向。

傅家公司的 B4 计划因为当年楚时寒的意外暂时停止,如今傅落银回到星城,进入七处,第一个议题仍然是让他重启 B4 计划。

"小傅,我实话跟你说一下,分析这中间的利害,一个调查组不是不能重启,但是涉及方方面面,就会变得很复杂。"七处处长肖绝是个温和的中年人,"还是上次说的,时寒这孩子去了已经两年了,你父亲亲自中止了调查,这个大家都是知道的。板上钉钉的事,现在再闹这一出,不仅外界会认为我们滥用资源,也会影响七处的公信力。我们现在把话讲开,B4 这个项目,没有你,没有你们家在背后支持,是做不了的。我理解你事发当时在基地,没有和外界联系,错过了专项调查的时间。我也希望你不要因为个人情绪影响整个七处,这件事,我们会考虑,我们讨论了一下,还是按照两年前那样报上去,但是专案组不可能再像当年那样人马齐备了。当时为了确认时寒手中的资料是否出问题,我们从萧氏请到了最优秀的量子分析师,通过海量的计算还原了当时的场景,确认了这大概率是一桩意外。但是现在,在 B4 计划没有受阻的情况下,这样的人力可能……"

"我明白。"傅落银说,"我希望这个案子能从刑事方面调查,不用数据分析。具体的我自己会安排。"

两边各退一步,肖绝点了点头:"这样也好,你如果有自己的人手渠道也好,上边一旦批准,你就放手去做吧,给家里老人一个交代也是应该的。"

一场会开下来,傅落银只觉得头很痛,胃也有隐隐作痛的趋势。

他的胃痛是老毛病了，熟悉他的人都知道，还是在部队时落下的病根。

当年傅凯为了锻炼傅落银，让他去往联盟最偏僻、压力最大的第八特殊军区，傅落银也是个烈性子，熬过了两年生不如死的生活，但是膝盖受了伤，连带着也落下了这个胃病。

周衡在外面等他——周衡过来帮他打理在七处的新居，后备厢还放着许多添置的东西。周衡看见傅落银出来，赶紧上来递时刻准备好的热水，傅落银喝了一口差点吐了，脸色苍白。

周衡吓了一跳："您这不对啊，医生不是说没事吗？"

"开会一天没吃东西，胃有点受不了。"傅落银揉了揉脸，疲惫地坐进车内。

周衡赶紧说："那我赶紧再叫医生过来，看您这个情况是不是要打一针？"

"打什么针，去找林水程。"傅落银说。他开始权衡"把林水程变成自己的御用厨子"这件事的性价比。

到了地方，周衡也非常有眼力见地把傅落银本该搬去七处的东西搬了上去。刚好后备厢放的都是傅落银的生活用品。

林水程在家，正在给小奶牛剪指甲。

奶牛猫远远嗅到了不喜欢的气息，直接摁不住了，爪子在林水程手背挠出一道血痕，飞快地窜进了林水程的房里。

抬头一看，傅落银和周衡进来了，周衡跟他打招呼："小林先生，我过来帮忙搬东西。"

林水程有点诧异："？"

屋里暖气开了，傅落银随手脱了外套递给林水程："在你这里住几天。"

林水程愣了一下，随后点了点头："好。"

傅落银打量了林水程一番："气色不错，你的病好了？"

林水程说:"好了。"

见他又没说话了,周衡旁敲侧击了一下:"小林先生和傅先生还真是巧,生病都生到一起去了。"

林水程这才想起来似的,抬起眼睛看傅落银,轻声问:"那你的病好了没有?"

"这不是还没好,过来找你帮我做病号餐嘛。"

周衡把傅落银的东西都放好后就离开了。

晚上林水程做了猪肚鸡、上汤娃娃菜和芦笋炒虾,清淡鲜美,用熬的皮蛋瘦肉粥代替了米饭。傅落银胃里的不舒服缓和了许多。

等他吃饭的间隙,林水程去洗澡了。

傅落银一边慢慢喝着粥,一边处理各类事件。等到他手里事情忙完,粥也已经凉了,他才发觉林水程一直没出来。

傅落银起身进房,看了看。

大卧室带的浴室中水汽氤氲,奶牛猫蹲在门边,有些焦急地用爪子挠着墙壁,喵喵叫着。

傅落银推门进去,热气轰然冒出,林水程躺在浴缸里,闭着眼睡着了。

他进来时带起的冷气让林水程有些不舒服,水本身也快凉了,林水程往里边缩了缩,只觉得越来越冷。

傅落银赶紧把他从浴缸里捞起来,放到了床上。

他不会照顾人,以前跟母亲在一起的时间比较少,几乎每天都在忙工作,他也没学会关心别人,估计是因为在他父亲的言传身教下学来了一点大男子主义。如今却慢慢学会了关心别人,知道该怎么与朋友相处。

漫长的年月到底还是改变了他身上的一些东西。

傅落银低声说:"你可是第一个享受这个待遇的人,林水程。"

第二天起床时，傅落银已经不在家了。

林水程下床用了一段时间，最近做实验有点辛苦，而且还每天做饭，感觉有些累。

虽然他是傅落银的助手，其实以前傅落银给他安排的活并不多，几个月才会安排一些学术上的"机会"让他处理一下，他比较喜欢那个频率。从每次周衡的态度来看，他们似乎认为这样的机会是抬举他，比如帮助促成某个研究计划的进展，有利于他在学习中拓宽人脉。但实际上，这些东西对他的帮助十分有限，甚至会反过来干扰他自己的学习计划。

傅落银是他的资助人，他从没有说过什么。现在傅落银天天来，即使更多的只是要他帮忙做做饭，林水程也有些疑惑这种突如其来的关照和提携——如果这也算是提携的话。

他翻出手机，想问问周衡，是什么情况，犹豫了一下后还是放弃了。

傅落银大概不会留太久。

可是如果傅落银要留很久呢？他毕竟把生活用品都留在了这边。

林水程揉了揉头发，轻轻叹了口气。

他从药箱里翻出感冒药，吞下去之后出发去了学校。

今天依然在下雨，天灰蒙蒙的。早上人不是很多，数院门口停了一辆很亮眼的红色空间车，价值不菲，有学生路过会议论一下。

林水程一边用手机刷着数据报告，一边准备收伞进入研究生实验楼。

收伞的一瞬间他没看清眼前的东西，被一个女生直直地撞了一下，后退几步倒在了地上。

他本来身上就不舒服，这样一摔，迟迟没站起来，外套和手上也沾了泥水。

"不好意思不好意思！我走得太急了，没注意到你，真的不好意思！你把外套脱下来，我帮你洗吧！"面前是一个非常漂亮的女生，冲上来用湿纸巾帮他擦拭，拼命道歉。

林水程摇头，挡住女生的动作，轻轻说："没事。"

他有一点洁癖，现在虽然难受，但是可以借用这边助教宿舍的洗衣房，进实验室时穿白大褂就好。

林水程收了伞走进去了。

撞倒他的女生回头看了他一眼，掏出手机打电话，压低声音说："……对，看到了，不会认错，眼尾有一颗红泪痣。"

电话那头不知道说了句什么，女生笃定道："就是最新被资助的那个学生吗？正巧这次我转专业来数据组，我来帮你会会他，是老虎是猫，试一试就知道。"

06

组里新来的女孩叫欧倩，正是在门口把林水程撞了一下的女孩子。

星大的研究生，除了研一学生会在开学前陆陆续续赶来报个到，其他年级学生的上课时间都比较自由。有重大项目的时候，过年不回家也是常事；如果没有项目，导师一般会默认准假，让这群孩子想玩多久就玩多久。

欧倩人长得漂亮，看起来文弱有礼貌，是所有人都会喜欢的"好学生"样。一过来就客客气气地喊师兄师姐，又去找王品缘报到登记，迅速博得了实验室里一大片人的好感。

"老师，这还没开学，实验室里就这么多人了，我不是这一届研一来得最晚的一个学生吧？"欧倩一边笑，一边紧张地搓了搓指尖。

王品缘往学生单子上写记录，说："那倒不是，你来得算早的，和你同一批的也没来几个。走读还是住读？"

欧倩说："走读。"

王品缘在单子上勾选了一下,另一边跑来一个学生,满头大汗地说:"老师!数据跑出来了,您看一眼,实在不行就用大机器了。您说的算法,我们怎么测试都不对。"

他随手把表单交给欧倩,和蔼地笑了笑:"我先进运算实验室,剩下的注册找你徐梦梦师姐,让她带带你,这几天先熟悉一下环境。"

"好,谢谢老师。"欧倩说。

王品缘一走,周围人立刻闻风而动,凑上前来问东问西。

几个男生殷勤得过分,全部被徐梦梦一手挥开:"去去去!写你们的报告去!师妹是我的,你们想都别想。来,师妹,我带你转转。"

欧倩害羞地笑了,她走上前去钩住徐梦梦的手臂,小声问道:"平时这里上课都是这样的吗?"

"差不多吧,挺放得开的,但是有正事的时候也比谁都正经。老王头对我们很好的。"徐梦梦带她走进储物间,低头翻找实验台的钥匙。

欧倩等在旁边,佯装漫不经心地问道:"师姐,这里是不是还有一个叫林水程的人?"

"哎,师妹你认识他吗?"徐梦梦提到林水程,立刻来了精神,"好乖一师弟,长得又好看,气质也好。"

欧倩说:"也不算认识吧,只是知道,我只是好奇,他怎么会到这里来?他以前是江南分部的,从分部不好过来吧。"

这是所有人都明白的事。星大本部和分部的录取分数线要差上五十分,本部学生或多或少有点瞧不起分部过来的人,因为那至少意味着,分部的学生在高考成绩上没有那么优秀。

"听说是这样,他好像成绩很好。"徐梦梦终于翻出了钥匙给她。

欧倩接过来后轻轻摇头,像是欲言又止:"其实那个……"

"嗯?"徐梦梦看她。

"他应该是找关系调过来的,以前他学化学的,一年时间,跨考到数院，这件事其实挺蹊跷。"欧倩小声说，"我有朋友也是江南分部的，林水程有个朋友好像是有钱人，一直在资助他上学。"

"哎，看不出来啊！"徐梦梦想了想，有点不敢相信，"可是他现在跟项目跟得挺不错的。真的是他吗？"

欧倩含糊地道："那我也不清楚了，总之这事是有的。"

徐梦梦一拍脑袋："好像还真的是，他入学也是我给他办的，真的是江南分部来的。不过小林师弟挺有实力的，应该不至于靠关系才能进来吧？"

欧倩眼里藏着一点笑意，摇了摇头："这种事，谁知道呢。可能同名同姓吧。"

徐梦梦带她参观了一下，随后给她分配了办公桌和实验室。

这群学生平常都有一个统一的大实验室，研一、研二、研三的全凭喜好随机坐着，欧倩一眼就看到了林水程。

林水程坐在靠窗的实验台边，正低头安安静静地翻阅资料。他眼睫毛漆黑而长，侧脸的红泪痣格外惹眼，天光透入，照得他整个人都在微微发亮，好看得不像真人。

这样的一个人在人群中，永远都是最惹眼的，即使他隐蔽在角落里，谁也无法忽略他的存在。

欧倩一进来，徐梦梦就带着她挨个介绍所有人。

除了林水程和他身边的几个组员，其他人都过来跟她打招呼。

欧倩停住脚步，佯装漫不经心地往林水程那边看了看："那几个师兄是谁呀？"

林水程低头翻报告，身边围着的几个男生低声讨论着什么。

徐梦梦捂嘴笑："跟老王头做最近联盟项目的，开题把他们愁死了。他们都是一群钢铁直男，还死宅，咱们别过去啦。中午吃饭的时候再见吧。"

欧倩一边听着,一边却说:"没事,打个招呼而已。"

她走过去,礼貌又亲切地自我介绍说:"师兄们好,我是新来的研一新生欧倩,以后要拜托大家照顾了。"

林水程和其他几个人回头看了她一眼。几个男生看见来了漂亮女生,眼前一亮。

她脸微微一红,而后对林水程笑了笑:"哎呀,是你呀,好巧,以后我们就是同学啦。"

林水程:"?"

他已经换上了白大褂,淡漠的眼中读不出任何情绪,看起来像是没认出她。

欧倩提醒他:"早上我们在数院大门口见过,我不小心撞了你一下。你当时……"

她话还没说完,林水程身边的一个男生笑了:"哟,新人?那咱们的入伙小游戏试了吗?"

他转身,胸牌上写着名字"吕健",是研二的学生。

旁边人紧跟着笑了,一提到这件事,大家突然都摩拳擦掌起来,眼里跃动着兴奋的光芒。

欧倩不解其意:"什么?"

她看到旁边人都围了过来,笑嘻嘻地看着她,一时间也有点慌,只能尽力保持微笑:"是……还有什么测试吗?"

"今天老王头有事,估计一时间想不起来。"吕健拍了拍手,手里的笔飞快转了一圈,在纸上潦草写下几行数列,"来来来,玩个简单的密码游戏,测试一下你对数字的敏感度。"

啪的一声,一张纸摆在了她面前。

"这……"欧倩咬了咬嘴唇。

旁边有人起哄着计时,看着她笑,但是随着时间流逝,慢慢地也都笑不出来了。

十秒,二十秒,三十秒……

欧倩居然愣在了那里,尴尬得完全说不出答案,甚至一脸不知所措。

"不是吧,这个挺简单的呀……她不是本院的学生吗?"

旁边有人轻声咕哝,大家纷纷对视起来,感觉有点尴尬。

徐梦梦看不下去了,小声提醒说:"仿射密码,他帮你把乘法逆元结果写出来了,是不是没注意到?"

欧倩压根儿没听懂她在说什么,她也是转专业考的数院量子分析系,奔着这个专业以后出去了可以赚钱赚大发才过来的。她的本专业虽然也在数院,但是属于更加艰难晦涩的纯理论,更不好招人。星大没有保研制度,往年数院总是招不到人,试题太难,学院毕不了业的人太多,令许多人望而却步,今年量子分析系扩招,分数比往年下降了四十分,这才让她擦边考进来。

那男生看她不会做,随手把本子往后面一丢:"那边那个新人,你看看吧。"

林水程压根儿没注意这边的动静,他往屏幕上输入了一个函数后,听见有人叫他,才偏头瞧了瞧,看了一眼后说:"m=2 的仿射替换,斐波那契数列。"随后又收回了视线。

男生吹了声口哨,笑嘻嘻地面对欧倩拍了拍林水程的肩膀:"怎么样,我新招的小弟还不错吧!现在没做出来没关系,我旁边这个人和你一样也是新人,你有不会的都可以来问他。"

欧倩:"……"

她涨红了脸,小声说:"我是转专业过来的,之前是纯理论系,对这些密码不太懂……"

"那没事,林水程也是转专业考进来的,他之前学化学。"男生竖起大拇指,嘿嘿笑着,"超牛!师妹记得常来啊!"

徐梦梦瞪了一眼那男生。

是不是还觉得自己挺会撩？臭"直男"压根儿不知道怎么读气氛！

林水程在实验室忙了一天，放学后徐梦梦和吕健一堆人邀请他一起聚餐。

他说："稍等一下，我打个电话。"

林水程翻了一下联系人，一时间没找到傅落银的条目，这才想起来去最近的短信记录里翻。

他没有给傅落银任何备注，通过短信界面点进去，拨通了对方的号码。

电话响了一声就被切断了，应该是傅落银在忙。

他发了一条短信过去。

"今天可能会很晚回来，跟同学聚餐。"

没等回复，他松了一口气，直接关闭了手机。

希望今天傅落银不要回家。

他最近有点累，这几天暂时不想再做饭了。

研究室里的同学们商量着去吃火锅。

林水程照样很安静，也不说什么别的话，只是安静地坐在角落，惹得好几个师姐都忍不住调戏他。他还特别乖，问他什么就答什么。

"行了行了，当相亲呢？都老实吃饭，再不吃就没了。"徐梦梦说。

肉在火锅里滚一滚捞上来，鲜嫩麻辣，爽快淋漓。

欧倩飞快地融入了气氛中，很不好意思地自嘲："我丢数院的脸啦，刚刚你们考我的那道题竟然答不出来，还不如小林呢。"

"哈哈哈，没事，毕竟不是一个方向的嘛，一般人也不会特意去玩密码什么的。再说了，熟练的人的确可以很快看出来，老王头每年出的题都不会太难。"吕健殷勤地帮女生们捞肉，又说，"老王头就是很坏，非得给新人下马威。我当年也是愣了半天没答出来呢。"

听他这么说，欧倩松了一口气。

"小林这么快回答出来，好厉害。"欧倩随后看了一眼林水程，笑吟吟地说，"化院有这么厉害的人才，还长得这么好看，我之前竟然没听说过，我之前倒是听说江南分部有个同名同姓的林水程，应该不是一个人吧？"

林水程终于抬头看了她一眼："我不是本部的，之前在分部读的本科。"

"怎么不来本部读？"欧倩吃了一勺烫豆腐，呼呼呵气，忽然又像是想起了什么似的，慢悠悠地说，"瞧我这脑袋，我忘了，我们这一届分部和本部录取分数线……差了有五十分吧？"

林水程："分数不记得了。之前我出于一点私人原因留在分部。"

欧倩转头去跟几个师姐讨论分数线的事，小小地黑了一把星大数院招人的事情。话题过渡得灵巧又自然，但是在场的一些有心人，不免也留了一个心眼儿。

林水程并未隐瞒是分部过来的这事，分部的本科分数线在那里。虽然林水程过来时通过了王品缘的测试，但是他飞得也太快了——先是从分部到本部，又是直接跟着研二做项目，很难不让人去思考背后有什么猫腻。

大家都在猜测他是不是真攀上了点关系，不是靠成绩进来的。

说是因为私人原因留在分部，指不定是当时就没考上呢！

星大是金字招牌，量子分析是数院的王牌专业，研二以上数不清的项目都是直接跟联盟军工真金白银挂钩的，多一个人进组，最后项目的利润平均下来就会更少。这是直截了当的利益关系，没人撇得清。

也因为这个原因，星大对这方面抓得很严，也给学生提供了实名举报渠道。如果真有人分数不够进来了，可以向院办要求调查核实。如果林水程连本部的分数线都没过,那这次考研到本部的分数会不会有问题?

一顿饭吃得各怀鬼胎。

林水程没有注意。他很少在意他不关注的东西,性格也是不争不抢的那一类。

唯一引起他关注的是傅落银没有回复他的信息,过了晚上九点也没有回复,这大概率代表傅落银还有事没忙完。

他回到家时快十点整了。傅落银果然没有回来。

林水程有点高兴,继续给小奶牛剪指甲。

剪到一半时,他突然接到了一个电话,是导师王品缘的。

"小林,你在吗?你高中和本科的成绩档案还在吗?在的话发我一下。"

林水程说:"还在,老师,急着要吗?"

"对我不急,对你挺紧急的,帮你证明一下清白。"王品缘在那边笑,"尽快找到给我吧,要电子档的,邮件发给我就可以,我在这边等你回复。"

林水程不知所以,但也没多问。

他走进书房,找出 U 盘接入电脑,密密麻麻的文档出现在页面上。

光标跳过"2332 意外事件编码汇总""线性非线性事件相关度调查""2332 江南港码头货运表""世界码头航运动态建模"等文件,他选取了最后一个文件夹"资料"。

里面有他从小到大的成绩报告单。

他发送给王品缘之后,王品缘几分钟后回电了:"已收到,我看了一下,突然有件事想问一下你,小林,你当初为什么放弃化学专业?还有你这成绩……一开始就能来本部的吧?"

王品缘也是这个时候才仔细看了看这位"关系户"的履历:从小一路满分,高中一路第一,高考全科满分毕业。林水程在化学专业上的履历漂亮得让人震惊——一个二十出头的学生，居然已经跟过无数业界大牛，参与做出过最前沿的科学研究成果。

林水程往后靠在桌边，轻轻闭上眼。

那一年也有个人问他："小师弟，你考这么高的分，怎么没有去本部？"

男人的眉眼很温柔，他背过身反锁了实验室的门，含笑看他坐在酒精炉前，很小心地用玻璃棒翻动着一小碗卷心菜。

他说："家里大人都去世了，弟弟生病在医院，我要留在这边照顾他。"

男人很久没说话，过了一会儿后突然轻轻说："别怕。"

他抬眉，疑惑地看了看男人。

男人说："我反锁了门，就算别人过来发现我们违规，也有我和你一起，别怕。"

……

林水程握着手机，想了一会儿后，告诉王品缘："为了我的朋友。"

07

第二天，林水程才知道自己被人实名举报了，对方质疑他考进来的分数造假。

虽然是实名，但是他对对方的名字完全没有印象。如果不是吕健跑过来告诉他这个消息，他都忘了昨天王品缘找他要了学籍资料。

林水程被徐梦梦拉出去，翻出手机看学校的举报处理公告。徐梦梦问他："小林，你是不是得罪人了？"

林水程说："没有印象，我在这里没有认识的人。"

旁边有人过来问是怎么回事，不知情的了解了一下前因后果后，也暗暗跑过来看。另一边欧倩刚进实验室，就有人招呼她过来围观八卦，小声说："林水程给人举报了！说他分数不实，昨天晚上举报的，今天处理结果还没下来。"

欧倩故作惊讶："啊？怎么会这样？"

她是本部学生，一早就知道林水程是被傅落银资助的学生，从分部调过来的。

她昨天稍微在饭桌上提点了一下，立刻就有人坐不住了。估计考虑着都是数院的，如果没举报成功，还得在一个实验室里低头不见抬头见，所以让别人帮忙举报，举报人的名字没有一个人认识。

坐在桌边写报告的一个男生低头开口了："也未必是得罪了人，别人怀疑一下，直接举报，也没什么可以说的吧。他是江南分部来的，本科录取线直接比我们本部低四五十分呢，啧。星大又没保研制度，我们拼死拼活考进来，可不是让联盟拿真金白银扶贫某些关系户的。"

这男生叫安如意，也是王品缘亲自带去项目组的一个学生，其貌不扬，平常也是独来独往。组里人都不太喜欢他，但是他的数据分析是一流的，项目组没有他不行。

徐梦梦说："你说话怎么这么难听？这结果不是还没下来吗？"

安如意冷笑一声："你现在帮着他说话，指不定被挤掉的名额就是你自己的呢。这个项目昨天开题，你也混到研二了，怎么一个导师直跟的项目都没有呢？"

徐梦梦气得差点破口大骂："你知道什么！有你这么说话的吗？！"

欧倩赶紧拉住她，说："师姐别生气。"

林水程瞥了瞥安如意。

对方和他在一个组，对方不喜欢他，几天下来，他也是知道的。

但是他懒得去纠结别人为什么不喜欢他，在一个实验室里打交道，碰到的时候认真交接事务就是了，也没那么多的人际关系要打理。

实验室大门被推开了,今天王品缘姗姗来迟。

他一来,实验室里议论的声音都小了下去,刚刚那一瞬间的剑拔弩张也不复存在。

王品缘好像没感受到气氛不对,看见林水程后,突然顿住脚步,手往头顶一拍,叫道:"哎哟!我给忘了,小林,你昨天被举报的事情,知道了吧?"

林水程说:"嗯,刚知道。"

"看我这记性,昨天找你要资料时还记着,转头就忘了帮你挂上去,我这就弄一下,你等一下啊。"

王品缘随手征用了一台电脑,林水程就站在他身边等待。

王品缘单独跟林水程讲事情,其他人纷纷回到自己的位置上开始做事,实际上都竖起耳朵偷偷听。

实验室里安静得掉根针都能听见。

片刻后,王品缘在电脑上操作了一下,随后告诉他:"好了,小林你不要被这件事影响到,回去继续做项目吧,过几天开题,不要马虎。"

"谢谢老师。"林水程说。

他回到了座位上。

此时此刻,星大官网举报中心已经更新文件,林水程的那条举报公告上标出了鲜明的绿字:"举报理由不成立。"

后面从上往下,直接是林水程高中毕业成绩公示,以及考研时的成绩公示——

高中除主科外,选修物理、化学、计算机,主科、选修全科满分毕业。附:申请分配本科属地为江南分部,理由为个人原因。

考研专业课笔试满分第一,面试第一。附1:申请分配研究生属地为江南分部,理由为个人原因;附2:申请调回本部工作,理由为个人原因,校长特批通过。

按道理，学生转院需要经过导师、院系、教务处三层审批，居然能请动校长来处理这件事，还真有点关系户的意思。

但是所有人都闭了嘴，没有再提出任何质疑。

"天哪……他是那一年的状元啊！全科满分是什么魔鬼！不只是那一届的状元，他直接甩了第二名三十多分……这也太……"

"我搜到了！他进过北半球分部联合分子生物科技CLUB，那一年三篇论文有他名字！虽然是学化学的，天哪天哪，这样的人从分部调过来还需要什么审批？我要是校长，闭着眼睛都给他批了好嘛！只看江南分部放不放人……他怎么突然跑来学数据啊？多可惜。"

"可能人家只是出于兴趣，觉得趁年轻什么都学学的好……"

林水程成了今天的话题焦点，他自己全没注意。

他今天又买了一个烧瓶，除了放在家里的那个，在实验室也放了一个，还是配上硫酸铜溶液，做淡蓝色的风暴瓶。实验室白天开暖气，晚上关掉，昼夜温差大，会更容易析出结晶。

实验室里，只有两个人脸色不好，一个是安如意，另一个是欧倩。

欧倩浏览了一下林水程的成绩报告，尚能维持一下笑容，跟别人一起赞叹一下，然而很快，连她也笑不出来了。

成绩报告上还附带林水程申请大学和研究生时的照片，一张是六年前的，一张是现在的。六年前的林水程和现在的样貌相差不大，眉眼挡不住的精致漂亮，只是气质还有些拘谨平凡；现在的林水程则多了一份冷静和沉淀，照片中的他冷淡严肃，但是好看得让人移不开视线。

很快有人截图发去了星大的论坛，帖子标题就是《数院今天被举报的那个男生有谁认识？我想上个匿名表白墙，他太好看了吧！有没有联系方式》。

短短几个小时内，这个帖子就被顶成了热帖，底下一溜儿的人表示震惊。

"我没认错吧,这是个化学大牛,我几年前参加化学峰会还见过他,怎么现在跑来读数据了?"

"认识啊,他在江南分部很有名的,能力强,长得还好看,哪个脑子不好使的举报他?笑死,举报人知道他在跟杨之为的得意门生作对吗?不认识杨之为的自行搜索,履历多牛我不多说了。连傅家大公子为了跟杨之为都特意调去分部读本科,林水程是那一届的亲传小师弟。"

"求求了,我们听不懂你们在说什么,艺术院的哥哥姐姐只想看他照片,有没有人有?"

楼迅速开始变歪,从林水程一路歪到星大的实名举报制度,再歪到化学和数学两门学科到底哪一门更加有用,最后变成了化院和数院抢人的神仙打架,撕扯了上百页。

林水程也算是在本部小火了一把。

欧倩中午去天台打电话。

"燃燃……"

"怎么了?你觉得那个人怎么样?"

欧倩想着措辞,小心翼翼地告诉对方:"他不是个好惹的,好像是蛮厉害的一个人。燃燃,你确定听到的消息是真的吗?林水程不像是权贵家庭出来的破落户,资助以前应该和傅落银也不认识。应该只是负二顺手资助一下,不会多么看重他的。"

夏燃那边却没有回复了。

林水程下班前收到了傅落银的信息,是回他昨天晚上那条信息的:"好。"显然没看发信时间。

林水程:"……"

傅落银有时候会出现这样的情况,看信息永远只看最新一条信息,并且往往会忘记关注时间。

这个毛病林水程有时候也有一点,忙起来时匆匆扫一眼就回复了。他念本科的时候，也曾经被同级女生揪着领子质问："果然你们男人看信息都只能看到最后一条吗？！"

傅落银这个时候发来消息，林水程又有点高兴。

虽然昨天已经过去了，但是傅落银这个回复应该也表示，他今天晚上也不会回来。

林水程不想做饭，步行回家时，顺便在路边摊买了肠粉和香辣炸土豆，回家慢慢吃。肠粉就是普通鸡蛋虾仁的，入口清淡鲜美；炸土豆味道重一点，一口咬下去外焦里嫩，香气四溢。

小奶牛跑过来蹭吃，林水程就把虾仁都挑给它。

这天他终于把小奶牛的指甲剪好了，早早地洗漱上了床，怀里抱着猫，平板上放学习视频。

正感困倦时，林水程突然听见家里的门被打开了——傅落银回家了。

他第一反应就是关灯躺下，慌忙摁灭了平板的屏幕，翻过身去装睡。

他前脚关灯，后脚傅落银就进来了。

看见他在睡觉，傅落银笑着说："装睡呢，嗯？回来就看见你房里的灯了。"

林水程小声说："没有，我睡着了，又被你吵醒了。"

"不是说跟同学吃饭？"傅落银觉得有点意思，他一回来就看见了桌上没收拾的餐盒，结合林水程装睡的事，他发现这人还会骗人了。

想到这里，他声音也带上了几分冷意："跑去干吗了？"

"你自己看看手机，我什么时候给你发的消息。"

傅落银闻声掏出手机一看，才发现是昨天的。

第二章

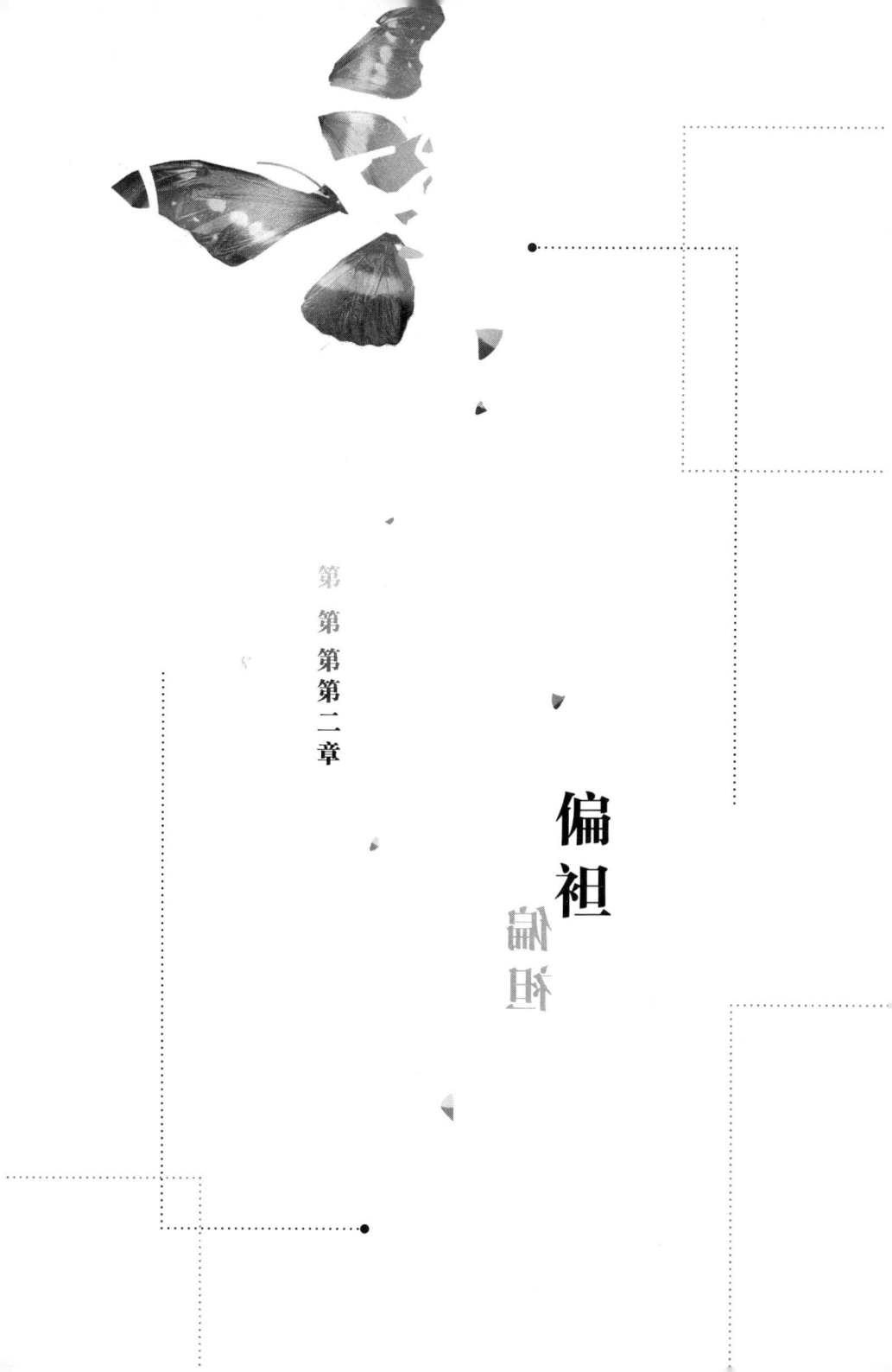

第
第
第二章

偏袒

08

林水程第二天起床有点晚。

难得傅落银上午有空,也没去其他地方,而是去厨房鼓捣了吐司煎鸡蛋和麦片粥。

他做饭手艺大不如林水程,但是在第八特区的两年里,就是一块木头也学会自己做饭了,简单的早餐他还是会弄的。

"起来了,吃了饭再睡。"傅落银去叫林水程起床。

林水程迷迷糊糊地睁开眼,乖乖地起身下床。

林水程看了一眼时间,突然清醒了:"今天去不了实验室……"

"好学生,今天周六。加班加点也看看休息时间。"傅落银难得做一次早餐,让林水程过来尝一尝他的手艺。

尽管傅落银不怎么会照顾人,但是就跟他做饭一样,不太会,但是会去做。

林水程坐在餐桌旁吃饭,吃了没几口就放下了。

"没吃完的别丢,放那儿给我。"傅落银随意地说。

林水程愣了一下,看了一眼被咬了一半的吐司片,轻轻问:"你没吃饱吗?"

"随便做了点垫肚子的,看你一直没醒也没叫你。"傅落银和他在一起的时候,直接默认所有饭菜都是林水程负责做,"吃不完给我吧,别浪费。"

这是他在家时的习惯，不管是在家里还是在部队里，永远有一条规则是不许剩饭剩菜，饭菜不热第二道。

林水程放下餐具，弯起眼睛问他："那你没吃饱呀，想吃什么，我做给你？"

傅落银反而怔了怔，说："随便，你看着做。"

他没碰到过这种事，在他的认知里，没吃饱或是觉得今天的菜不满意，是不会得到加餐待遇的，但是在林水程眼里，仿佛理所应当。

傅落银不知道是普通家庭都会这样，还是林水程一个人会这样。他念高中时，听说过有同龄人在家时，连水果都是母亲洗干净后切好了送到电脑边的，桌上随时有零食，夜里饿了就加餐，这在他是不可想象的。

林水程给他炒了个蛋炒饭。

蛋炒饭当然是顶配的那种，里面加了处理好的顶级龙虾肉、牛肉粒、胡萝卜丁和土豆丝，林水程知道傅落银的饭量稍微大一点，又给他另外煎了一块牛排。

傅落银加了个餐，把蛋炒饭吃干净后，神清气爽地出门了。

送走傅落银，林水程又回床上躺了半个下午，打算今天就不去学校了。

傅落银完全没有短时间内搬走的意思，林水程觉得这样下去不是个办法。

他窝在被子里，抱着小奶牛翻手机，想来想去，也不知道应该搜索一点什么好。

如何赶走同租室友？

这是傅落银的房子，他才是客，资助关系下，他没有立场提什么要求。

以前他是自己租房住的,傅落银大概看不惯他租住的居民楼很久了,周围环境那么乱,根本无法专心学习,这次来本部,才命令他搬了进来。

要不还是出去租房子住?

不知道傅落银会不会同意。

他目前对傅落银没有别的不满,只是时间有时候不好协调,除此之外,傅落银对他而言并没有其他不好。

林水程在网上找了个文案模板,粘贴在短信输入框中。

客客气气的一大段,中心思想是要搬出去住。

林水程垂眼看着手机屏幕。

短信页面,傅落银的头像是他本人的照片,英俊锐气。

林水程的手指在发送键上方停留了一会儿后,还是收回了手,长按删除键,光标退回。

他轻轻地叹了一口气。

这时,硕导群里突然弹出一条全体通知。

王品缘:"@全体成员,明天联盟来参观,大家做好加班接待准备,一切照常即可。安如意、林水程、吕健,你们组田洲生病休学,我让徐梦梦补上,剩下几个研一的后天报到,也让他们进组学习一下。下周日开题答辩,抓紧时间。"

徐梦梦:"收到。"

吕健:"收到。"

欧倩:"收到。"

林水程也跟着点了一下"+1",确认收到后,他忽然想到了什么,打开短信页面,找到傅落银的手机号。

林水程:"最近几天可能要加班,晚上都没办法回来。"

傅落银这次回得挺快:"几天?"

林水程："不知道，看项目进度。"

傅落银："晚上下班我让人去接你，总不至于通宵加班吧？"

林水程因为撒谎，有点紧张："有可能要通宵，你别等我了。"

另一边没回应了。

林水程想了想后，告诉他："我早上做好饭，晚上你回来热一热就可以吃。"

傅落银："再说。"

第二天，林水程早上做好饭，开着加温桌后就去实验室了。

马上要正式开学，实验室里的人越来越多，除了在实验室跑数据，林水程每周还有四节大课要上，忙也是真的忙。

今年量子分析系只招了三个人，一个是林水程，一个是欧倩，另一个是今天才来报到的男生孟亦。

王品缘把林水程这个组的人和所有研一新生叫过来开了个会："这周一共两个任务，一个是递交给联盟军工的分子生物信息检索的开题报告，我们院系答辩过后再往上申请调研批准；另一个是每个季度一次的全联盟危险预警排查。后者是重中之重，决不能马虎大意，明白吗？去年我们检测了地动、风向、洋流迁徙等综合数据，成功预测了全球十七起八级以上地震，其中四起在人口密集区；探测了上千个 25 米以上的海上凶波（rogue wave）波段，并证实了其与非线性薛定谔量子波动方程的贴合度；预测出的凶案、追查到的逃犯不计其数……每一次异常数据，都有可能跟无数条生命息息相关，一定要给我打起精神来。"

学生们齐声回答："明白！"

"你们组之前组长是田洲，现在请假了，换一个，你们自己选一个组长出来。"王品缘说。

气氛安静下来，学生们彼此对视一眼。

组长无疑是最亮眼的一个,如果成果拿得出手,自然也会被所有人注意到。学术界最讲究的就是履历,组长是一个团队的核心,他们这次项目选的是联盟直报的几个领域需求,如果进行得顺利,前路不愁。

"徐梦梦?"王品缘看向她。

徐梦梦赶紧摇头:"这个我不适合,我没跟过大数据组,每天自己的都算不完的,会耽误大家。"

林水程和安如意都对这个没兴趣,孟亦也不说话。

欧倩看了周围一圈,也抿起嘴,轻声说:"要不我试试吧,老师,我跟过几次数院的季度排查,虽然专业方向不同,但是大致流程是知道的。"

王品缘思索了一下:"那也行。有事你们再联系我。"

组长的事就这么定下来了。

开学第一周,所有人身上的任务一下子变得无比重。

核心实验室的量子计算机不断运转着,每个学生面对的都是指数级的数据包,而他们的任务就是在海洋一样的数据中捞出小鱼来。

林水程的部分总是做得最快。他天生有一种数据上的直觉,别人要调试、转换几十次算法,他经常一眼就能看出来。别人加班到凌晨两点,他一下午就能做完。

但是就在这种情况下,其他人也慢慢发现了,林水程居然主动加班,不愿回家。

问他的时候,林水程说:"也没其他的事。"

欧倩每天倒是焦头烂额,几乎寸步难行。然而,她自从发现林水程优哉游哉的状态之后,有意无意地会给林水程分配更多的任务。

林水程很好说话,只要问他:"这个我算不出来,你能不能帮忙处理一下?实在对不起,我这里还有好多数据在跑,忙不过来了,江湖救急。"过不了一会儿，林水程就会把返还的数据发送给她，这样次数多了，连其他组也会有人来找林水程帮忙。

林水程来者不拒，慢慢地也会加班到凌晨。

第三天晚上，徐梦梦好不容易做完自己的数据，看见实验室空空荡荡，其他人都走光了，只剩下林水程，于是走过去给林水程递了一杯咖啡："小师弟你怎么还没做完？"

林水程说了声谢谢，然后说："还有二组和七组的没跑完。"

徐梦梦差点把咖啡洒了："两个组的数据给你跑？今天下午二组的人网吧'五黑'去了，就把数据丢给你做，这不是欺负人吗？"

林水程说："没关系，我挺想加班的。"

他抬头看了看徐梦梦，眼睛很亮，很漂亮，徐梦梦不由得心跳加速。

他问她："你有数据需要我帮忙跑吗？"

……这是真的热爱加班啊。

徐梦梦赶紧说："没有没有，我的做完了。你早点回去啊，别每次都帮人做这么多。"

林水程笑了笑，轻轻说："好。"

他笑起来更好看，徐梦梦心跳加速，好一会儿才缓过来。

徐梦梦下班时，按惯例检查了一遍数院所有实验室的灯，走到大厅时，突然看见一个高个子男人走了进来。不像是学生，应该是来找人的。

她觉得有点眼熟，突然想起来了："你是小林师弟的朋友，是吗？"

傅落银闻言顿住脚步。

他刚就在星大旁边的联盟大酒店开会，开完会途经星大，直接就让司机开过来了。

林水程三天没见他，每天凌晨三四点回，睡几个小时后起来给他做饭，依然兢兢业业。

傅落银有点疑心林水程这个家伙有点阳奉阴违——毕竟上次都学会装睡躲做饭了,还有什么是他干不出来的?什么数据需要这样没日没夜地加班加点?

他笑了笑,问徐梦梦:"他最近都很晚才回来,我来接一下他。研一学生都这么忙吗?"

徐梦梦被他这个笑容晃了眼睛,不由自主地就坦白了:"其实正常强度下,大家顶多加班到六点,是最近小林师弟主动要帮其他数据组做任务,说是想加班。他应该是刚进来不久,想多实践提升吧。"

"想加班?"傅落银挑眉,又笑了笑,"我知道了,谢谢你。"

09

"负二,你搞什么?不是说等我谈你哥那个案子重启的事吗,我刚开完会过来找你,你房间里没人啊,不是说在星大联盟酒店吗?"

空荡荡的实验楼里,傅落银的手机振动起来,收到了一条语音信息,来自董朔夜。

虽然苏瑜、董朔夜这一堆狐朋狗友平时喜欢逛逛CLUB放松,但平常也是会实打实做正事的人。董朔夜任职于联盟警官警务处,苏瑜职位比他更高,但是最近熬不住压力辞职了,准备拿这些年攒下来的压岁钱做做小生意。

傅落银远远地看了一眼量子分析实验室里的灯光,往回走了几步,打开消息看了看,随后拨了个电话回去:"我开完会在外面散步,这就回来。"

"你在哪儿逍遥呢?"董朔夜说,"再不回来,烤龙虾和麻辣串儿我都给你吃光了啊,这都是我刚用美色诱惑他们酒店后厨拿来的,他们好不容易才同意我打包。我就在313等你,懒得跑你们七处的楼层了，太远。"

"你吃，我一会儿等人回家吃。"傅落银说。

他又回头看了一眼实验室的灯光，犹豫了一瞬间，随后走出了实验楼。

回到酒店，董朔夜酸溜溜地捏起嗓子说："我——等——人——回——家——吃——什么时候负二不肯跟我们一起吃垃圾食品了，我就知道肯定有猫腻。"

傅落银瞥了他一眼。

董朔夜问他："八成是去看你那星大的高才生了吧？我那天听周衡说，你最近家都不回，直接回那儿，天天只肯吃林水程亲手做的饭。我刚还在想你大半夜的出去散步干什么。"

傅落银说："最近胃病复发了，在他那里养胃。"

董朔夜"啧"了一声："这么好？我说……负二啊。"

他忽然神情变得凝重起来，低声告诉傅落银："负二，十年了，我听人说夏燃可能要回来。"

傅落银伸手拿水，动作微微顿住。

"他那个关系好的女生欧倩你听说过吗？之前星大本科出去交换的，听说这次从东半球大分部转回来，在星大读研，夏燃也可能会跟着回星城。"董朔夜说。

傅落银喝了一口温水，语气没什么波动："他还跟那些人玩在一起？"

"负二，你别……别一提到夏燃的事，就这么尖酸刻薄、针锋相对的，你就觉得你自己一点没错，觉得他是白眼狼？"

董朔夜瞅他，斟酌着语句："你们真没必要弄得针尖对麦芒似的。虽然以前总吵架，但好歹也是一起长大的，现在总能坐下来好好说话了吧？"

"他的学习和生活态度我一个都看不上。当年会因为这个吵，现在更会。"傅落银把杯子放回桌面,"以前的事没什么好说的。说点正事,我哥当初去世的案子重启,我希望你来负责调查。"

晚十一点半,林水程揉了揉眼睛,站起来伸了伸懒腰。

虽然加班是他自己要求的,但是实际上也并不能拖延太多时间,不到十二点,他已经全部完成了。

许多人遇到的数据组是雷同的,林水程干脆把这些数据检索分类,编写了个小程序提取后各自运行。他们专业面向社科与军工,算是半个保密级别,可以动用的资源别人无法想象。

量子分析系和普通商业数据师需要依赖 SQL、Scala、Python 爬虫等工具不一样,他们系所配置的专业解析系统中这些部分已经自动化了,很少会有人再去学二十世纪的编程语言。

林水程什么都会一点,是为了更好地偷懒,其实不是什么标准的乖学生。

小时候,他和林等的字都不好看,被爷爷罚抄写的时候,他父亲就偷偷教他们用铅笔涂自创铅笔复写纸;林等不敢这么做,他则直接动手 3D 打印出了二十多条各种大小的精巧的笔画石墨条,可以组装的那种,什么字都能拼,拼出来后照着纸上啪啪盖章就行。

他爷爷发现后笑骂了他一顿,倒是再也没逼过他写字,而是专心去压榨林等。

他现在的字已经写得非常漂亮了。

他把二组和七组的数据交完后,这才发现欧情几小时前给他发过消息:"林水程,我们今天小组开会确定的分工出来了,我负责找资料,孟亦和吕健负责写文献综述,剩下的部分你和梦梦师姐负责整理,这样可以吧?"

林水程看了一眼，没有立即回复，而是找到徐梦梦的联系窗口，先发了个"1"过去。

徐梦梦还没睡，很快就回复了："小林师弟，我看到分工了，我们要整理的内容我还没看，我不行了，困死了，明天过来和你商量可以吗？"

林水程："你睡吧，先发给我。"

徐梦梦很快分享过来一个云盘链接，林水程登录后下载看了看，皱了皱眉。

他快速扫了几眼，发信息过去："这就是他们找的资料，写的文献综述？"

另一边徐梦梦刚准备睡，被他一个问句吓清醒了，赶紧打开看了一遍，不解道："有什么问题吗？"

"文献综述中参考的算法案例直接和我们要做的项目对不上，资料也是按关键词直接搜索下来下载好的，没有任何分类归档，我们要的资料远不止这些，根本用不上。"林水程说。

徐梦梦又打开看了一眼，随后傻眼了。

欧倩说的"整理"是件很模糊的事情，资料收集是前期准备工作，文献综述也是图省事提前写好，而开题报告中的论文核心内容一字不提，都交给他们"整理"。

星大对于这类项目严格把关，尽管只是开题报告，但阐述项目的可行性、实用性和必要性，都会按照最严格的流程进行答辩，答辩过程记录保存在档案中。

"那这不是等于说全部都要我们做吗？"徐梦梦有些不敢相信，气得瞌睡虫全跑光了，"我这就打电话跟欧倩说！"

"不用了，我写吧。"林水程说，"后期调整蛮麻烦的，我一个人定稿，你要是有时间的话可以把展示PPT先做出来。"

徐梦梦说："你一个人吗？"

"嗯,一个人做会快一点。"林水程说,"你时间不够的话,数据就给我跑吧。明天起我抽一点时间做这个,别人的数据就先放着。"

林水程耐心解释。

他是真的觉得一个人做会快一点。从小到大无数次组织作业都告诉了他这一点——他不怎么适合团队协作,他更喜欢独立完成。开题报告的所有内容中,他唯独不喜欢做PPT,因为这项任务烦琐而且没什么需要动脑的,浪费时间。

徐梦梦震惊了:"你确定一个人做吗?"

林水程发了个小猫咪乖巧蹲的表情——他自己做的小奶牛表情包系列,又说:"相信我,没问题。"

徐梦梦盯着表情包上又乖又神秘的奶牛色猫咪,已经脑补出了另一边林水程温柔的眼神。

为什么她觉得小林师弟发个表情包都这么有魅力?这就是学霸光环吗?!

林水程自己检索了所需的资料,又把开题里需要写的东西按点列出来。

做完这一切后,也不过凌晨十二点半。

他有点发愁,还有点犯困——虽然傅落银在家,他受不了,但是像这样连续熬夜,他也有点受不了。

他是个对睡眠要求很高的人,趴在实验室睡会更难受。

林水程面对清空的电脑桌面,有点发愁,过了一会儿灵光一现,打开手机搜索附近的酒店。

明天联盟过来参观,还有好几个重要会议要开,星大附近的酒店都被各路记者订满了。但是星大本部的联盟中央酒店,平常是会给内部人员和某些重要人物留下几套房的。

林水程本科时经常跟着导师到处跑,每次订房、安排行程都是他这个小师弟去做，勉强知道这些规则。

他导师的名字无人不知无人不晓，他的导师一度表示如果林水程毕业后可以继续学化学，不仅可以破例保研，自己还可以留出直博名额给他。

但是林水程毕业时家里出了事，毕业后就跑去工作赚钱了，工作两个月后遇到傅落银，研究生是考了，考的却是量子分析，从此与化学形同陌路。

他打开手机给导师发了条消息："老师，我可以借用一下您的ID卡号订个房间吗？"

导师跟他有时差，很快回复了："可以。你什么时候回来继续做化学？还回来就随便借，不回来，以后想都别想。"

林水程打了一堆密密麻麻的字，最后都删掉了。

他说："很快的，我保证。谢谢老师。"

林水程进酒店登记时，服务员跟林水程确认名字："入住人林水程，推荐人杨教授是吗？已经跟杨教授确认了，请问您需要住到什么时候呢？"

林水程说："明早七点。"

旁边有人退房，感兴趣地挑了挑眉："杨之为教授的学生啊？能帮我要个签名不？"

林水程愣了愣，转过头去，发现是个陌生人。

奇怪的是，那人看到他后也愣了愣。

对方穿着联盟警官警务处的统一风衣，大厅里来来往往的也有类似的人，应该是过来开会的。

看他发愣，那人自来熟地笑了笑："对不起啊，别嫌我唐突，我很仰慕杨教授，方便的话能给个联系方式吗？"

林水程笑着摇摇头:"可能不太方便,老师不喜欢被打扰。"

"那没事,认识你,我也很高兴。"那人走过来,不容置疑地塞给他一张名片,又凑过去看他的登记信息,有点吊儿郎当的样子,"林水程,名字好听,我记住了,下次再见了。"

林水程看着那人身影远去,一低头看见手机上多了一条信息:"这个联系方式记得存一下,我的名字在名片上。"

看时间,是还在跟他说话时发送的,这个人居然把手机揣在口袋里盲打。

林水程低头看了一眼名片——"董朔夜"。

他经常走在路上被人要联系方式,职业猎头的各种套路也都见过,没有当回事,直接上楼了。

"负二,你走了没?还没走啊,那我告诉你,你可能不用走了。"董朔夜离开酒店,把玩着手上的一张小字条。上面是林水程的姓名、电话、房号、ID卡号,他刚刚匆匆瞥一眼记下的。

他记忆力奇好,过目不忘,这也是他能小小年纪就混成副科长的原因。

傅落银说:"什么事?"

"我见着林水程了,他刚在下面开房间被我撞到了!世界真小。"董朔夜说。

那边顿了一下:"林水程?"

"是,苏瑜给我看过他的照片,我一眼就能认出来,那颗泪痣太好认了。"董朔夜最爱搅屎,压低声音说,"他好像去了607,也不知道是去干什么,你还没让他插手公司的事吧?会不会是有竞争公司来挖墙脚?"

"闭上你的乌鸦嘴,专心开车少放屁。"傅落银说,"没别的事我挂了。"

傅落银给前台打电话问了一下情况，知道不是什么大事，但有点好奇。有家不回，非要来睡酒店，林水程在干什么？

林水程拿着房卡去刷607的门，结果发现开不了。

他试了很多次，房卡都弹出嘀嘀的红色警告，引得路人频频侧目。

回到前台询问时，前台小哥一脸歉意："啊，对不起、对不起，607好像系统检修出故障了，现在给您换成313房间可以吗？"

林水程现在只想睡觉，也没那么多讲究："可以的，没事。"

10

三楼很安静，时不时有穿着联盟警方统一大衣的人走过去，林水程猜测这一层应该是前来开会的警方的休息区。

313在靠近走廊和平层咖啡厅的倒数第二间，林水程进门前，先去咖啡厅买了一份简餐和一瓶热牛奶，打算吃完后好好休息一下。

他把卡贴在门边，嘀嘀两声后，进了门。

房里一片黑暗，林水程关了门，随手把东西放在门口的置物柜上，伸手去插电源。

就是这一伸手，他突然发现了有什么不对的地方——他在置物柜上还碰到了一个文件袋，往前一步，他踩到了乱放在门口的一双一次性毛拖鞋。

有人在这里，他进错房间了？

这个念头掠过的一刹那，林水程伸出去开灯的手已经被人摁住了，他吓了一跳，反手就是一肘子狠狠地砸向黑暗中冒出的人，却砸了个空。

那人不知道从哪里冒出来的，另一只手直接挡住他的攻势把他往里拖，拎他就跟拎一只小兔子似的，随后林水程听见了熟悉的笑声：

"还知道打人了,嗯?

"怎么来这里住?躲我是不是?躲我干什么?加班好玩吗,林水程,嗯?

"说话,不说话我就弄死你了啊。我最忌讳手下的人有事瞒我。"

傅落银声音很温柔,眼神却让人禁不住头皮发麻。

林水程快哭了。

他没想到在这里都能遇到傅落银——躲来躲去那么久,为了不回家,还特意在学校这边开房间休息,没想到直接就撞上了傅落银本人!

这下他说什么都解释不清了。

两人相持了一会儿,傅落银看林水程一脸紧张,笑了,语气跟着和缓下来:"你最近究竟是有多忙,累到为了不回去给我做饭,竟然跑出来住?"

见林水程不说话,傅落银也不再为这事纠结。归根结底,他怀疑过度,实际上也没有多认真地生气,也有些玩笑的意思在里边。

想到这里,傅落银软下来说:"出去吃吧,吃点好的。"

两人下楼,没走远,就在星大的学生美食城吃了饭。这时候已经凌晨两三点了,他们随便找了一家牛肉火锅店,清淡鲜香,在寒冷的秋夜里吃得胃热腾腾的。

林水程一边吃一边犯困,傅落银慢慢喝着店家送的牛杂汤,就看见林水程眼睛都快睁不开了,滚滚热气中,还透出那么一些苍白憔悴。

林水程托腮睡着了一小会儿,傅落银就在位置上等着,随手拿出手机翻阅报告。

一直到天快亮了,老板看起来要打烊,林水程才迷迷糊糊地醒来,睁开眼睛。

傅落银说:"钱包在你口袋里。"

林水程才想起来自己出门穿了他的衣服，伸手摸了摸，找到傅落银的 ID 卡——黑色的，上面有"七处"的字样。

老板一看这张卡就笑了："原来是来开会的长官，学校发了通知说来开会的都不收费。"

林水程愣了一下，又看了一眼那张卡，随后将其收回钱包内。

"怎么了？"傅落银问。

"你不是开公司的吗，怎么跑去当兵了？"林水程有点疑惑。

他认识傅落银的时候，傅落银就是作为那个项目组的甲方出现的，之后周衡在他面前称呼傅落银，也是叫"老板"。他一直理所当然地认为傅落银应该是个开公司的。

"是老板认错了，七处不是军方机构，而是个科研机构，解释起来也挺复杂，我只是个开公司的。"傅落银随口说，"不过我是当过两年兵，后来退伍了。"

"哦。"林水程说。

傅落银发现这家伙居然对自己的身份背景一无所知——不过跟他这样的书呆子好学生解释傅家，林水程估计也没个数。换了普通人，估计早就为自己和这么有后台的人有关系而沾沾自喜了。

这一点让他加深了自己的判断，林水程某种意义上是很踏实的人，可以为他所用。这也算是一点小惊喜。

回到房间后，傅落银想让林水程学习之余多点时间休息："这四天别回家了，下班直接在这里休息吧。"

林水程瞅他。

傅落银说："怎么了？不愿意？"

林水程想抗争一下："小奶牛没有人喂。"

傅落银："打电话让周衡去喂。"

林水程："我加班呢。"

傅落银："加班就更得在学校附近住，听明白没？"

林水程不吭声了。

11

第二天，周衡送了衣服过来，林水程的和傅落银的都有。

给林水程的还是平常的定制名牌——估计这位主儿也认不出来，给傅落银送来的则是他忘在家里的肩章。

"今晚还加班吗，嗯？"傅落银神情似笑非笑，问他。

林水程想到这件事情，有点发慌——他前几天是真的在躲他，可是今天他要写开题报告，动手建模证明可行性，是真的需要加班。

傅落银看他又要哭了，也不跟他开玩笑了，只说："多注意休息。"

林水程默默点了点头。

他的开题报告需要动用大机器，要层层审批后穿防静电服进去，换衣服的时候，林水程摸到外套里多了一个硬硬的东西，拿出来一看，是傅落银的钱包。

这个钱包和他们出去埋单时拿出来的还不一样，很旧，应该是一开始就带过来的。林水程看了看，里面放着一些发票和储蓄卡，还有一张泛黄的照片。

现在很少有人还会特意去拍照片，林水程首先注意到的是照片右下角被裁掉的日期，一看即知是从毕业照上裁下来的。照片中央是个很好看的男生，不是傅落银，他不认识。

林水程没有窥探别人隐私的习惯，确认了傅落银的钱包里没有什么急需的东西之后就放下了，打算晚上再去酒店还给他。

他在量子计算机实验室待了将近一整天，下午拿完数据出来时，才发现自己的私人消息被戳爆了。

"（上午7：40）七组组长：这是数据压缩包，小林师弟，今天也拜托一下你啊！我们这边实在是忙不开！"

"该文件由于长时间未接收已转为离线发送。"

"（上午8：37）七组组长：人呢？"

"（下午4：37）七组组长：完了，我们组数据跑不完了！"

……

林水程粗略扫了一遍，都是要他来跑数据的同学。

他逐一回复："不好意思，没看消息，今天我有事，没办法帮你们跑了。"

七组组长秒回了："哎，没事，今天留下来加个班好了。"

欧倩却疯了，给他连发几大串问号："我今天都没来实验室，你跟我说你没办法跑数据了？我们组的数据这几天不都是你在跑吗？你让我现在怎么办？我回家了，现在正在陪家里人吃饭！"

林水程："危检数据是个人的，不是小组的。你可以吃完饭过来加班。今天我要写我们组的报告。"

欧倩说："你做不完吗？帮我做一下吧小林，我真的在陪家里人，赶不过来。"

林水程："你可以找一下别人，今天我抽不开身。"

欧倩："……"

林水程："另外，你找的资料不能用，一会儿我把我整理的资料发给你。"

欧倩："……是要我们重新整理一下的意思吗？"

林水程有些疑惑："不需要，我的意思是开题之后，了解项目内容，这些资料需要用到。你们记得看。"

欧倩不再回复他，林水程也没有在意。

他回到实验室，接着写开题报告。只是开题而已，需要的资料和基本建模都有了，写起来十分顺利。

不到五点半，他就已经写完了。检查几遍之后无误，上传到了群组内。

王品缘："收到，我看一下，你们可以准备一下答辩内容了。"

林水程关闭了对话框，开始跑他今天的数据。今天联盟过来参观，先去了物理院，顺便也开设一些企划项目，性质类似校园招聘。

实验室里空空荡荡，大部分人跑去围观了，看看有没有自己也能参与的。

徐梦梦在另一边焦头烂额，林水程注意到了，说："给我做吧。"

徐梦梦说："不用，组里人都把数据给我做了，太多了，你忙不过来的。小林师弟，你现在报告写完了，可以去物院看看联盟的招标内容，说不定可以捞到什么活做，就当赚外快了。其他同学都去了。"

林水程看了看时间："欧倩他们今天的危险数据排查都给你做了？"

徐梦梦点了点头："都说有事在忙。我才把我的数据做完呢。"

"他们的数据，他们加班做。别弄了，就说你也有事要忙。"

林水程收拾东西，看了一眼窗边的风暴瓶。淡蓝色的溶液安安静静，没有任何析出晶体的现象。

这几天放晴了，深秋的夕阳透窗照入，将他的碎发边缘染成金色，说不出有多好看。

徐梦梦傻了："啊？我没别的事要忙啊！"

林水程对她一笑："有的，师姐，我想请你吃个饭。"

徐梦梦立刻收拾东西准备下班。还做什么数据！跟漂亮师弟吃饭最重要！

林水程请她吃杭帮菜，就近在星大的一个私房菜馆里。

地方很小，环境很私密，徐梦梦知道这里一般不是学生来的地方，而是学校接待宾客用的。

上去的时候，周围走动的也明显是教授和军人，林水程却熟得跟进自己家一样。

徐梦梦坐下时，看了看周围典雅浪漫的布置，瑟瑟发抖："小林师弟，好好的，怎么请我来这里吃饭？这也太破费了吧？"

林水程说："想找师姐借一下量子实验室的钥匙。"

量子实验室就是他今天上午去的那个实验室，要过三道审批后静电除尘进入，看得很严。

徐梦梦吃了一惊："这是要挨处分的！"

林水程："明天还给你，谢谢师姐。就借一晚上，师姐。"

热腾腾的菜端上来，水汽氤氲，林水程的眼神认真又安静。

徐梦梦："……好好好，你拿走。"

徐梦梦心想，林水程这种学霸要借钥匙，大概也是熬夜学习之类的吧。

联盟中一共有十台量子计算机，其中九台全都在联盟中央，以防有人用量子计算机强大的运算力暴力破解全世界的安全墙。留在星大的这台计算机是初代版本，准确性上存在一定的问题，需要重复演算确认结果，每一次运算内容都会被系统记录、被院系领导核查。拥有启动资格的只有本院学生和导师。实验楼本身防护严密，对资格认可的 ID 卡持有者开放通行，对于外来人来说，却是铜墙铁壁。

徐梦梦给他的钥匙一共五把，有五道门要开，林水程先将钥匙放进口袋，无意识地碰到了口袋里的钱包。

他愣了愣，突然想起傅落银之前也直接进入过实验楼。

傅落银是个开公司的，也已经退伍了，为什么会有这里的权限？他的级别很高吗？

林水程回忆了一下他的词条内容，但是记不太清了，也懒得再动手查一遍。

饭后傅落银打电话过来说今晚他们通宵开会，就不一起吃饭了。

林水程松了一口气，今晚可以好好休息。

既然傅落银不在，他就立刻回了家。

林水程先和小奶牛联络了一下感情，随后进入里边工作间，把所有钥匙扫描后3D打印出新的，收起来放好。

家里的风暴瓶倒是析出了结晶，但是和上次一样是丑丑的絮状沉淀物，沉淀物数量还不如上次多。

林水程把溶液倒掉，洗干净后又配了一瓶。

随后他叫了外卖，吃完后洗漱，抱着小奶牛睡觉了。

多日没有出现过的安稳梦境中，林水程并没有意识到，自己整整一天的行踪，都已经暴露在相机快门下。

欧倩浏览着电脑上传过来的图片。

照片上，林水程温柔地笑着，和徐梦梦面对面坐在一个隐蔽的包厢内，气氛融洽和谐。热腾腾的锅炉把两人的面颊都熏成淡粉色，如果不知道，会以为他们是一对情侣。

她继续跟电话里的人抱怨："他想做组长，又不是不让他做，谁都知道老王头宠他跟个宝贝似的！现在呢？我去当组长，他又来指手画脚，说我们资料查得不好，文献综述写得不好，发报告时也没经过我，直接在群里给老师看了。他就是想把所有的功都揽过去，我算是看透了。我们导师说了，这个项目的价值高到光是开题都能见报的那种程度，他想出风头，我偏偏不让他当这个论文第一作者！说到底我才是组长呢！"

"燃燃，你是不知道林水程有多恶心，除了这事还有，我跟你说，今天下午我陪我爷爷吃饭，当时太忙，请他帮忙跑数据，他都不肯帮。负二怎么资助了这样一个人？！"欧倩点击图片发送，咬牙笑道，"你看，他还跟女人勾勾搭搭……"

这是夏燃第一次看见林水程的近照。

夏燃说:"倩倩,你决定吧,我现在脑子有点乱。负二肯定很认可他的能力,既然成绩那么好,肯定也有他出色的地方。"

欧倩说:"不会的,负二肯定还是最看重你。之前他可是直接把你当左右手培养的啊!"

夏燃说:"他真看重我,当年也不会觉得我处处是毛病,逼着我改了。我总是不服输,后面就是因为这个才跟他闹掰。"

他的声音有些颤抖。

欧倩咬牙说:"燃燃,你别难过,我非帮你把姓林的整下去不可。"

第二天,林水程去实验室,一切如常。

他把钥匙交还给徐梦梦,道了谢。徐梦梦拉住他:"哎,小林师弟你等等,别走,你论文里好多数据和算法我没看懂你是怎么用的,PPT不知道怎么做,到时候怕讲起来麻烦。"

林水程想了想:"答辩应该是我上去讲吧,做得不精确也没关系,我知道数据。"

"哦,对,你是一作,一作上去答辩。"徐梦梦感叹了一声,"老王头没要一作啊,说尽量把位置留给我们,他对我们真好。不过我听说这次答辩组委会有个老师特别凶,经常把人骂哭的那种,小林师弟,你要做好心理准备。"

"嗯,我知道。如果PPT难做的话,我回去给你标个重点,你直接复制粘贴上去就好了。"林水程说。

看着徐梦梦感动得快要成星星眼了,林水程笑了笑。

他淡漠处世,不代表任人欺压,更不代表分辨不出哪些人对他坏,哪些人对他好。

他回到座位上,刚把重点发给徐梦梦,就看见欧倩在群里"艾特"他:"论文作者顺序修改一下,还是老师第一,其余的按小组顺序排吧。"

林水程怔了一下。

欧倩："老师辛苦指导我们，列为一作是应该的，按照分工来看，你和徐梦梦只负责整理，我们按照论文贡献度排序。"

王品缘在群里发言了："一作我不要，我不缺这点东西。你们孩子自己商量着办。"

欧倩："@全体成员，论文作者顺序，我、安如意、吕健、孟亦、林水程、徐梦梦，你们看怎么样？"

她人不在实验室，徐梦梦直接炸了，跑来跟林水程说："怎么能把你放倒数第二？她疯了吗？？"

林水程看了一眼消息，说："也没事吧，我也不缺这一次的一作。"

徐梦梦："……"

她无奈："我知道你是学霸，但你别这么佛系啊！该是你的就是你的，你可以让出去，但怎么能让人直接抢走呢？她就查了个资料，凭什么列为第一作者？"

"没关系。"

林水程敲了几下键盘，发送消息给欧倩，心平气和地示意徐梦梦看。

林水程："我没意见，一作答辩是吗？我和徐梦梦做答辩PPT。"

欧倩："没问题。"

12

答辩日是星期日。

林水程不是一作，去或不去影响不大，正好昨天回去看小奶牛的时候，发现这只小猫咪像是有些食欲不振，林水程就给王品缘打了个电话，打算周日带小奶牛去宠物医院看看。

这是他这周第二次请假,王品缘很偏爱这个学生,问都没问就给他批了——林水程请周日的假,又不是不上导师的课,不算什么大事。

王品缘注意到开题报告里他的名字排倒数第二,跟着也问了一声:"论文作者排名是你们商量好的吗?你怎么这么靠后?"

林水程中规中矩地说:"跟老师您一样,我觉得这次机会虽然好,但是有同学比我更需要这次的一作位置丰富履历,所以觉得让出来也没关系。这次的研究方向,和我以后想要做的方向相关度也不高。"

"这样也行,你们年轻人有自己的想法也是好事。这次联盟的项目你看了没有?"王品缘叮嘱道,"自己的方向重要,这次项目还是给我打起精神来做,知道吗?"

"明白,谢谢老师。对了,徐梦梦师姐跟我去一个物院的招聘会,时间冲突了,她现在没空,我也帮她向您请个周日的假。"林水程说。

王品缘:"行,你们加油。"

徐梦梦在他旁边,瞪大眼睛听他请假:"小林师弟,我们没冲突啊,你怎么连我的假也请了?"

林水程说:"顺便的,答辩谁爱去谁去。师姐还想吃个饭吗?"

徐梦梦:"……"

七处日夜无休开会议事,傅落银还负责傅氏科技最近 B4 计划的重启,刚到星城,所有的事一股脑儿都涌了上来。几轮加班加点下来,傅落银越累,人看起来却越精神,所有人都熬得双眼发红,他一个人依然像个机器一样,冷静地安排工作,对接任务。

董朔夜主持楚时寒项目的重启,先去旧七处取档案了,随后又跟着傅落银回家了一趟,他去调查楚时寒的遗物,傅落银把调查组重启的消息告诉了楚静姝。

楚静姝怔怔的:"就算……就算查出来了,又有什么用呢?"

她自言自语,傅落银在旁边闭口不言。过了一会儿,楚静姝又哭了起来,歇斯底里地说:"查,再查,我要害死时寒的人不得好死!"

傅落银问保姆:"她最近经常这样吗?是不是越来越严重了?"

保姆说:"医生来看过,说一定得配合吃药才行。夫人吃药之后嗜睡,她很不喜欢这样,有时候会背着我们催吐把药吐出来,没办法的。"

"还有……"保姆望着他,目光有点躲闪。

"还有?"傅落银挑眉。

保姆说:"医生也说,您和您的哥哥长得太像了,可能会触发夫人的这种反应……"

"她是我妈,我也是她亲生的。这个病不是一味躲避就能治好的,我会经常来看她,直到她认清楚我哥已经死了,我的名字是傅落银为止。"傅落银冷冷地说。

董朔夜拍照后从楚时寒房间里出来,听见了楼上的动静。

他感叹道:"你也是不容易。"

傅落银说:"这些年都这样。"

他们走出大门,花园边刮起一阵凉风,傅落银的胃隐隐作痛。

"难怪你在江南分部躲着,一直不回来……"董朔夜问他,"上次你资助的那个学生,有什么后续吗?怎么会突然出现在酒店里?"

"没啥事,你想多了。"傅落银瞥了他一眼,他嬉皮笑脸的:"那这次还有个真八卦,昨天我见着一个刺激的——你猜欧倩这次回星大读研,跟谁一个组?"

傅落银怔了怔:"……林水程?"

董朔夜竖起大拇指:"猜对了!"

他把朋友圈刷出来的照片给傅落银看。

欧倩:"新学期很开心~组员都特别棒!还有个超级大学霸小哥哥,特别好看。"

配图九张。

前六张都是小组成员吃火锅的图片,林水程坐在角落,安静吃喝。后面三张换了个地方,却只有林水程和一个陌生女孩面对面吃饭,神情举止很轻松亲昵,特写中,林水程特别惹眼,那颗红泪痣像宝石一样,为他在淡漠中增添了一丝无法抵挡的动人。

和傅落银常往来的苏瑜、董朔夜都认识夏燃和欧情,欧情他们那一个小圈子活跃在北美分部,女孩子比较多,和他们互不打扰。

董朔夜用手指了指底下的评论区。

易水:"微笑/微笑/有我好看?"

夏:"真好,我也想吃火锅了。"

"易水是欧情现在的男朋友,你不认识,我听苏瑜讲过。但这个'夏'……负二,你当时被人删除拉黑了,他网名十多年没换过了,你别跟我装你不知道。"

董朔夜看起来只差兴奋地拍巴掌了,这个搅屎棍一如往常,最爱老虎顶上拔毛:"欧情和林水程在一个导师底下,你对林水程这么重视,夏燃又和欧情关系那么好,你说你们要是哪天碰见了,那怎么办——"

他看到傅落银的脸色,话音戛然而止。

眼前人肉眼可见地低气压。

"夏"是夏燃的网名,多年来一直是一个单字,从来没有变过。

傅落银的胃更痛了。

他摁着腹部,让司机开车送董朔夜回警务处。他自己开车回酒店,途中他去摸放在置物夹板里的手机,摸了几次居然都没摸出来。

林水程接到傅落银的电话时,正在跟徐梦梦吃上次那家的杭帮菜。

徐梦梦跟他讨论这次商业招标的事情,她是学姐,对这些事比较了解。林水程很认真地听着,却好像对什么科研七处、九处的这些来头大的项目都不感兴趣。他问:"联盟警察警务处招人是吗?参与他们项目的人多吗？"

徐梦梦摇摇头："不多的，刑侦很冷门，化院的倒是专业对口，平时的项目如果是痕迹检查之类的就算了，但是这次的项目偏偏是名画鉴定，听说是一处追查的失窃案，找回来的两幅画无法比对，现在的造假技术根本让人防不胜防。"

林水程若有所思。

徐梦梦看他没怎么吃饭，只有桌上的杭菊鸡丝动了不少，问他："小林师弟喜欢吃这个啊？还是喜欢吃杭帮菜？不过我看你上次也没吃多少。"

林水程摇头："我虽然是江南分部过来的，但不是江南那边的人。我口味偏辣，这道菜是……以前有人跟我提起过，说很好吃，一定要来吃吃看。"

他微微垂下眼，有些出神，还有些怔忪。

林程水喃喃说："我很想他。"

这语气轻得如同迷梦，徐梦梦也怔了怔。

林水程手机响了，他低头看见来电的号码，随后说了声抱歉，出去接电话了。

傅落银因为胃痛，声音有些压抑："在哪里？"

林水程看了一眼头顶的饭店招牌，声音温温柔柔的，没有说在哪里，而是直接说："我在吃饭。"

"在哪里？我来接你。"傅落银没有理会，语气中透着某种执拗。

林水程做出了让步："我在星大私房菜馆这里。"

傅落银一声不吭把电话挂了。

林水程捏了捏手机，随后上楼告诉徐梦梦："师姐，我有点急事，要先走了。"

他们快吃完了，徐梦梦跟着站起来说："没事没事，我也吃好了，上次你请我吃饭,这次我们 AA 吧。"

他们付完账,林水程送徐梦梦出门,帮她叫了出租车,又记下了出租车车牌号。

他开始在原地四处张望。滚滚车流中,傅落银摁了鸣笛键,林水程望了一眼,透过车窗玻璃,一眼看见的是他惨白吓人的脸色。

傅落银胃病又犯了。

一路开车回家,气氛有些沉闷。傅落银一直没有说话,也拒绝去医院,林水程于是也什么都没说,只是安静地为他找药、熬粥。

温热香甜的粥化入口中,傅落银缓了很长时间才恢复过来。

等他偏头去看时,林水程已经抱着医药盒睡着了,整个人歪在沙发边,用一个很难受的姿势缩着。

——或许这个人不会让他失望。

因为这件事,林水程连第二天预约了给小奶牛看病都忘了,情急之下只好给医生发短信延期。傅落银直接推了一个重要会议,就说自己胃病犯了在家休息。

周日上午,家里客厅电话响了起来。

林水程还没醒来,傅落银就接了:"喂?"

"喂,林水程吗?你赶快过来一下答辩组!"说话的是个男声,慌慌张张,"我们组答辩被卡了,现在所有人都下不来台,欧倩在里面快哭崩了,这次答辩组有一个老师特别凶,你和徐梦梦,我们都联系不上,安如意也说没看明白 PPT 和论文里那个数据怎么出来的……"

欧倩。

傅落银敏锐地捕捉了这个关键词,眉头紧跟着皱了皱。

"你们答辩是你们的事,跟他有什么关系?"傅落银反问。

对面打电话的是同级研一新生孟亦,他听出这边的声音不是林水程的,愣了一下。

傅落银淡淡地说:"你们学生这种开题答辩我知道,一作上去答辩,林水程没去就说明他不是一作,这个时候来找他是什么意思?听你的意思,关键数据是他跑的?"

他对林水程在干什么不关心,不过他清楚林水程之前是加了很多天班的,告诉他在忙开题报告的事。

孟亦跟着组员被凶了一上午,电话里这个陌生人更凶,他眼泪都要冒出来了:"对不起、对不起,请您跟他说,让他一定要来一下!许老师说今天如果没有解释,要把我们全员开除……"

傅落银懒懒地说:"看情况吧。"

看他资助的这位高才生什么时候醒来。

13

来自星大的电话刚挂,傅落银又帮林水程接了个电话。

这次是兽医的电话,问林水程预约的看病时间要推迟到什么时候。

傅落银说:"我问问他。他还没醒,一会儿给你回电。"

林水程一觉睡到了中午。

傅落银把兽医来电话的事告诉他,问他:"小奶牛生病了?"

"不太爱吃东西,精神不好,可能是猫感冒。"林水程说。

"去什么宠物医院,直接让人上门来看诊,你给周衡打电话。"傅落银说。

他很关心小奶牛的身体状况,林水程想了想,才记起这个人似乎每次上门,都会坚持不懈地撸一把爹毛的奶牛猫。小奶牛次次抓次次挠,也没见他生气。

傅落银似乎是个猫咪控。

林水程犹豫了一下，轻轻说："我带小奶牛去看医生，宠物医院和星大中央第一医院很近，我想一会儿顺便去看看林等。"

傅落银怔了怔，才想起来林水程的确是有个弟弟，似乎之前他一直留在江南，也是因为弟弟出了事需要照顾。

他和林水程见面的次数一只手都数得过来，对于林水程家境的了解，也只剩下父母双亡、弟弟重病。林等的转院手续他没有过问，直接交给苏瑜去办的，苏瑜的妈妈就是第一医院的脑神经科科长，直接留了VIP监护病房出来。

"我送你过去。"傅落银说，"想在哪里吃饭？"

林水程有些诧异地看着他："你今天不开会吗？"

傅落银昨天因为胃病连翘两场会议："没事。"

林水程垂下眼说"好"。

傅落银带小奶牛去医院的路上换了车，让司机开车。

奶牛猫被林水程装在猫包里，蔫头耷脑的，傅落银透过猫包的透明罩瞅它，它也瞅着他，凶他的力气都没有了，只是蜷成一团。

林水程轻轻把手伸进去，放在小奶牛的脑门上，时不时地安抚一下。

司机跟他们搭话："小林先生这只猫倒是看不出品种，是土猫吗？"

"嗯。大学外边捡的，生下来很虚弱，快被猫妈妈吃掉了，我们就捡回来养着。"林水程说。

司机感叹说："那也是很幸运了，土猫也好，土猫身体强壮，好养活。"

傅落银一边在车上加班，花二十分钟看底下人交上来的项目报告，一边跟人连线打电话。

对面诚惶诚恐，赔着笑说："傅总，这次的项目策划，我们所有人加班加点熬夜核对了上百遍才做出来，不瞒您说，交上来之前我们还做了Q&A问答批判，这个项目启动了两个月，项目书可能有点长，您慢慢看。"

傅落银瞥了一眼猫包里的小奶牛："我这里有点急事，赶时间，长话短说，你们开录音记录一下，我这边就不到场了。"

对面赶紧说："好的好的，您说。"

傅落银是出了名的大忙人，决议拍板的动辄是联盟全球奥运会开幕式之类的项目，年纪轻轻的，前途不可限量。

傅落银语速非常快："工程地理位置图我看见了，第一定点，第十三页岩土工程风化情况调查不详细，我有理由问一下你们地基坍塌怎么办。第二十八页自然灾害预测曲线，普通预测你们全做了，但是今年上游启动的蓄水大坝就在你们头顶，是否考虑到这个情况？"

直切主题，他连续说了二十三条，条条都是直击死穴、足够撤出项目的理由。对面越听越慌，竟然一条都答不出来，一下子呆住了。

傅落银看他们蒙了，顿了顿，说："这样，一会儿我给你们几个修改方案，你们的策划书按照我给的条目相应调整1/3的内容，下周让人交到七处我这里来。"

对面还以为要被判死刑，这下差点激动得哭出来："好的好的，不用下周，这周我们一定交给您！"

林水程坐在他身边，很安静，路上有点堵车，林水程听着他打电话，靠着靠背又睡着了。

傅落银瞥到这人睡着了，放轻了声音。

小奶牛从猫包里探出头来，用爪子轻轻扒拉他的手。猫咪的指甲已经剪过了，但还是会在手背上留下淡白的印痕。

傅落银伸手挥了挥，赶走小奶牛作乱的爪子。

今天堵车还是因为星大那边开会，处处设了警戒线随机安检，傅落银这辆车没办七处的证书，只能按照规矩办事。

到医院的时候，傅落银的工作也完成了。他把林水程喊醒后，拉着对方下了车。

小奶牛的病情不严重,和林水程估计的一样,是猫感冒,医生开了药。随后,林水程去看望林等。

傅落银陪他过去时,刚好遇见科长来查房。苏瑜妈妈名叫燕紫,是个很利落的美丽女性。

林水程认识她:"医生好。"

"小林来看弟弟了啊?哟,这不是小傅吗,最近在哪儿忙啊?你们两个认识?"燕紫也算是看着傅落银长大的那一批家长,对他态度很热情。

傅落银随口说:"不算朋友,我资助的学生。"

随后对林水程说:"你先进去吧。"

林等比林水程小三岁,林水程高中毕业时,他初中毕业,和父亲乘车出门的时候遭遇了一场惨烈的车祸,林爸爸没能救回来,他也进入了植物人状态,能不能醒来还要看命。

林水程在病房待了半个小时就出来了,神色如常。

他轻轻说:"你原来认识燕医生啊。谢谢你帮小等办转院手续。"

"不是我,是苏瑜,你见过的,燕医生是他的妈妈,顺手的事。"傅落银说,"这边比江南分部好,疗养条件跟上来了,再配上温和的靶向神经刺激药物,说不定很快就能醒来,你不用担心。"

林水程"嗯"了一声。

傅落银看着他的样子,不知为什么,心又软了一下:"你要是早几年遇见我就好了,不用吃这么多苦,也不用放弃星大本部去江南。"

林水程笑了笑,抿抿嘴,没有说话了。

傅落银却突然想起了什么:"对了,今早上星大有学生打电话找你,说答辩被卡了,要你回去帮忙。"

他当时只顾着问小奶牛的情况,把这茬给忘了。

林水程愣了一下，随后说了一声"哦"，没什么别的反应，只是找他确认："早上打过来的吗？"

现在都快傍晚了。

他这时候看起来有点呆，傅落银瞅他："没耽误你的事吧？"

林水程回过神来，摇摇头说："没什么，都已经拖了这么长时间，也不差现在这会儿。"

傅落银低声问他："别是在学校给人欺负了，嗯？"

林水程小声说："没有。"

"真没有？"

"没有。"

把小奶牛送回家后，林水程动手做饭，弄了一盆香辣蟹和素炒河粉，拖到晚上九点，这才发现手机已经被打爆了。

七八十条同学的未接来电记录，还有数不清的不认识的号码，最新一条短信来自王品缘："小林，尽快来学院3号答辩会议室。"

林水程看到这条短信，匆忙间低声说："我……我要出门一趟。"

傅落银："还是要去啊？"

他一向不怎么喜欢委曲求全的办事风格，不爱受气，也不爱看身边人受气，这次猜出林水程要干什么，语气也跟着有点冷。

林水程可怜巴巴的："导、导师让我过去……"

"那么我陪你一起去。"傅落银站起身，口吻淡淡的。林水程的资历与能力或许无可指摘，但是为人处世方面，他还有得教。

林水程有点不明白他去干什么，傅落银抓着林水程的手，面不改色："我去看我手下办事怎么样，最近七处在你们院也招标，你去没去？"

林水程又愣了一下："……还没有。"

"记得去报名，你们学生都挺需要这些机会吧？我让人给你留位置出来。"傅落银说。

林水程犹豫了一会儿，没说什么，还是跟他一起走了。

到了答辩室外，林水程才意识到这事好像闹得有点大——外面挤满了人，焦头烂额的，隐约还有哭声和争吵的声音，可是这些人他一个都不认识。

过去一问，才知道今天一共四组答辩，有三组被卡了，数院最近空降的副院长许空是个卡人狂魔，欧倩他们被卡得最严重，院长直接让他们待在答辩室里不许走。

欧倩似乎还有些关系，哭着找人联系了同在数院的一个副教授过来说情，可是连那个副教授也一起被关在了里面挨训。

许空直接指着副教授问："来来来，你自己来问问他们做的是什么东西，PPT和论文都做得漂漂亮亮，那这个数据是哪里来的？怎么算的？这种学生是星大的败类！星大迟早有一天得被他们糟蹋完，学术不是游戏，就这个态度，我一定要问责，从他们的导师再到学生本人，挨个查清楚！"

许空骂人的声音中气十足，据说有空就骂，吃完饭骂，喝完水继续骂——这件事已经上了校内论坛HOT（热门），量子分析系出了个大丑。

林水程一过来，外面哭的学生就纷纷不自觉地让开一条道——这个漂亮淡漠的年轻人看起来有点冷，而他身边那个个子挺拔、眉目锋利的男人似乎更不好惹，也不知道干吗来的。

唯一一个认识的人是王品缘的助教，是个研三学生，认识林水程，一看到林水程过来，就怒气冲冲地冲他吼："你怎么回事？给你打电话，从上午到晚上都不接！我们答辩组的脸今天都丢光了，你还在这里这么悠闲，啊？林大忙人你干吗去了？我们还请不动你了是吧？"

王品缘出差了,助教是负责人,今天两边挨骂,话说得相当不客气。走廊里静得连根针掉下去的声音都能听见。

林水程还没说话,傅落银却已经警觉地往助教那边看了一眼,眯起眼睛问道:"你再说一遍?"

他的目光平静而锋利,带着绝对的压迫与肃杀,如同一头巡守领地的雄狮,警惕地竖起了他的耳朵。

而这头雄狮刚刚看了自己一眼。

助教一下子脸色惨白,如芒刺在背,居然就被这一眼吓得不敢说话了。

傅落银淡淡地说:"我的人,还真不是你们随随便便能请动的。"

他伸手亮出七处的通行证,声音不大不小,正好让门里门外的人都能听见:"七处办事,听说你们特别需要我的人,我把人送过来了。"

14

里面的人听见动静,答辩记录员过来开了门:"过来干什么的?"

林水程微微颔首:"我是王老师的组员,之前请了假没来,晚上看到消息了,过来答辩。"

傅落银站在他身边,记录员一看他是七处的,问都没敢问,让他进来了。

傅落银随手挑了个靠边的小沙发坐下,旁听。

说不上为什么,他忽然想知道林水程答辩是什么样子。再说了,他都过来了,不可能和一群哭哭啼啼的学生在外边等。

他扫视了一眼答辩室——方形的会议桌围着坐了四个导师,被扣下来的学生们坐在靠后的圆形讨论桌边。导师们倒是没什么特别的表示,神情都很随意,地上还丢着几个整理好的塑料餐盒,显然是耗在了这里。

他一眼就看到了欧倩。欧倩红着眼睛,好像也看到了他,有点震惊。

傅落银漠不关心地移开了视线。

欧倩手指有点抖——她知道林水程与傅落银的关系,但是傅落银居然还陪着他来答辩?

她和傅落银没什么交情,虽然同在一个朋友圈子,但是傅落银打小就不太跟她们玩。

欧倩看到林水程,气得又有点想哭,但是忍住了。

她今天已经哭累了。

本来周日之前,她和其他人都仔仔细细地过了一遍论文和PPT。林水程做出来的东西没有半点水分,全都写得规整明白,理论部分每个人都记好了放在心里,唯独数据部分,林水程用了很多个"易证""易得""根据某某方程建模所得结果"来描述,他们对于林水程的数据都有种近乎盲从的信任,整整三天三夜的准备时间里,竟然没有一个人想到要去量子实验室再跑一遍,或者按照他的办法再算一遍。

这种数据和运算方法都写出来了,一目了然的东西,欧倩也没有想到答辩会卡。

偏偏这次撞上了许空。

许空是做前线工具的,是联盟科学技术大学的校长,同时带物院和数院的课,第三代量子计算机的研发就是他全程领导。

他以前因为环境,一直待在另外的分部没有回来,星大这次花了大力气把他挖过来,想让他当校长,被他以"过多的行政任务会耽误我搞科研"为由拒绝了,他只肯来数院当个副院长。

许空同时也是出了名的"老虎星",他的严苛表现在科研和治学两个方面,他带的本科生有着80%以上的挂科率,研究生顺利毕业的寥寥无几。新官上任三把火,他第一把火烧的就是数院立项的任务组。

这样重量级的人说话,可以说是没人敢忤逆的。

本来答辩一切顺利,欧倩他们是最后一组,听见前面两组都不太顺利,于是悬了一颗心没有放下,但是照着PPT念完之后,几位导师提问的都是他们精心准备过的,也算是松了一口气。

问题就出在许空这里。

许空一直在看他们的论文,没有发言,但是表情还是比较满意的。等其他导师的问题都结束之后,他直接就问了:"其他部分都没什么问题,报告做得很漂亮,也没什么别的要问了,我看看……你们第三页那个'T=3749.565'用什么方法算的?"

欧倩立刻就慌了,这个数字正是林水程写了"易得"的部分。

她怎么知道"易得"是个什么得法?!

看她愣了,许空慈祥地笑了笑,以为她只是因为太过紧张而一时间没想起来,于是回头看她的组员。

答辩过程中,一辩答不出来的话,是允许组内成员补充的。

可是底下坐着的人——安如意、吕健、孟亦,一个都答不出来。根本没动手做的事,怎么知道这个数字怎么得来?

许空到这里,脸上的笑意已经慢慢退去了,他继续往后翻了一下论文,一眼找到了第二个"易得":"这个呢?第五页的替换系数37的证明,不用讲太多,证明方法给我说一下。"

欧倩:"……"

她完全蒙了。

全场气氛凝固了,许空的气压也越来越低,脸色肉眼可见地变了。

她不知道为什么这两个数字这么重要,以至于许空突然完全推翻了对她们的赞许,直接把论文往地上一扔:"狗屁、狗屁不通,这论文谁写的？王品缘带出来的？他在干什么？我要开除他。今天你们不说出这些数据怎么来的，一个都别想走！"

他满脸涨红，气得高血压都犯了，吃了几片随身携带的药。

欧倩直接急哭了，求情说："老师，对不起，有些前期准备工作我们没有做好，今天我们组有人没来，这些数据是他负责计算的，我们把他叫过来——"

"放屁！"许空声如洪钟，震得窗户都在跟着哐哐作响，"数院的学生，亲自做的论文，这两个数据怎么跑，不知道？这是很难的问题吗？你们一个个的都不知道答案，这就是问题！在哪里找人写的论文，你们不说，我今天就耗在这里了。我带了那么多年学生，听过那么多场答辩，水成你们这样的学生，我真的是第一次见！"

许空容易脾气上头，另外三个导师没有一个人敢劝。

本来就是周日，也不存在耽误工作的说法，许空脾气上来了，直接坐在这里不走了，骂到后面居然有几分气定神闲的意思，还订了外卖让学生送过来。

欧倩偷偷发消息让人联系了教务处的另一个数院副教授，甚至还惊动了校长，但是这些人没有一个能劝动许空。

许空铁了心要拧一拧这种歪风邪气。

这种事情太过匪夷所思，居然是全联盟第一学府，星城联盟大学的研究生干出的事！

看到林水程出现，和他一组的人都激动了起来，像是死气沉沉的木头玩具被上了发条，阴沉沉的气氛一扫而空。

大概是今天进进出出的人多了，林水程进门时并没有引起导师们的注意，直到他清清冷冷地开口的时候，全场的注意力才重新被吸引过去。

"哟，搬救兵来了啊？"许空意味不明地用鼻子哼了一声，冲他点点头,"来了就上去吧。"

林水程看了一眼投影屏,上面放着的是上个答辩组留下的幻灯片,于是他低头想要退出,在桌面找一下他们组的,却被另一旁的一个女导师阻止了:"都这么晚了,你们自己做的数据应该自己有数,幻灯片就不用了,直接这么讲吧。"

女导师抱住手臂,似笑非笑地看着他。她名字叫杨申,三十出头,同样是数院金字招牌级别的导师,在学术上,她的态度和许空是一致的。

旁边欧倩他们都听出来了,这是个下马威。导师组摆明了已经不相信这个幻灯片是他们自己做出来的,打算也用这个去吓一吓林水程。

临时没有PPT的答辩,如同离上台只有一分钟时通知没有准备的演说家,他需要脱稿演讲一样!

林水程顿了顿,说了声"好"。

随后,他问答辩记录组:"有记号笔吗?"

记录人员给了他一支记号笔。

林水程转身往白板上写字。

七个关键数据,十二个理论方程,三个数据建模图。

这是幻灯片里的精华,也是支撑起整个开题报告和立项可行性的数据。

林水程的字潇洒好看,在他写完最后一个关键数据的时候,所有导师已经调整了坐姿,开始全神贯注。

这个学生肚子里是有货的,他对这组数据的熟悉程度,至少证明了他才是真正的论文参与者!

林水程写完后,几乎没有经过任何停顿,直接按照他制作PPT的思路顺下来,阐述了整个报告的内容。他吐字清晰,逻辑流畅,一点卡顿都没有,两二分钟就简明扼要地把报告说完了。

这个时候就能看出用功与否的差别，欧倩上来的时候照着PPT念，而林水程有详有略，直切重点，遇到老师容易提问的重点部分会特别详细地讲一讲，仿佛他不是来答辩，而是来授课的一般。

林水程讲完后，放下手中的记号笔："我说完了，请各位老师指正。"室内完全沉默了。

"嗯……挺好的，我们要问的你都已经说了啊。"杨申和颜悦色起来，赞许地看了一眼林水程，"珠玉在前，你认为这个项目的意义在哪里？"

这是个理论相关的问题。四舍五入一下，就是送分。

林水程说："嗯……好像没有什么意义啊，我想也不会比破解警务处大楼的电闸密码更有意义，但是联盟要这个项目，我们就做一做。"

他这话一出，室内响起一片笑声，连许空都笑了——林水程玩了一个数据界众所周知的梗，自从量子分析技术出来之后，联盟各种各样的需求层出不穷，根本没搞懂量子破解的应用领域，类似"破一下电闸密码"之类的需求也相应产生，这个梗也被广泛应用，成为数据界吐槽甲方的高频梗。

一直紧绷的气氛突然因为这个放松了起来。

林水程等大家笑完后，才轻轻地说："联盟要这个项目增强国防，我们可以通过这个项目，在目前的量子安全墙基础上进一步将其升级，我相信这个项目的意义一定是重大且深远的。"

已经到了晚上，外边嘈杂不堪，里边学生稀稀拉拉地坐着，导师们也松散随意。一地的纸张，上面还带着脚印。

没有幻灯片，也没有论文底稿，在这样的情况下，林水程依然极其认真地完成了这一场报告。昏暗的灯影和满身的疲惫依然掩不去他身上的光芒。

轮到许空提问了。

所有人都捏了一把汗。

许空咳嗽了几声，审慎地打量着林水程："我的问题还是上午的，如果你们组里依然没有一个人能回答出这个问题，我会把你们连导师一起开除。

"你们第三页那个'T=3749.565'，用什么方法算的？"

林水程愣了一下。

底下的学生看见他愣住了，心已经提到了嗓子眼儿。

一片压抑的沉默中，吕健竖起耳朵，听见林水程有点无辜地说："就是……算出来的啊。"

这是什么诡异的答案？！

吕健脸色灰白，转头跟孟亦说："完了，不会林水程自己的数据也是随便找的吧？"

孟亦紧张得根本没办法说话，快哭了，把头埋进了臂弯里："这下是真的完了……"

出乎所有人意料，许空并没有动怒。

他接着问："怎么算的？你知道这种数据，反向逆推会产生无穷种可能，你只知道一个源射频段数字，难不成你还给它穷举出来？"

"老师，就是穷举。"林水程说，"所以我申请了量子实验室，穷举两小时跑出来了。就是计算机算出来的。"

"好了，我没问题了。"许空拿起水杯，"你们可以走了。剩下的，你们自觉点，该处分的处分，该换一作就换一作，不用我说吧？"

"……"

"……"

孟亦压根儿没明白发生了什么，问吕健："什么情况？"

吕健疯狂摇头。

安如意却在旁边脸色白了，低声喃喃："这是道送分题……这种题就像逆推银行卡机器随机掩码一样,暴力破解是最快的方法,林水程用量子计算机暴力破解了,所以他说是直接算出来的,PPT上也写着'易得',我们……都没想到这个。"

等于说,当时许空给欧倩提的问题,是一个简单得近似于"1+1等于多少"的问题。只要组里有任何一个人去跑过这次数据,都能知道答案!

但是因为他们没有一个人亲自参与论文流程,所以没有一个人能回答这道送分题。

这才是真真正正的丢尽颜面,他们组里谁认真做了事,谁什么都没干,在导师眼中一清二楚!

杨申收拾东西出去,意味深长地说了一声:"你们如果是我手下的学生,我不可能让你们再进行这个项目。组长记大过,除了刚刚那个同学和另一个没来的,剩下的全部记过处分,全校通报批评,你们导师也会跟着挨处分。"

林水程被许空单独留下来,其余人先出去了,傅落银等在门口。

许空问他:"林水程,量子分析系?以前跟过什么项目没有?"

林水程说:"数院的这是第一个项目。"

许空"嗯"了一声:"数院的是第一个,那就是别的院还有项目做过了,你之前是学什么的?导师是谁?"

"学化学的,本科跟着杨之为教授学习。"

许空本来在看他的资料,听完这话后,抬起头瞅他:"杨之为?"

林水程点点头。

"那还真是可惜了。不过学数据也好,学数据多做实事。"许空查了一下林水程的履历,心下了然,"硕导你有了,博士考虑来我这里读吗?我说听你名字怎么这么熟悉,原来是老杨的学生,怪不得。"

林水程说:"谢谢老师抬爱,我会努力。"

"以后专业上有什么问题也可以来问我,我在副院长办公室。"许空说,"我暂时没什么能帮你的,我这边有个《TFCJO》的评审推荐资格,你到时候填个资料给我。"

林水程出来的时候,其他人差不多走光了。
傅落银似笑非笑地看着他:"这下是不是把你同学都得罪光了?"
林水程低头思考了一下这个问题,还没回答,傅落银接着说:"你们这个系新开不久,大范围投入实用领域也才四五年,难免良莠不齐,这些事情不用在意。"
他顿了顿,声音压低了,透出一种沙哑的磁性:"下次被欺负了,可以告诉我。"

第第第第三章

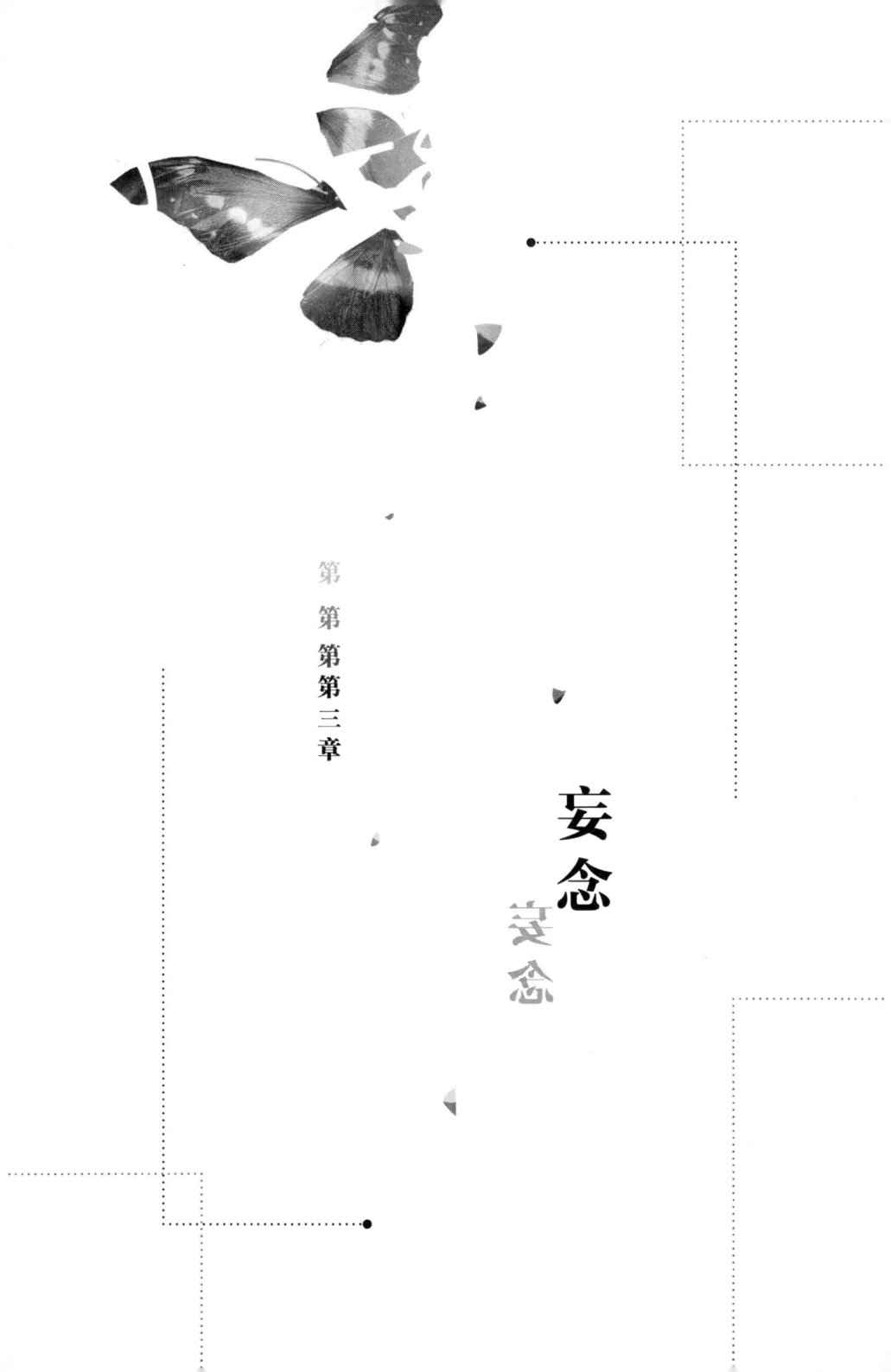

妄念

15

星大每年都有没办法毕业的学生，学校对于学术上的东西很严谨。

本科生作弊，直接被开除学籍，取消本校考研资格。研究生项目造假、捏造数据，也是直接开除，并且要录入学术征信系统黑名单。

林水程他们这个组的事情可大可小，因为林水程是组员，数据、PPT和论文都是他自己做出来的，理论上小组作业并不存在问题，但其他人没有办事，所有人也是看在眼里的。量子分析系出了一个大丑，更是所有人心知肚明的事。

林水程跑了教务处一趟，最终处理结果下来，欧倩作为组长，记大过处分，全校通报批评，吕健、安如意、孟亦口头警告处分。

而王品缘这几天在出差，林水程过去求了情："老师都不在，论文内容核查过了没有问题，小组分工不当，和老师没有关系。"

教务处的人本来就跟王品缘关系还不错，知道当导师的真没那么多工夫管学生间的钩心斗角，睁一只眼闭一只眼地就过了。

他给王品缘打了电话，王品缘心情很不好，但是对他还是很温和："你也别自责，这件事不是你的问题，你把机会让给他们了，他们全程不参与，就是他们的问题，你不要被这件事影响到。"

林水程说："好。"

他又给除欧倩外的其他组员各自发了消息："不好意思，赶巧请假了，没能过来，连累大家了，我跟教务处老师联系过了，可以放心，不会记入学界档案。改天我请大家吃饭赔罪。"

其他学生都知道唯一一个记大过的人是谁——锅给欧倩背了，自然松了一口气。

吕健赶紧回复："没事没事，本来让你一个人做了，欧倩都没通知我们，这事到底还是组长有问题，她把你放在后面，我们都以为你故意让着我们，你又请假了没来，我们都忘记问你了，要请吃饭的是我们啊！"

安如意不喜欢他，但明确知道这事自己不占理，倒是跟他道了个歉："这件事我不知道，我有错，对不起。以后研究上的东西做不完，可以找我帮忙。这次辛苦你了，谢谢你帮我们。"

孟亦唯唯诺诺，这孩子还觉得自己铁定要被开除了，感激涕零，看架势恨不得以身相许。

至于徐梦梦，她周日在家睡了一天补觉，第二天起床才发现天翻地覆。她早上一睁眼就被各类消息刷屏了，随后又在论坛刷到学校的帖子，一眼就看见了被顶成HOT的答辩组的事，惊恐地给林水程打了无数个电话。

了解事情原委之后，她差点在电话里笑岔气："师弟干得漂亮啊！这下所有人都怪不上你了，都说是欧倩的错，话术谁不会？没那个金刚钻就别揽瓷器活。不过小林师弟，我听说你朋友把助教骂了？"

林水程："嗯。在考虑请他吃饭赔罪。"

他瞥了一眼身边的傅落银，傅落银正在努力逗小奶牛，企图只通过招手的方式将奶牛猫召唤到身边来。

丝毫没有给他闯了祸的自觉性。

徐梦梦狂笑："骂得好！我们刚还在群里讨论，想请你朋友吃饭！哈哈哈。"

这个助教拿着鸡毛当令箭，目中无人，讲话难听，实验室其他人忍了很久，傅落银这一骂，也算是出了一口恶气。

傅落银在旁边听他打电话，闷声笑。

林水程奇怪地瞅了傅落银一眼。

"看不出你还挺鬼精的。"傅落银漫不经心地问，"早就知道有这一出了吧？"

林水程无辜地看着傅落银，乖得像奶牛猫咪一样——咬人后就特别乖，乍一看还以为特别纯良无害。

不肯吃亏，连后招都想到了。他一个人答辩出尽风头，多少会让其他学生产生一点同仇敌忾的意思，而他这时候主动帮忙摘锅，实际上也是给了其他组员一个台阶下。

台阶就是拿欧倩垫的。他不在乎。

林水程不肯说，傅落银也没有逼他。

林水程成绩好，傅落银一直都知道，否则当初也不会答应资助他，不过今天来看过了，才知道林水程的"成绩好"居然还是特别出人意料的那种。

傅落银去过基层，也在顶层摸爬滚打过，各地方分部，越往上走，天才越多，强手如林。

他身边有董朔夜，过目不忘，七处里能一心多用的人更是数不过来，年纪越小的，能力越可怕。

林水程这样的小心思，他反而很赞同。

他手下走过许多项目，也跟许多学术界的人打过交道，看多了有真才实学却被埋没的人，也看多了德不配位的水货，无论哪个领域，没点人事上的机灵是不行的。

傅落银低声说："知道你不喜欢那个姓欧的，我也不喜欢她，这件事做得好，但是以后注意收敛锋芒。这次要不是碰上了许空那个烂脾气，说不定就让人家大事化小、小事化了了。下一次，别人要和稀泥，你怎么办？就让自己委屈着吗？别人的关系直接到校长，打个电话就让其他教授过来劝和，你啊，下次别这么莽撞。换了我，忍她一次，之后再找个过硬的理由一锅端了，永绝后患。"

林水程垂下眼帘："可是我有你，我也是有关系的人。"

傅落银愣了一下，还以为自己听错了，接着忍俊不禁起来："你说什么？"

林水程抬起眼看他，慢慢地重复："我有你，别人欺负不了我。"

一字一句，温软镇定。

他的语气是那样坦然安和，仿佛理所应当。

那不是小心翼翼地索要。

他怎么敢用这样的语气，说出这样的话？

这个念头在傅落银脑海中掠过短短一瞬，随即湮灭无声，随着林水程这句话说出来，傅落银心脏深处产生了微微的震动。

他没说是不是，只是轻轻地说："……好。"

傅落银关了手机睡觉，把屏幕朝下放在枕头底下。

静音的手机正在一条条地弹出信息，孤独地在漆黑的枕头底发亮。

董朔夜："-2，星幻夜CLUB老地方来不来？"

董朔夜："搞快点，打扑克二缺一，苏瑜都快睡着了。"

董朔夜发来语音："苏瑜已经睡着了！你不会也睡着了吧！这才十二点！夜生活刚刚开始！老子饭还没吃呢，就等你们！"

今天是周四，联盟公务系统的法定假日，一般也是他们这群人约好了出去玩的固定时间。

这个日子雷打不动，谁要是不来，下次得埋单。

另一边，苏瑜歪在CLUB的包间沙发上，很不耐烦董朔夜吵醒他，有气无力地说:"他最近好像胃不舒服,估计不来了。我把我表弟叫来算了。"

董朔夜"啧"了一声:"负二回星城以后,五次找他有四次不在,我看他要埋很长一段时间的单了。"

苏瑜迷迷糊糊的:"你管人家!说吧,你是不是暗恋负二?"

"滚!"董朔夜一个抱枕拍过去,准确无误地砸在苏瑜头顶。

苏瑜哼唧了几句,顺手把抱枕揉进了怀里,小模样睡得还挺安稳。

房间安静下来,董朔夜叹了口气,打开手机消息页面,往下滑了滑,点开了一个群聊。

这个群聊里人不多,大多是女生,男人只有三个。

董朔夜、易水,还有夏燃。

他很少参与这个群的话题,消息一直处于屏蔽状态,几乎像个机器人管家。

现在这个群里炸开了锅。

欧倩发了一张图片。

欧倩:"最近发生的事给大家说一说,大家一定要小心身边人啊!"

欧倩又发了一张带文字的图片。

欧倩:"事情就是这样,他自己 PPT 和论文报告没写清楚,我是答辩人,所有的锅都甩给我,我跳进黄河也洗不清。我真的没办法了,我没想到前几天那个男同学居然是负二的资助对象,我更没想到他手段这么厉害,现在我学术信誉有污点了,星大不给撤销,我想死,真的好绝望,昨天给燃燃边打电话边哭,这事到此为止吧,大家别为我担心。"

这个女生的小心思很好猜。嘴上说告一段落,实际上前后矛盾,仍然在向群里人寻求安慰,撒娇卖乖。

董朔夜看完她的描述,也微微皱眉。

林水程是这种人？

看着似乎不像。

欧倩的秉性他清楚，是非黑白全能凭一张嘴颠倒。他不喜欢她，不过他一样不喜欢林水程，所以无所谓。

董朔夜继续往下滑，群里依然在炸锅，消息疯狂弹出来，让人目不暇接。

仙女王："负二资助的对象？"

不吃不吃不吃晚饭："大惊小怪什么，负二一直喜欢做好事，资助学生不是常态嘛，只不过他培养的人中闹掰的只有燃燃吧，谁不知道这一点。"

看到柠柠请叫我去学习："我好气，倩倩怎么会这样被人欺负！"

欧倩的男朋友易水更激动。

易水："宝贝你受欺负了怎么不第一时间来找我？我马上飞回来，你别哭，我一定弄死他。"

董朔夜没有发言，上下翻了翻，又等了一会儿，没有见到想看见的那个人的发言，就关闭了群聊页面。

傅落银的会议结束了，第二天仍然去七处上班。

傅落银看林水程衣服有点旧了，一时间也还没法定制新的，于是让林水程穿了他的衣服出去。

林水程早起简单煮了三袋泡面，和傅落银分着吃掉了，随后去了实验室，一切如常。

欧倩今天没来上课，其他人对他的态度也比平常热络许多。

还有人问他："林水程，上次来接你那个兵哥哥是七处的啊？"

林水程含糊答道："嗯……不知道，应该是吧。"

星大论坛昨天被顶爆的量子系出丑帖很快更新了，有人发言说：

"听说是组里数据没协调好,负责数据的人那天没来,就是上次的林水程。这事是个'乌龙'啊,不过他们答辩组组长是真的脑子有毛病,这种项目都不再算一下数据的吗?"

"哈哈哈,我笑死,助教对林水程不客气,但是看他朋友是七处的,就怂了。"

"+1,每次去数据组找人,最看不惯那个助教,有本事的早就直博提前毕业了,他一个研三的拽什么拽?"

"回复楼上的楼上:听说当时是亮了七处的证明的,林水程请假应该不是单纯的请假吧,估计是和七处那里有什么合作……真的看不出来,人家平时不显山不露水地做研究,后台还硬,不说了,有人能给我他的联系方式吗?我想当他的腿部挂件。"

林水程对这些依然毫不知情。

王品缘调整了他们组的成员,移除欧倩,另外调了一个研二的男生过来,林水程当组长,继续之前的项目。

林水程一大早分配完任务,进量子实验室去了。

只不过这次换防静电服的时候又出了一点问题——傅落银有东西落在外套的兜里,又是钱包。

林水程拿出来看了看,和傅落银埋单放 ID 卡的钱包不是一个,和他上次落在外套口袋里、放着陌生人照片的钱包也不是一个。

天知道傅落银到底有多少个钱包。

林水程看了看,里面只有一张类似门禁卡的东西,纯白的,有一个他不认识的特殊符号。除此之外,钱包里还有一些潦草的笔记,应该也不是特别要紧的。

不过林水程还是给傅落银发了短信,通知他钱包掉这里了,自己要进实验室,钱包给他放在实验室外边的储物柜里,他可以让周衡过来拿。

今天林水程在实验室里待了很久，再出来时差不多已经到了晚上。

林水程最后一个下班，换回衣服后看了一眼消息，傅落银没有回他，只有徐梦梦给他发了消息："小林师弟，我看你还在跑数据，错过了聚餐，给你打包了点吃的放你桌边了。"

林水程说："谢谢师姐。"

他一眼看见了桌上留着的小蛋糕和打包盒，拿起来放进了背包里。

桌上的风暴瓶变了颜色，从淡蓝色变成了某种古怪的绿色，林水程看了一眼瓶塞，发现有些松动，里边的试剂应该是被污染了。

他又把瓶子洗了洗，重新配了一瓶。

随后他关了实验室的灯，下班回家。

夜晚的星大校园很寂静，林水程边走路边翻看手机，忽然觉得周围气氛不太对。

有人在跟踪他。

他现在走的是一条林荫道，再往前就是一个拐弯的小巷口，里面路灯坏了，黑黢黢的看不清东西，仿佛有几个人影。

慢慢地，似乎是察觉到他发现了，跟踪他的人干脆也不掩饰，加快步伐，光明正大地出现在了他身后。

林水程听脚步声判断，来的人有五六个，脚步比较紧密。

这个时间点，突然这么多人出现在这里，其实是不太正常的。

林水程放慢脚步，在巷口前面顿住了，随后就感到一个男人凑上前来，冰凉的东西抵住了他的后颈。

"往前走，手机交出来。"他身后的男人低声说。

林水程顺从地伸手交出手机，被逼着走进了窄窄的巷子里。

"你知道你得罪了什么人吗？"男人们包围过来的时候，为首的人冷冰冰地嘲笑他，"想出风头？学霸是吧？"

"学霸怕不怕被刀捅啊？"那男人逼近了，用刀尖在他面前晃了晃。他猛地抬起手，随后听见自己的手机被猛地一下丢出去砸在墙上的巨响，精巧的手机被摔得四分五裂。

"反应还挺快，想紧急报警是吧？不好意思，警察就是来了，也不会对我们怎么样。"男人继续问他，"知道错了没有？你好好想想，这几天惹了什么不该惹的人没有？"

易水握着刀凑近了，本来打算继续吓吓眼前这个书呆子，可是猛地这么一看，发现这个人……还挺好看的。

红泪痣，桃花眼，眼底带着水光盈盈。

林水程被刀尖抵着，神色没有什么大的变化，他开口说了一句话，易水没听清："你说什么？"

"我爸也是警察。"林水程说。

"什么？"易水怀疑自己听错了。

林水程笑了笑："他去得早，只是南边一个小城市的小警察，但是他以前教过我很多东西，我学得不专心，大多数半途而废。只有一样学得还算及格，那就是……格斗。"

16

林水程的父亲叫林望，是他们那个小城市的警察格斗教官。

林水程从小不太知道他父亲具体负责什么警务，只知道偶尔会配合侦查处追捕犯人，做的都是最危险的事情，也经常加班，过年没办法回来都是经常的事。

每天林望回来之后，会在家里打沙袋练武，还把他和林等叫去小院子里，教他们警用格斗术。

他们的爷爷负责做饭、泡茶，还有接送小孙子们回家。

这个家从他有记忆时起就是这个模样——四个人，爷爷、父亲、他，还有弟弟，再没有别的人出现。

林水程记事晚，没有妈妈的任何印象。

林望告诉他："妈妈在很远很远的地方上班，过年也没办法回来。"

每年年底，林望会带来一些昂贵的玩具和零食给他们，都说是妈妈买的。

然而林水程知道，他和林等的妈妈其实是离开了这里，再也不会回来。

五岁之后，他就能很清楚地知道街坊邻里在谈论的话题。

那些人总是不避讳他，这样说着："得给老林介绍个好对象，至少能够帮忙操持这个家啊，那天我看老林鞋子破洞了，都没人提醒他。"

"水程和等等都是水灵灵的好娃娃，什么样的妈才能狠下心不要他们哟！"

"长得漂亮呗，生了老大之后身体垮了，跑出去两年之后又回来生了老二，老二身体差，小时候生病，眼看着老林也没什么钱，心也野了，就跟别的男人鬼混去了。她原来是市里最好的舞蹈团的，什么男人不想娶她？那可真是……"

"没办法，老林不愿再婚，他给小的取名叫林等，可不就还等着他媳妇回来么？"

林水程听过一次后，记在了心上。

林等确实身体不好，出生后得了原发性免疫缺陷病，天天烧钱，反复感染。好在那时候联盟萧氏集团推出了针对这种病的慈善活动，无偿治好了林等，林等这才捡回一条命。

兄弟俩都长得好看，林水程从小就表现出非常强的学习能力和创造力，林等中规中矩，靠努力追赶他。爷爷对他们的教育张弛有度，林望工作顺利，有希望提升。

其实这个家中没有女人，也过得下去。

这个家里没有妈妈，林水程也从来没觉得缺少过什么。

变故发生在有一年的冬天。

那时候他们的爷爷，林望的父亲过世了。

正是接近年关的时候，林望经常出差，家里一下子冷清了很多。

林水程和林等都默契地不提这件事。他们还太小，并没有学会很好地抵御悲伤，唯一能做的就是不去想。

林水程代替了爷爷的任务，每天下课赶回来做饭，给林望提前烧好茶，一边写自己的作业，一边辅导林等。

写完作业，兄弟俩一起去院子里比画格斗术，大冬天的，兄弟俩一人穿一件爷爷做的汗衫，哆哆嗦嗦地去外边踢腿，军体拳从第一套做到第三套，做完也就大汗淋漓。

那时候林等九岁，他十二岁，林等在学校里虽然乖巧柔弱，但是一点都不怕被欺负。

别人欺负他，他就喊："我哥是一中的年级第一！他打人也特别厉害！"林水程也真的帮他揍过人。

大年夜，兄弟俩放了假，窝在电视前等到了十二点。林水程煮了速冻饺子，和林等一起吃光了，给林望也留了一碗，不知道他什么时候能够回来。

睡前，林等拉着他的手说："哥，你说妈妈今年会给我买 VR 眼镜吗？"

林水程想了想："会的。"

第二天，不到五点，林水程捏着 ID 卡出了门。

他身上有三千块钱，是他平时积攒的零花钱，还有参加数学竞赛拿回来的奖金。他知道最便宜的正品要去哪里买，于是走街串巷地找批发市场。

他挑了一副 VR 眼镜，跟人讲价，从二千四讲到了两千五。

剩下五百块，他给林望买了一双新鞋。

刚付完钱，他身后传来一个讶异的声音："……程程？"

他扭过头去看，发现是他的爸爸。

林望刚下班，带着满身疲惫，手里拿着两盒玩具，准备过来结账。

在看见他的一刹那，男人甚至是有些慌乱的，局促不安地想把手里的东西收起来。

他每一年都会来这里，从微薄的工资中抠出一笔钱，买下他的两个儿子平常不敢奢想的玩具和零食，然后告诉他们，那是妈妈买的。因为他知道，孩子的成长中，不能缺少母爱。

现在这个谎言穿帮了。

父子俩走回去，一路无言。

南方的雪天湿冷，融化的冰雪钻进鞋缝里，走一步咯吱咯吱响。

林水程把手中的鞋盒递给林望："爸爸，新年快乐。"

林望下意识地扭了扭头，眼眶有点红，声音也哑着："谢谢宝贝。"

他们回去时，林等还没有醒。

林水程把 VR 眼镜放在他枕边，然后轻轻摇了摇他："小等，爸爸回来了。"

林等揉揉眼睛，先是看见了林望，爬起来后又看见了 VR 眼镜，惊喜地叫了一声。

他没想到梦想会成真——VR 眼镜应该是他们家负担不起的东西。

林等惊喜过后，很快小心翼翼地问他们："这个，是谁买给我的？"

林望正要说话，林水程笑着摸了摸他的头："是妈妈买给你的，让你好好学习，锻炼身体。"

林望愣住了。

那么久远的事情此刻在脑海里浮现，涌现出的是冬日的雾气、冰凉的空气、炖汤咕噜咕噜的声响,他是从那一天开始,觉得自己成了一个顶天立地的男人。

林水程抬脚狠狠一踢,右腿后绊,同时右肘向前向下猛力一推,快得让人几乎看不清他的动作,易水手里的刀就被他夺走了,刀刃反转,直接冲向了易水本人,吓得易水惊声尖叫起来。

夺刀,军体拳第二套中的应用。

林望以前不肯教他们这一招,他说:"你们是孩子,以后遇见危险,不要上去夺刀对打,而是找机会逃跑,能跑多远跑多远。莽夫才搏命,知道了吗?"

后边他还是教了,因为耐不住孩子们都觉得"夺刀"这个招式听起来是最酷的。

林水程自己雕了一把小刀出来,天天跟林等换着玩。

易水这一退,迅速让林水程抓住了空隙,他猛地起身往外冲去,把手里的便当盒直接砸了出去,一切能阻挡敌人视线和步伐的办法都用上。

一对多,他不可能是对手。

林水程将要跑出去的时候,忽然感到有人跟了上来,直接拽住了他的领子,骂骂咧咧地要把他拖回去,他当机立断,直接丢了外套,金蝉脱壳,顺便又狠踹了那人一脚。

更多的人追了上来,林水程直接反身抄近路去实验楼,跨入禁止践踏的草坪,抄起一块石头,往第一实验室的窗边狠狠砸去!

实验楼的安防级别是最高的。

刺耳的警报声立刻响了起来,不超过五分钟,校园保安的巡逻车赶了过来,林水程被人围住了:"干什么?你是本校的学生吗?"

"我是。"林水程喘息尚未平定,他第一反应想说"有人要袭击我",然而就在出口前的一刹那,他的大脑迅速运转了一下,随后一

107

字一顿地说——

"有人抢劫，我要报警。"

半小时后，联盟警察警务处星城大学分部。

林水程安静地坐在警务室的沙发上，身上裹着警方强行塞给他的毛毯。

办公室里的女警官问完了情况后，就沉默地坐在电脑前办事去了，叫他等待一下。

一墙之隔的地方，易水和他带来的人在接受警方的询问。

易水笑着说："真不是您想的那样，我和林水程打闹着玩儿呢……你们说我聚众斗殴，说我看起来要打人，他身上有半点伤口没有？您调解调解得了，真不是您想的那样。那把刀就是我平常带着玩儿的工艺刀，他逼急了要跟我动手，就抢过去了，我哪知道他就报警了呢？"

他拿出手机给警察看，里面还有事先P好的他和林水程的"合照"，并且修改了日期。

打人并不是多高的招，联盟这个制度，如果真犯事了，就是董朔夜也保不了他们。

但是易水敢这么做，就是钻这个"民事调解"的空子。

清官难断家务事，警方说实话也最怕这种涉及朋友关系的案件，当事人容易牵扯不清，警方努力协调保护，最后一方临时反悔的情况也特别多，浪费警力。

而大学校园内，只要不是特别重大的事件，也都是以调解为主。

他带人围林水程的那段路，已经提前确认过装的只是普通摄像头，而且那段路没有路灯，黑黢黢的，什么都看不见。

他也没打算真动林水程，只要把人吓得再也不敢来学校就行了。林水程的其他信息，他也提前了解过了，无论警察怎么问，都不会穿帮。

现在能P图改数据，人证物证都在，林水程"被朋友"，会变得百口莫辩，而且这也只是在校园里，除了民事调解还能怎样呢？

这一招整人的办法，他不止用过一次，效果非常好，非把人整得百口莫辩不可，而在被袭击之后的慌张状态下，这一招几乎百发百中。

对方说不认识，那就是在赌气，对方手机里没照片，那就是吵架赌气时删除了。

至于傅落银那边，易水也知道了，林水程不过就是一个科研工具人，他要收拾林水程，傅落银就是知道了，又有什么影响呢？

听他这么说了，警察显然也有些犹豫。

两边口径太不一致，现在很难办。他们只是星大附近的一个小分所，平时遇到的顶多是帮忙找走失猫咪之类的事情。星大附近的警力，最近全都调去了各方面的高层会议附近，一时间也没有更好的调查办法。

易水笑了笑："警察大哥，您要是不好做，不如把林水程叫进来对质吧，我什么时候打他了？他那人还特别傲娇，一会儿肯定咬死了我不是他朋友，没办法，他生气了就那样。"

警察去隔壁问林水程："那边的意思，要你过去当面说一说，你愿意吗？我们这边是严格保护受害者的，决定权在你手上。"

林水程说："我明白，这边隔音不太好，我都听见了。"

看他神色很平静，警察心里也犯嘀咕——这看起来还真是好朋友啊，虽然感觉不太像，但要真是受害者，也不至于这么冷静吧？

林水程一进门，室内挤成一堆的社会青年纷纷看向他，齐声叫："林哥好！"

做戏做得一绝，恶心人也是一绝。

林水程淡淡地瞥了一眼易水。

易水抬起下巴看他,笑意里是掩不住的挑衅,那样子像是在说——你能把我怎么样?

"林哥,你快跟警官说说,我真没打你。"易水嬉皮笑脸地说。

"我不认识你。"林水程说,"你是没打我,但是你抢了我的东西,我报案报的是抢劫,不是你打人。"

他咬字很清楚,"抢劫"两个字落入人耳中,清晰淡然。

易水一愣,另一边的警官也是一愣,赶紧回去看出警记录。

易水蒙了:"我抢你什么东西了?"

他动都没动林水程一下!

林水程面不改色:"钱包。"

"什么钱包?"

易水有点慌了,钱包是什么时候冒出来的东西?

林水程这个样子不像是在说假话。

"什么钱包?林哥你开玩笑呢……"易水继续插科打诨,可林水程压根儿没理他,而是对警官说:"麻烦您再去确认一下,现场应该遗落了一件大衣,大衣外套里有我的钱包。这就是他们抢走的东西。"

另一边,警官迅速交接,在证物袋里拿到了那件大衣,也看到了里边的钱包。

办案人员照常检视了一下钱包里的东西,打算跟林水程核对,但是刚打开的时候,就不由自主地抖了一下。

他小心翼翼地把钱包里那张有特殊标志的卡拿出来,环顾办公室一圈,颤抖着声音找同事问:"你看看,这是什么卡?"

同事看了一眼,神情立刻变得和他一样凝重:"……假的吧?这要是真的,那就是政治事件了,小不了……"

"先放读卡仪器上看看。"

他们隔着证物袋把卡放了上去,电脑上立刻跳出一个人脸识别认证窗口——

"联盟科研七处权限认证。"

"警告 error:您不在常用登录地点,七处将暂时冻结您的权限,申请专员调查。"

"警告 error:如果您不是此卡的法定持有者,在无授权书认可的情况下,我们将以窃取科研机密罪、间谍罪逮捕您,请知悉。"

两位警员对视了一眼,石化了。

完了完了,这是真的出大事了!

17

傅落银正在地球另一端开会。

他早上出门后直飞旧太平洋分部参加会议,又是连轴转,忙得脚不沾地。他下午饭都没吃,分部酒店的自助餐他吃腻了,不由得就回忆起林水程做的饭来。

今天林水程起晚了,又赶时间去实验室,早上给他煮的就是方便面。方便面按道理说应该都是一个味道,不知道为什么,偏偏林水程做的就这么好吃。

兴许是在脑海里有了对比,他的胃不由自主地又痛了起来。

晚上会议继续,傅落银吞了两片胃药,继续撑着工作。

他面上看不出任何异样,顶多面色苍白了一点,做事依旧雷厉风行。

现在傅凯半隐退,傅氏科技和七处的事务,以及他父亲以往的人事交接,几乎全部压在了他身上,来找他办事调度、汇报述职的人在外边聚集,听见周衡的指示再进去。

这个年轻人是联盟新一代商业力量的支柱，面对如此巨大的工作量，连周衡这个当助理的有时候都觉得跟不住，跟傅落银申请了再招个助理一起负责。

周衡每次看到他，都要在心里暗叹一声真牛，全球跑着做事，又顾事业又顾家庭。上能安抚七处老人，下能稳住扩大傅氏科技的商路，果然去过第八特区当兵的人都是魔鬼。

"傅总，七处那边的事情。紧急，插个队，不好意思。"

这边凌晨两点半，外边跑来一个人，看制服肩章是七处的人。

周衡把他放进来了。

傅落银抬头示意眼前正在汇报工作的人暂停一下，探询地看向他，问道："什么事？"

来人说："是这样，您看看是不是把您的A级权限卡弄丢了，我们监测到有人异地登录您的权限卡。"

傅落银怔了一下，紧跟着摇头："权限卡？不会，这么重要的东西，我都是用一个专门的钱包放置的。"

对方递上一张照片，小心翼翼组织措辞："是在一个学生的外套里找到的，您要不再想想？"

这张照片用的就是林水程的学生照，清秀好看，整个人精神又利落，熠熠生辉。

傅落银看见是林水程，奇怪道："怎么会在他身上？"

旁边周衡顿感头皮发麻——他突然想起来一件事，战战兢兢地过来告诉傅落银："傅、傅总，好像是我、我把您平时装卡的那个钱包，放在了干洗送回来的衣服里，我想按您的习惯，周一是会穿那件外套去七处的，但是没想到您出任务来了这边……"

傅落银听完后，直接说："出去。"

周衡很少见到他这种疾言厉色的时候，觉得天地灰暗——他快哭了,这谁能想到啊?!

他战战兢兢地叫了一声:"傅总……"

"我让你赶快出去打印授权许可,给我和肖处长签字后扫描发送到七处,你乘我的私人飞机立刻去星城。"傅落银唰唰地在一张纸上简要写明了情况,一并丢给他,"快去,不然林水程择不了关系。"

周衡深知这件事的严重性,飞快地冲出去了。

傅落银想了起来,今天早晨出门时,他要求林水程穿他的外套出去。没料到周衡送衣服过来时,会把他的东西也一并装进去。

两人都赶时间,一时间没来得及检查,而他也以为权限卡就在家里好好放着。

但是林水程穿他外套出去,理论上穿出去就穿回来了,怎么会让七处的人知道呢?

傅落银问:"他人呢?怎么回事?"

七处人员说:"是这样,这位先生报警声称遇到了抢劫,警方在确认现场后带回来这张权限卡,确认真伪的时候触发了警告,现在咱们的人已经过去了,我是来找您确认情况的。"

"被抢劫了?"傅落银心下一沉,盯着林水程的照片,问道,"他人没事吧?人现在在哪里?"

"目前的情况不清楚,等警方反馈,流程的话,因为涉及您的权限卡,应该会移交七处处理。现在您这么说了,抢劫案犯一定会严惩,这位林先生配合一下做记录后就可以回去了。"

傅落银看了看时间,他和林水程那儿有时差,林水程那边是晚上十点左右。

这好学生一直循规蹈矩,怎么就碰到了抢劫犯呢?

也不知道受伤了没有。

林水程那个性格,要他服软示弱不可能,多少会受点伤。

想到这里，傅落银看了一眼外面排队的人，克制不住地产生了一点烦乱的心思。像是心上吊了什么东西，七上八下地有些难受，带得胃里也紧巴巴起来，与此同时，一股无名怒火也跟着出现了——现在的劫匪都这么大胆了，光天化日之下进学校抢劫？

他以为是胃病又犯了，于是又吃了一颗药。

林水程最好不要出事，不然他下班回去没有人做饭了。

周衡不在，傅落银随手叫了个人："去前台把我的私人手机取给我，我打个电话。另外，这事的前因后果都给我查清楚，我现在赶不回去，但是林水程，任何人都不许动他。"

苏瑜接到电话的时候已经上床睡了。

他家全员养生，睡得都很早。

他昨天通宵跟董朔夜打扑克牌，困得差点猝死，还熬着去上了班，好不容易才有回家补觉时间。

董朔夜是个畜生，过目不忘的人记牌记得一清二楚，差点让他把裤腰带都输没了。

傅落银一个电话打过来，苏瑜很快清醒了："你说什么，林水程被抢、抢、抢劫了？没出事儿吧？？"

苏瑜虽然只见过林水程一面，但是对他印象非常好，更何况对方还是个学霸，他一直蠢蠢欲动着想挖人过来，奈何傅落银不允许。

苏瑜和傅落银关系一直很好，他和夏燃却一直没什么太深的交情。

一听林水程被人抢劫了，人现在关在七处，他有点紧张地询问道："那这事怎么办？林水程没事吧？"

傅落银："情况不清楚，我赶时间开会，回不来，你帮我接他回去，看看他情况怎么样。"

"好好好，我马上去，七处是吧？"

苏瑜翻身就往外跑。

他母亲上夜班，一见他往外冲，骂道："兔崽子，还出去打牌？这都几点了？你给我滚回来！你辞职后就一天天的只知道打牌！"

苏瑜一边穿鞋一边飞快地说："晚上十一点半，妈，我帮负二看个人，林水程您知道的，他弟弟是您手上的病人。"

燕紫这才态度和缓了点："去去去，出去吧。"

听见警察要去取证的时候，易水有点慌。

隔壁的女警员跑过来叫住这边的警员，说："有，真有钱包，你过来一下，这边还有点突发情况。"

他转头向自己的兄弟们确认了情况，差点忍不住爆粗："那外套是你跑的时候自己丢下来的，我们怎么知道那里面还有个钱包？你这是诬陷！"

林水程轻轻地笑了起来："抢了就是抢了，证据在这里，你一个抢劫的，又在闹什么脾气呢？"

易水傻了。

林水程的语气甚至还很轻松，分明就是还击他刚刚谎称他们是朋友的事情！

有证据，有证人，有报警记录。他们彻底陷入了被动，这才是怎么说也说不清了！

大学校园内这种情况，如果是单纯的打架堵人，通常都是调解了事，如果是本校生干的，教务处再给打人者一个处分，而如果是校外人士干的，那就只能归类于私人纠纷，警方无法介入太多。

而如果是确定金额的抢劫，那就不同了。这是可以直接上个人档案的污点记录，对于警方来说也更好处理，一旦确认，直接拘留罚款，强制赔礼道歉，如果造成了重大伤害，很可能还会有牢狱之灾。

林水程知道外套里有傅落银的钱包，虽然钱包里只有他不认识的一张卡和一些零碎的笔记，但他决定赌一把。

　　赌的不是那张卡，而是钱包本身。

　　他前几天知道了傅落银仿佛家世显赫，那么他就赌这个钱包是高奢品牌，只要价格达到了量刑金额，易水一行人耍再多的花招都没有用。

　　看见事态发生了一些变化，易水有些动摇了。

　　他思索一会儿后，咬咬牙告诉林水程："你、你现在撤销报案，我找人给你弄个直博名额，数院那个罗松教授你知道吧？"

　　他知道林水程家庭状况不好，听欧情的说法，林水程也是个急功近利的人，一定非常渴望好的出路。

　　看林水程不说话，他又伸出手指比了个数字："给你这个数，怎么样？你没出社会，估计也蛮缺钱吧？"

　　傅落银肯定是给过林水程钱的，可是看他这一身朴素的打扮，估计就算是给了，也是被挥霍光了。

　　在易水的劝说下，林水程似乎有些动摇。

　　他抬起眼睛，眼睫微垂，似有深意："那你们以后能不打我了吗？"

　　他说话声音很轻，这种时候也显得像一个乖乖的好学生。

　　易水连说话的声音都忍不住放低了几分："那肯定的，以后不打你了，你这次是惹上了我女朋友，我想让你吃点教训，以后注意点别再挡别人的道就行。"

　　"好。"林水程说完后，出门叫警官。

　　易水心里一喜——虽然被反将一军，但是事情还有转圜的余地！

　　警官走进门内，和蔼地问他："怎么了，还有什么事吗？"

　　"有。"林水程从裤兜里掏出了一支微型录音笔，吐字清晰，"补充证据，他们承认准备袭击我，这是抢劫和故意伤害。"

室内安静了几秒，紧跟着易水头上青筋暴出，冲过来就要揍人。

林水程护着警官往外躲了躲，避开这一拳，面不改色："二次伤害加上袭警，警官你看能关多久？"

他是过来对质的，自然要记录下所有的发言情况，这录音笔还是女警员递给他的。

"林水程，我记住你了！"易水暴怒地咆哮起来，"信不信我找人弄死你！"外边冲进来几个警员，把他按住了，厉声喝止："老实点！"

"寻衅滋事，威胁我，给我造成了极大的精神伤害。"林水程转头，温和地问警员，"他能关多久？"

警员敬佩地看了他一眼，笑了笑没说话，仿佛欲言又止，还有一些事情没告诉他。

林水程正有些疑惑的时候，突然看见楼梯口直接闯入一群持械的人员，他们训练有素，行动迅猛，顷刻间就封锁了整个楼层。

这阵势让所有人都惊到了，带队的人过来看了一圈儿："都在这里了是吧？人我们带走了，这件事移交七处处理。"

"七处？"

林水程还不知道对方说的"人"是谁，抬眼就看见其他人跟了进去，押着易水一行人出来了。

易水还在大喊大叫，领队扳过枪托照着他的腮帮子就是一下子，直接把他敲得一声惨叫，唾沫眼泪鼻涕横飞，随后话都说不出来了。

领队随后看向他，态度却很尊敬："林先生是吗？也要劳烦您跟我们走一趟。"

林水程疑惑地看着他，种种可能的情况在脑海中过了一遍。

他顿了顿，只想到一个可能性："那张卡，很重要吗？"

"算是吧。"领队笑着告诉他，"傅总已经联系我们了。请您不用担心，我们只是简单做个记录。"

"怎么回事？你们是什么人？要把我带到哪里去？"

易水被押送上车的时候，精神接近崩溃，他疯狂挣扎着，大喊大叫着："我怎么要去七处？你们知道傅落银吗？他是我女朋友的好朋友的朋友！"

"我老婆的嫂子的表弟的同学是联盟首相的女婿。"领队跟他玩了一把黑色幽默，接着恢复了冷漠的神情，"你涉嫌抢夺国家安全密钥权限卡。七处有权对你做出处置。"

易水更疯了，在听见"国家安全密钥"这几个字的一瞬间，他感觉天昏地暗，腿都软了。

他是欧倩的男朋友，当然知道星城在处理类似案件时都是什么态度：只要这种东西出现在持有者以外的人手里，都等同此人是间谍！

这种规定十分霸道，不管你的主观意愿，直接定罪！

傅落银那张卡，是可以让他任意通行联盟任何机密机构的东西。

"林水程、林水程他怎么回事？那张卡在林水程口袋里，你们为什么不抓他？！"易水吼道，接近溃散的理智让他口不择言起来，"你们为什么不抓他？！"

"无可奉告。"领队看了看自己接到的中枢消息，虽然疑惑，但职业素养让他选择了保持沉默。

"我是知道联盟法律的，你们为什么不处置我？"另一边，林水程问道，"如果那张卡这么重要的话。"

接待他的七处干员说："傅副处长第一时间帮您解释了情况，并且紧急填了补充授权书上交七处为您免责，这是一方面。"

"另一方面呢？"林水程追问道。

他没想到还有另一方面。

"另一方面……"干员摇摇头，"暂时无可奉告。"

这提了不如不提，然而林水程望着干员的眼睛，隐约察觉到有什么异常的地方，不由得若有所思。

与此同时，七处的中央调控室调出了一条权限备案记录以供比对。

谁也不知道这条记录是怎么来的，又是由谁操作的。唯一可以看清楚的是时间，一年半以前。

林水程被赋予联盟中 A 级权限。

职业：学生。

状态：绝密，无法查看。

联盟公务权限分为 S、A、B、C、D 五个等级，低等级的权限必须由高等级的人授予。

傅落银的卡是 A 级，权限由七处处长肖绝赋予。而联盟中拥有 S 级权限的人屈指可数！

林水程本身就有动用 A 卡的权力，所以傅落银的卡出现在他身上，并不构成危害国家安全的行为。

因为状态是绝密，所以干员无法告知林水程本人。

旧太平洋分部，凌晨三点四十分。

傅落银打了好几次林水程的电话，不知道为什么都无法接通。

他想林水程一定吓坏了，如果跟七处对接上，又迟迟见不到他，林水程说不定会更委屈。虽然他已经提前打过招呼了，但偏偏他现在抽不开身。

他有些心烦意乱。

再打苏瑜的电话，苏瑜只是说："在路上了！我家离七处多远你不是不知道，现在开会，到处都卡着安检！前面又有安检，我先挂了啊。"

傅落银看了一眼门外排的长队，还剩下三十五个人左右。他的预约时间是按分钟计算的，掐得刚刚好。

"傅总，七处那边来消息说是调查结束了，具体案件经过和我们对接的警方资料已经发送到了您的手机上。"

傅落银打开手机，直接点开案件记录，快速逐条看了起来。

他浏览速度非常快，短时间内就把林水程今天遇到的一切事情了解得一清二楚。

随后是录音。

傅落银原本指望着听听看林水程那只爪牙尖利的小猫咪是如何能言善辩，结果听见的声音不是林水程的。

一波一波的声浪冲刺着人的耳膜，震得人头脑嗡嗡响。

"林哥，你快跟警官说说，我真的没打你。"

"林哥好！"

"我女朋友的朋友的朋友是七处的！就是七处的！你们不能抓我……"

18

七处科研所人来人往，深夜也灯火通明。

林水程的待遇很好，他走了一遍之前在警局的流程，仔细说了外套和钱包的情况后，七处专员就告诉他："好了，我们这边没什么问题了，不好意思，耽误小林先生您的时间了。"

林水程看向之前易水被押送离开的方向："他们呢？"

专员笑了笑："先关着吧。本来说按照普通程序处理，不过现在傅总那边传来消息说，先收押着，他要亲自审。"

林水程小声确认："……傅落银吗？"

"嗯，对的。"专员显然知道他的身份——"傅总特别资助的学生"，友情提示道，"您如果不忙的话，我们可以先带您去傅总的会客室坐坐。傅总在旧太平洋分部办事，坐空间车过来快一点也就一个小时。"

"不用了，我先走了，谢谢你们。"林水程站起身来，礼貌致谢。

专员反而愣了一下："您……不等傅副处长过来吗？"

林水程笑了笑，说："我明早还有课要上。"

"那我们派人送您回去？"专员也跟着站了起来，林水程摇头回绝："不了，我不需要。"

一般人这样说是客套，但是林水程的语气很淡很冷，听一遍就足以让人相信，他是真的不需要。

专员一愣一愣地，目送林水程出去。

林水程手机被易水摔了，现在也联系不了任何人。七处归还了傅落银的大衣，林水程在里面找到了自己的ID卡，打算乘坐公交车回去。

七处这边建筑地形很复杂，出门是园林景观，林水程刚走到机关大门口，忽然见到旁边一辆车别别扭扭地停好了，接下来从上边跳下来一个人，过来就直冲他叫："林水程！哎，林水程！别走了，我在这儿！"

苏瑜死命往这边赶，终于抵达了七处科研所。

俗话说，来得早不如来得巧，他刚停好车就撞见了林水程。

苏瑜走下车，看见林水程有些错愕地盯着他，笑嘻嘻地挠了挠头："那个，林水程，我是苏瑜，负二叫我过来的——我们去年秋天在江南分部吃过饭，你还记得吗？"

林水程瞅着他，显然没有印象了。

苏瑜想了想，掏出手机给他翻当时的照片，正是他之前给董朔夜看过的那一组照片："喏，你看，这是当时的合照，我们在星大外边吃涮锅，有印象了没有？"

"你的名字是苏瑜。"林水程好像终于想了起来，安静地看着他，"我知道。"

"哎嘿嘿嘿，想起了就好，这大半夜的，我送你回家吧。"苏瑜说。

他心跳有点快。

时隔这么久再见到林水程本人，总觉得林水程看上去有一种不食人间烟火的淡漠，导致林水程一把目光投过来，用那双桃花眼微微眯起来看人，就仿佛仙子活过来看了他一眼。

要保持良好表现、保持良好表现……苏瑜默念着，有朝一日，他一定要把林水程挖过来！

林水程跟他上了车，坐在副驾驶位置上。

苏瑜启动车辆，打开空调，告诉他："你有什么事就跟我说一声噢，空调热了冷了都跟我讲，我妈老说我不会照顾人，你也别客气，我什么地方做得不好，你直接跟我说一声就成，以后有事也可以叫我。"

苏瑜厚着脸皮把手机递过去："可以留个联系方式吗？"

林水程的手机摔碎了，他抿抿嘴接过来，在苏瑜打开的添加好友请求那里输入了自己的号码，轻声告诉他："我明天加你，手机坏了。"

苏瑜受宠若惊，连声说好。

苏瑜是个话痨，本来就话多，见到林水程后有点紧张，话更多了。他唾沫横飞，从如今星城的路况一路讲到董朔夜的牌技，再讲到他们大院里的童年故事，忽然就闭了嘴。

他想起来了，讲到这个，就不可避免地要提到夏燃。

林水程知道这些过往吗？

他偏头看林水程，林水程正在往车窗外看，仍然是安安静静的样子。

苏瑜觉得林水程可能没怎么用心听，但是林水程听见他的话头突然打住，居然还偏过头来冲他轻轻笑："你说你小时候不想当医生，离家出走了，后来呢？"

"后来当然是被我爸妈逮回去收拾了一顿，不过后面我还是学了医，也说不清吧，不知道想干什么，觉得学医也挺好，能救人。"苏瑜说，"毕业出来后干了几年，在警务处当法医鉴定官，累得要死，还是受不了，辞职了。那几天我闭上眼睛，眼前就是痕检指标、巨人观……你知道巨人观是什么吗？哦，对不起，你看我真不会说话……你别知道的好，真恶心啊。"

林水程笑了笑："我知道。我之前也想过转行当法医，但是时间上来不及，所以转了数据检查。"

"这倒是，医学生硕博连读，出来都三十好几了，是挺费时的。"苏瑜熟练地驾驶车辆抄近道，"你学量子分析也挺好的，这一行前途广。以后毕业了如果想找工作，七处、二处和警务处都很缺你这种分析人才的，都在一个地方办事。我也准备考二处了，到时候咱们可以天天出来约饭。"

开车的时间变长，原先陌生尴尬的气氛消失了，两个人慢慢地也不说话了。

苏瑜专心开车，快要到的时候，突然瞥见林水程有点不对劲——林水程不知道是晕车还是不舒服，手指死死地攥着车门扶手，用力之大以至于指尖已经泛起了惨白色。

他整个人也是惨白的，接近发抖，目光死死地盯着窗外。

苏瑜吓了一跳，下意识地就想踩刹车减速，急忙问他："你怎么了？"

林水程摇头："我没事，你走的这条路我之前没见过，你继续开吧。"

苏瑜往车窗外看了一眼。

他们刚刚经过的是一个小码头。联盟星城有数不清的大小港口，每天的货物吞吐量难以估计。

他以为林水程晕车，加大了暖气，又打开了换气扇，加速往林水程的住处行驶过去。

到达的时候将近凌晨两点。

苏瑜一天一夜没睡，这时候反而困过头了，把林水程送进家门后觉得饿，又觉得自己已经和林水程建立了某种友好的关系——继续厚着脸皮问他："家里有没有零食、牛奶什么的让我蹭蹭？我出来太急，什么都没带，外卖也点不了，饿死我了。"

说着，他注意到房里窜出一只奶牛色的小猫咪，好奇地围着他转圈圈，于是蹲下来友好互动了一下，十分卑微地说："猫粮也可以，猫零食我也吃过，我家猫吃的那个牌子的牛肉粒，除了淡了点，还挺好吃。"

林水程笑了起来："你坐一会儿，我给你做饭。"

苏瑜吃了一惊："这可使不得！都这么晚了，怎么好意思麻烦你？"

林水程说："没关系，我今晚也没吃饭。你有什么忌口吗？"

徐梦梦给他留的蛋糕和打包餐盒都洒了摔了，他没吃上。

苏瑜立刻接受了这个说法："你做什么我就吃什么，不敢忌口，谢谢你。"

林水程说："那我随便做一点给你。"

他转身进了厨房，从每天家政送过来的食材里挑了一只处理好的大龙虾，放在装了洋葱、辣椒、土豆、芋头的丰富底料盘里直接送烤箱，又切了一个柠檬备用。

随后他去焖饭，又做了三菜一汤出来。分别是鱼香茄子、杭椒牛柳、清炒大白菜，还有一盆蒜蓉粉丝汤。与此同时，龙虾也烤好了，林水程拿刷子刷了奶油，挤了一点柠檬汁。冰奶油刺啦烤化在龙虾的壳上，香气四溢。

不到半小时，林水程就做好了饭。

他走到客厅叫苏瑜吃饭。

苏瑜已经迅速地跟小奶牛搞好了关系，正拿着逗猫棒和小奶牛玩耍，小奶牛疯狂地原地转圈儿。

上了餐桌，苏瑜傻眼了："这就是你说的'随便做'？这简直满汉全席好嘛！"

林水程淡淡地一笑。

苏瑜在这里吹彩虹屁，看见林水程淡然自若，不由得也有点不好意思再贫嘴了，直接开吃。

林水程蒸的是糯米饭，用油茶炒过的青蒿、腊肉粒、豌豆焖出来，放一点点香油，香得苏瑜连吃几大碗，好吃得他几乎要落泪。

这是什么神仙大厨啊！苏瑜激动了，不由得嫉妒起傅落银的待遇来。

一锅饭苏瑜全吃光了，桌上的菜肴也都被他狼吞虎咽吃得干干净净，更不用说烤龙虾了。他连龙虾盘里的汁水都泡了饭，只恨肚皮不够大，太快就饱了。

林水程似乎也被他这个饭量惊到了，想了想，轻轻问道："你也当过兵吗？"

苏瑜觍着脸说："没有，我就是饭量大。"

吃饱喝足，苏瑜恋恋不舍地准备离开。出门前，他很小心地问道："那个，以后我还能过来蹭饭吗？如果你不忙的话。"

林水程点了点头："可以，想吃什么，提前告诉我。"

苏瑜只差露出星星眼了，又听见林水程说："以后如果有什么我能帮到的，我一定尽力。"

他的眼神温柔而感激。

苏瑜一下子就明白了。

林水程这是在感谢他帮林等转院联系到 VIP 病房的事。

他觉得有点意外——他帮忙，纯粹是因为傅落银联系他，他们是发小，也无所谓帮不帮。

没想到林水程记住了，还上了心，时时刻刻想着要还他这个人情。

苏瑜有点无言以对，站在门边，忽然有点想把自己知道的一切都说出口，但是又憋了回去。

林水程看他欲言又止，问道："苏先生还有什么话要说吗？"

苏瑜憋了憋，然后说："你以后叫我苏瑜就行，还有就是……我这话你可能不爱听，但是为你好，负二他……之前也资助过一个朋友，他们以前关系很好，后来那个朋友却放弃了学习，和负二对着来，两人最后关系崩得有点厉害。所以可能傅落银资助你，是有私心的。"

林水程愣了愣，随后笑了起来："没关系。开车路上小心。"

傅落银又开始在空间车上加班，赶着时间，在落地星城之前把工作一股脑儿地做完了。

他身上的气压很低，跟过来的临时助理一个字都不敢说，落地就看见傅落银直奔七处基地。

易水正在七处观察室里拼命哭，堂堂八尺男儿，哭得跟个孙子一样："我没有，我不是故意的，那外套是他自己脱下来的，我只想吓吓他，给他个教训而已，我从来没有想过要危害国家安全，求求你们了，我都是为了我女朋友，她被那个林水程陷害栽赃了，学术上有污点了，以后在这一行混不下去……"

"英雄救美呢？"观察室大门被打开了，傅落银一身冷气地走了进来。

易水看见他后，一愣，有点摸不清他的路数——眼前的人看起来很年轻，俊秀挺拔，但是总给他特别眼熟的感觉，不知道是在什么地方见过。

难不成是在网络电视上看见过？

这是什么大人物吗？

易水想到这里，克制不住地再次崩溃了，他几乎要跪下来给傅落银磕头："我求求你，我真的不是间谍——"

他话还没说完，傅落银直接一脚把他踹翻了！

在外边的观察员非常自觉地关闭了监控画面，开始跟同事闲聊。

"抢劫林水程的人是你？"傅落银踹完了人，问他道，"林水程和你什么关系？你女朋友是谁？"

易水毫不犹豫就供了出来，吓得惊慌失措，连声说："是我女朋友让我来的，她的名字叫欧倩，和林水程是一个小组的，她说被林水程欺负了，我来帮她出口气。"

傅落银反而冷静了下来，慢悠悠地问："怎么欺负的？"

易水哭着说："她说他为了出风头，害她一个人被处分，闹得尽人皆知，导师也不喜欢她，项目也跟不了，以后在星城混不下去了，我只想堵一堵那个林水程，吓得他以后不敢上学而已……"

"兄弟也是个情种啊。"傅落银反问道，伸手拎起易水，直接往旁边一掼，声音越来越冷，"我的人是你能动的吗？姓欧的跟没跟你说他是我的人？"

他说一句，就慢条斯理地揍易水一下。第八区出来的人不是盖的，易水觉得全身都要碎了，拼了命往后躲，眼泪鼻涕全糊在一块儿了，同时还有升腾上来的恐惧："你是、你是傅落银！你怎么会，你怎么会……"

他认出来了，眼前的人居然是傅落银！

"你也配提我的名字？你们带坏夏燃，这笔账我慢慢跟你们算。"傅落银厌恶地瞥了他一眼。

易水发出了杀猪般的号叫："他不是、他不就是个被资助的普通穷学生吗，你为什么搞我？！"

"是你自己把自己搞进七处观察室的，不是我弄的。他就是穷学生一个，也是我的人，我的东西，这个道理你不懂？"傅落银又补了几脚，看易水已经被打得鼻青脸肿，这才稍稍收敛了一点，"滚出去

127

找医疗人员,以后你们再犯到林水程眼前,再让我知道一个字,我不会客气。"

他整理了一下衣服,走出门去。

七处干员过来问:"傅总,这件事怎么办?您知道,这事其实……真要算间谍罪,那也算不上,您这是认识他?"

"三年以上,十年以下,让他自生自灭去吧。另外,"傅落银叮嘱道,"他带团伙勒索、打架的事应该不止一起,对接警方一起调查,送他个大礼包看看。"

"是。"七处干员说。

傅落银随后问道:"林水程呢?"

"……"

干员欲言又止,随后小心翼翼地说:"那个小林先生好像……先走了。"

傅落银挑眉:"没跟他说我会过来?"

干员隐约感到了一点暴风雨来临之前的征兆,硬着头皮说:"说了,但是……走了。"

傅落银:"……"

林水程居然敢不等他?

不过他随后就想了起来,之前他给苏瑜打了电话,要苏瑜接林水程走。苏瑜先把人带回去了也不一定。

他拨打了苏瑜的电话,无人接听,苏瑜应该是在补觉。

傅落银于是回办公室换了件衣服,开车回家。

将近凌晨三点半了。

他开会没来得及吃饭,胃药也因为赶过来太急而没带过来。这个点还开着的只有夜宵店,他不想吃夜宵,想着回去之后把林水程做的东西热一热也行。

他回到家，家中一片漆黑，隐约有一点米饭的香气。

傅落银觉得心情变好了一点，胃痛似乎都舒缓了许多。

他轻手轻脚地去卧室看了看林水程，伸手把落地小灯开了，落地灯透着微弱的光芒，将林水程的轮廓照得一清二楚。

林水程已经睡着了，小奶牛也窝在他怀里睡着。

他一过来，这只奶牛猫耳朵动了动，不过没有醒来。

看起来没受什么伤。

傅落银随后关了灯，走出去洗漱，顺便再找找有没有什么吃的。

结果这一看，他发现了一些细节——餐桌上杯盘狼藉，林水程今天应该是做了饭的，并且还请了苏瑜留下来吃饭，因为餐具是两人份的。

通过食物的残骸可以判断，今天林水程做了奶油烤龙虾、鱼香茄子、杭椒牛柳、清炒大白菜、蒜蓉粉丝汤。

然后在知道他今晚会回来的情况下，一点也没给他剩！

傅落银只觉得自己太阳穴突突地跳，深吸一口气，拿起手机，正准备给苏瑜打个电话的时候，就看到苏瑜给他发来了信息。

苏瑜："哎呀，刚刚补觉去了，你打电话没听见。"

苏瑜："听周衡说，你也赶回来了？林水程我已经接回去了，你放心。"

苏瑜："另外，负二，我跟你说，林水程还做了饭招待我，简直是神仙！"

苏瑜："我要吹爆他！你知道吗我家全员养生，饭菜里一点盐都不放的，林水程简直给了我生命的源泉！我全部存了照片，给你看看。"

苏瑜发送图片1：烤龙虾、鱼香茄子、杭椒牛柳、大白菜。

苏瑜发送图片2：糯米焖饭。

苏瑜发送图片3：摸小奶牛肚子。

城市另一边，苏瑜窝在床上，点开图片快乐地回味了一下，接着给对面发送："怎么样，我拍照水平还不错吧？"

　　手机页面弹出一条提示。

　　"消息发送失败，您已被对方加入黑名单。"

　　苏瑜："……"

　　他骂了一声："负二脑子没问题吧，拉黑我干什么？"

　　林水程第二天八点醒来，发现傅落银已经回来了，并且就在书房签文件。他早起去做饭，发现厨房里多出了煮面条的痕迹，知道是傅落银昨晚回来自己草草做了饭吃。问了一声后，林水程给傅落银做了他喜欢的炒乌冬面和几样配菜，又轻轻道歉："对不起呀，昨天苏瑜过来，我没想到饭都吃完了。"

　　"算了，他就是只饕餮。"他一说话，傅落银立刻觉得没什么好计较的，把苏瑜从黑名单里拉了出来。

　　拉出来之后，到底还是觉得有点亏。

　　傅落银左思右想，也假装漫不经心地拍了一张自己面前的炒乌冬面和小菜，点击发送给苏瑜。

　　苏瑜家里做饭难吃是众所周知的事情，尤其是他最近辞职了，被燕紫勒令不许搬出去，找到工作之前都必须住在家里。

　　"傅发来一张图片。"

　　傅："今天伯母做的早饭如何？"

　　苏瑜爆哭："负二，我要杀了你！"

　　林水程出门后随便买了台新手机，用ID卡认证后，接着去实验室。

　　今天是联盟招标的最后一天，也是重点参观数院的一天。

　　林水程约徐梦梦一起去招标会看了看。

轮到他们院系，这边的招标专业都十分对口，目前市场上的量子分析师、预测师都是供不应求的，学生们的主动性比较强。

徐梦梦一口气投了六七份简历，立刻就有三份过了，她喜不自胜，当即要约林水程吃饭："太好了！我终于可以有钱了，林师弟，这次我请你吃饭！"

林水程含笑答应了。

宽敞的办公楼层内，每个窗口都是人山人海。和苏瑜说的一样，联盟给出招标的基本都是二处、七处和警务处的，他们非常缺少这方面的专家。

"小林师弟，你怎么不去投简历试试看啊？你的话，应该百发百中。"徐梦梦看他转了一下午，什么都没做，小声问他，"你看，七处那里还招人的，你朋友不是在七处吗，怎么不过去看看？"

林水程怔了一下，随后说："不太感兴趣。"

徐梦梦知道林水程也是准备了简历的，但是不知道会选择哪一家，他陪着她也咨询了好几家，可能还在权衡思量。

林水程低下头笑了笑。

大厅里二十多个办事窗口，林水程都走了一遍，神色变得暗淡，有些失望。

"警务处那个项目没有开吗？"他去问导航厅的人员。大厅秘书查了一会儿说："您好，同学你是问警务处的项目吗？目前所有的项目都已经报满，不再招人了哦。"

"是那个名画鉴定的项目，应该不会报满。"林水程说。

大厅秘书诧异地看了他一眼，徐梦梦也有些奇怪——每年军方来星大开项目招标会，热门项目和冷门项目总是一目了然。

这几天，学生在招聘大厅跑来跑去，一来二去都知道了，最火热的是二处、七处这样的项目方。像警务处这样的项目方一般是没什么人去的，基本上可以说是门可罗雀。

警务处出现这样的情况其实并不意外。联盟中有专门的星城警务大学，定向输送人才，侦查、犯罪心理、痕迹检查、法医等都是直接专业对口的，所以这些项目一般不会来星大招人。

星大中相关的，一般都是化学院用于痕迹检查、解剖的专业，但是同理，如果有这样的情况，用星大学生不如直接去警务大学痕检系招人。除此之外就是数院的大数据比对，以及犯罪心理分析。

而后面两个专业对口的项目，也早就在前几天被数院和医学院的学生抢光了，剩下的一些没人理的项目，星大学生们一般会称之为"矿泉水项目"，因为每次路过窗口的时候，里边的工作人员甚至都不在，只剩下学校派发的成箱成箱的矿泉水。

今年警务处的名画鉴定就是这样一个"矿泉水项目"。

这个项目是从两幅一模一样的画中鉴别出某知名画家的作品，据悉是因为真品被盗窃后，被一个高科技犯罪集团仿制过。

警方在追回后，居然无法鉴别出来。警务处大概也是没办法了，所以当作一个招聘项目广撒网地放进了校园对接活动中。

星大没有古董鉴定系，全联盟唯一的一个全方位的鉴定科系在旧北美分部的联盟第七大学，还是师父传徒弟的那种传统学科。因为在现有AI技术下，所有的造假技术已经近乎失效。

警方挂出这个项目，则说明他们碰上了用一般AI手段无法解决的问题。如果能破解掉，那就是AI技术上的又一大突破，不过显然计算机院的学生们对于鉴定古画并没有任何兴趣。

现在林水程说，他想参与这个项目。

徐梦梦持续震惊中。

大厅秘书翻了一下资料，很抱歉地告诉林水程："因为迟迟没有人报名，所以这个项目提前截止报名了，非常遗憾。"

"哦……"林水程若有所思，不过很快也释然了，"没关系，谢谢您。"

徐梦梦请林水程吃饭。她上次知道了林水程其实口味偏辣，于是没再去那家杭帮菜，而是拉他去吃辣汁焖锅。

她问："师弟，你问名画鉴定干什么呀？别说我们专业不对口了，就算是学化学的，这也不对口呀！"

林水程笑笑说："我是比较想参加警务处的项目，主要是和其他学生对比起来，我没有任何竞争力，看来看去只有这个项目最奇怪，或许还有一点可能。"

徐梦梦好奇问道："你有多大把握？"

林水程想了想："具体情况我还不了解，而且项目报名已经关闭了，不过我大致能猜到他们遇到了什么问题，我去做的话，成功率五成吧。"

徐梦梦瞪圆眼睛："都能猜到问题了，还只有五成啊？小林师弟你不要对自己这样没自信啊！"

林水程对她眨眨眼："谦虚的说法。不过这次机会错过了，再等下次也可以。"

这样的项目对接是不定期的，并不像普遍意义的校园招聘那样分为春季和秋季。

他轻轻地说："我和警务处接触的时间，以后还会很长。"

他说话声音太轻，徐梦梦没有听清。

群里人知道易水出事的时候，已经是第二天早晨了。

很难得的，董朔夜早晨上班前接到了一个电话，他看了看号码的备注和归属地，没有动，过了一会儿，等振动消失后，他才拿起手机，看了一眼。

滑入群聊界面，上万条的消息，全都在讨论这件事。

原来欧倩那天哭诉之后，易水深感女朋友被欺负了，直接坐了空间车过来，去了星大校园里堵林水程。结果没有想到堵人不成，还因为林水程外套里有傅落银的权限卡，易水直接被当成间谍关了起来！人在七处，生死未卜，欧倩快疯了，到处打电话求人，但是七处是一块钢板，谁都撬不动。虽然七处不隶属于任何机构，也不是官方组织，但是他们掌握着全球的科研命脉。

他们的朋友圈里，傅落银是唯一一个被提拔到七处的人，这件事上能插手的只有傅落银本人。

群里。

白一一："负二怎么能这样？他不知道易水是倩倩的男朋友吗？！易水也是个没脑子的，怎么能直接去堵人，就是再看不惯那个人，也不能这么莽撞啊！"

秋池："事到如今，马后炮也没什么意义了，现在的问题就是能不能把人捞出来。群里有跟傅落银说得上话的人吗？"

秋池："@董朔夜。"

群里陷入一片寂静。

所有人都知道，董朔夜其实并不是这个群里，最能在傅落银跟前说上话的人。可是没有任何人好意思在这个时候圈出另一个人的名字。

董朔夜打了把游戏，再切回页面看时，发现秋池说："董朔夜好像不在，应该挺忙的吧。"

欧倩快要崩溃了："求求了，为什么偏偏是我？我现在没被开除，但是没有任何一个导师愿意要我，其他学校也申请不了，没有任何一家期刊愿意接受我的论文投稿，这种情况下，我不可能毕业了，以后工作都找不到！易水被关在七处了，人怎么样我还不知道，昨天打来电话也只是哭，骂我说要跟我分手，我干脆死了算了，到底还有没有办法？"

董朔夜漠然移开视线，刚准备再打一把游戏时，刚刚那个号码又拨了过来。

这次他接了。

董朔夜接通后，静了片刻才道："喂？"

对面迟迟没有说话，董朔夜才轻声叫他的名字："夏燃，你找我干什么？"

"……想找你救救倩倩，我不知道星城那边到底发生了什么，倩倩是我的朋友，和易水感情也很好，我希望她能幸福。"夏燃说，"这个忙，我可以请你帮吗？"

"请我帮不算数，到底还是要负二松口才行。"董朔夜说，"这件事你找我也没办法，但是我可以帮你解决掉另一个人。"

夏燃愣了一下："谁？"

"林水程，傅落银现在资助的人。你也知道了，他们现在关系很好，林水程出门甚至穿他的外套，外套里有他的权限卡……林水程以后，应该就是傅落银的左右手了。"

感受着电话那端逐渐压抑的情绪，董朔夜反而逐渐露出了一点笑容，像是无奈，又像是叹息。

夏燃继续沉默。

"你想试试吗？"董朔夜问他，"你在旧北美分部这么多年了，之前的矛盾现在说开了，也不会成为矛盾。我也不会真的对林水程怎么样，只是我有一个条件。"

夏燃下意识地问："什么条件？"

"和姓欧的断绝关系，这是我的要求，也是傅落银的要求。"董朔夜说，"你自己考虑一下吧，最后，易水的事情，你只能自己去找负二说。"

夏燃怔忪片刻后，挂断了电话。

135

董朔夜揉了揉脑袋，躺回沙发上，闭眼在脑海中描摹一幅肖像——平常人很难在大脑中描绘出成形的图像，但是他过目不忘，大脑如同数据库一样，能够精确调动所有的信息。

他在脑海中看见了一张照片，正是苏瑜给他看过的图像，动态的。

桃花眼，红泪痣，笑起来很热烈，眼底却带着任何人都无法看穿的冷和漠然。

"林水程，让我看看你这个替代品……到底还有多少本事呢。"

他低声笑起来，随手拨通一个电话："喂？之前那个一直没结案的名画鉴定项目还在吗？烫手山芋，丢给星大就好。我现在指定一下负责人，你去找星大量子分析系，七天之内如果出不了结果，直接问责他们整个学科。国家花这么多钱培养他们，不是让他们吃干饭的。

"对，我确定，就是量子分析系，没错。案子没办完，如果到时候那位大人物要问责，就让学生背锅吧。"

林水程晚上打包了凉菜和没吃完的焖锅回去，打算用这些东西去喂傅落银。如果傅落银吃不饱的话，他再给傅落银做一点。

傅落银今晚在家。这人居然很愉快地接受了他带回来的残羹冷炙，并没有发表什么意见。

傅落银终于发现了林水程在吃东西上的一点偏好："你吃这么辣的？"

林水程不理他，专心撸小奶牛。

撸了一会儿，他被傅落银揪着领子拎了回去："昨晚没来得及问，遇到抢劫，没受伤吧？"

林水程小声说："没有。"

就在两个人检查伤口的时候，傅落银放得老远充电的手机的屏幕亮了一下。

"'夏'发来好友申请，是否接受？"

与此同时，一城之隔的七处收押所。

易水躺在病床上接听电话。

他被允许打电话，因为他提出了上诉，告诉七处人员说自己要找律师，这也是他唯一与外界联系的方法。

"喂，倩倩吗？你找到人了吗？快救救我！我不想坐牢！！"电话拨通，他一听见对面女孩的声音就哭了出来。

欧倩有点紧张地快速说着："你先别慌，大家都知道这事了，燃燃去找了傅落银，让他帮忙调度，应该没什么问题……"

"你说谁？"听见那三个字的一刹那，易水整个人都抖了一下，条件反射地痉挛了起来，仿佛创伤后应激反应。

他直接打断了欧倩的话。

欧倩愣了一下："……傅落银啊，现在在七处的那个，你的案子是个误会，只要找他说明白，一定可以解决的！"

易水眼前一黑。

19

林水程第二天起床很早，给傅落银做了鸡汁汤包，炸了油条，熬了粥，切好菜丝，淋上酱料配好。

他们两个人正在逐渐习惯彼此的作息。

傅落银没有紧急会议和其他任务的时候，一般是早上八点半出门去七处上班。林水程也是差不多的时间出门，但是他需要多一点儿睡眠时间，而傅落银一般六点就醒了。傅落银醒来后出门晨跑，回来再洗个澡，顺便就叫林水程起床，时间一般刚刚好七点半。

林水程起床后做饭，傅落银就准备一下今天的工作，或者看看早间新闻，又或者试图跟小奶牛培养感情——不过收效甚微。

晚上的时间就不一定了，傅落银经常需要加班，林水程也是。

如果两个人都按正常时间下班，傅落银一般会让周衡开车去接林水程，两个人一起在外面吃饭，或者馋虫起来的时候，就让林水程做饭。回来之后，林水程会去他的工作间继续学习、研究，傅落银就和董朔夜、苏瑜联网斗地主、打游戏。

这天他们吃完早饭，傅落银看林水程犯困的样子——林水程才经受过抢劫的惊吓，又因为加班，半夜才回家，估计精神不济也是正常的。

他说："你在车上睡一会儿吧。"

林水程抱着书包睡了，歪头靠在副驾驶座上。

傅落银放慢了车速，尽量平稳地开着，到了星大校园内，他看了一眼时间，知道到早了，离林水程平时到的时间还有二十分钟，于是就停下来等着，打算过会儿再叫醒林水程。

他打开手机，打算看看今天有什么工作任务的时候，看到一条信息，怔了一下。

明晃晃的大字悬在眼前。

"'夏'发来好友申请，是否接受？"

傅落银手指悬空，仿佛凝固在了那里。

熟悉的头像和字眼，让他一阵发晕，仿佛是夏日被暴晒后的、离水的鱼群。

他不记得是什么时候遇到的夏燃，夏家和傅家原本关系就很好，他们自然而然地就成了玩伴。

楚时寒比他大两岁，楚静姝心疼大儿子，把他接回星城亲自带大，而傅落银从小生活在爷爷奶奶家，趴在傅凯的办公室写作业。那时候傅凯长期在江南分部的公司，傅落银初中前对自己的哥哥，对自己的妈妈，其实并没有什么印象。

江南分部是星城第二大枢纽，和他一起长大的孩子，大部分是星城和江南分部两头跑的,学也是两头上。

每个暑假,他能够回到星城。一个长期待在江南的孩子,冷冰冰的,不愿主动去找其他人玩,夏燃就来主动找他玩。

"你每个夏天才回来念书,其他时间都不读书吗?"那天放学后,他一个人坐在空荡荡的教室里,看着窗外的烈日发呆,忽然就听见有人主动向他搭讪。

夏燃长得白生生的,傅落银几乎把他认成女孩子,警惕地抿了抿嘴。

见他不回答,夏燃换了个话题,问他:"为什么你爸爸妈妈不来接你回家?我也没有爸爸妈妈接我回家,是我自己要求的,因为我家很近,我可以当一个独立的小孩。"

傅落银垂下眼,冷冰冰地说:"关你什么事?"

夏燃愣了愣,没有生气,反而过来拍了拍他的肩膀:"你不要这样生气啦,走,我带你去我家写作业,还有冰激凌可以吃哦。"

后来他才告诉夏燃,那天楚时寒发烧,家里所有人都陪他大哥去医院了,忘了还有个小的在上学。

所有人都忘了,那天是他的生日。

"你为什么不向你妈妈说呢?你只要提醒她,她就会想起来的,然后祝你生日快乐。"夏燃问他。

他只是说:"不。"

他不会,因为他从小就是这么骄傲而固执的人,别人不给他的东西,他也就不要了。

夏燃叹了口气:"那好吧,没关系,以后你的生日,我陪你过。"

车内,屏幕上的字样刺眼发亮。

傅落银深吸一口气,觉得自己平静下来后,伸手点了"拒绝"。

拒绝理由:"?"

139

他曾经有一张"不在乎"的清单,以前夏燃陪他列的。他不在乎漠然无关的家人,不在乎毕业典礼没有人来,不在乎一切他曾经希望拥有但最终变成奢望的东西。

然而,他在第八军区生不如死苦熬两年,却收到夏燃的一句"我走了,对不起你的期望",之后,夏燃也被添加进了那张清单中。

林水程在他旁边动了动,像是突然清醒了过来,伸手就摸手机看时间。

他一摸,摸到自己刚换的手机,看了时间后松了口气,接着又下意识地以为这台手机是傅落银的,接着开始到处找自己的手机。

找了一会儿后他才想起来,自己用了好几年的旧手机已经被摔碎了。

傅落银本来在旁边气压很低,看他这么一连串的动作,忽然就被逗笑了:"你干什么?自己的手机不认识了?"

林水程嘟囔:"刚换的,认不出来,以为是你的。"

"两年了,我的手机你也认不出来?"傅落银挑眉,他眼里带着点危险的阴沉无处施放,似笑非笑地看着林水程,"不会我生日什么时候,你也不知道吧,林水程?"

林水程一愣,轻轻说:"我刚换了手机,忘记了啊。而且我也不知道你的手机是不是和你的钱包一样多。"

林水程又抬起眼来瞥他:"你好凶。"

傅落银感觉自己语气像是有点凶,于是调整了一下,"我哪里有很多个钱包了?"

林水程瞅他:"你自己数,我要去上课了。"

眼看着林水程要出去,傅落银把他拽回来,低声问:"我生日什么时候,林水程?你说,说错了我也不凶你。"

他看着林水程,隐隐觉得一股无名怒火在往上冒,被他强行压下。

为什么林水程不肯说？

林水程岔开了话题，没有回答他。傅落银对这种话语间细微的躲闪捕捉得非常清楚。

对资助自己上学的"恩人"，按林水程平时那么热络，居然还不知道他的生日是什么时候吗？

林水程怔了一下，那一瞬间，他像是刚刚才彻底从梦中清醒，语气也带上了一点自己没有察觉的漠然："2309……0927。"

他没说错。

傅落银松了一口气——他也不知道为什么松了一口气，不过林水程像是跟他闹上了脾气，急着出去上课，飞快地把手机抓住就下车了。

傅落银很满意。

至少林水程记得他的生日。

世界上如果有其他人背叛他，他觉得不奇怪，毕竟有前车之鉴，但是他觉得林水程不会背叛他，林水程当初能开口要他资助，说明就是冲着钱来的。利益稳固的关系，反而更长久。

林水程上完早上的课后，接到许空的电话，是叫他去填之前《TFCJO》的评审推荐表。

《TFCJO》全称是《联盟科学重心期刊》，是联盟最有公信力的重要期刊之一，虽然影响力比不上最有名的那几个期刊，但是含金量绝对不低。本科学生如果独立在《TFCJO》发表一篇论文，那么全球的大学对其免试，甚至许多副教授转正评职称都需要《TFCJO》的论文发表经历。

评审组成员很灵活，不拘泥于资历和年龄，只要在专业上有足够的鉴别力和积累即可。在此之前，最年轻的一位评审员只有十五岁。

此时此刻，评审委员会中，化学领域 个编辑刚刚离职了，恰好许空是组委会领头人，手里握着一个推荐资格，直接就给了林水程。

林水程本科四年跟在杨之为身边，已经学会了遇到机会不谦虚，而是直接抓住去尝试。面对这样的好机会，林水程毫不犹豫答应了，尽管他现在还在数院，但是有朝一日他会回去继续进行化学研究。他在化学上光辉的履历，也不会止步于两年前。

许空给他打电话，就是通知他："你的履历已经通过了初级评审，现在过来打印这个表格，回去填一下其他资料好进行详细确认，这个评审是轮班制，每周工作时间是弹性的，你刚进去，分派给你的稿件也不会是太难的那种。审稿是其次，资源和人脉才是最重要的，其他的我不用多跟你说吧？"

林水程点了点头，又说："谢谢老师。您帮我这么多，我暂时也没什么能做的，可以请您吃个饭吗？"

许空欣然前往。

林水程上次答辩就注意到，许空随身带着一个降血压的小药瓶，这次点的菜都是少盐、清淡的，主食也换成了粗粮。

许空一去就发现了，不由得更加对林水程另眼相看。

这个学生是真的心细如发，怪不得杨之为也那么喜欢他。

两个人一个搞物理一个搞化学，但学界一直都有句话：化学学到最后，终归要学到物理上，而物理的尽头又是数学，数学的最后是哲学。所有学科都是互通的，两个人很聊得来。

两人的话题也没有限制在学术上，许空顺带着也问了许多林水程有关江南分部的事，说是以后想去那边养老。

许空笑眯眯的："像你这么讨人喜欢的年轻人不多了，有没有意向提前参加工作啊？我手里几个博士生都还不错，手里都有跟着的大项目，可以给你介绍工作机会。"

林水程笑了笑："谢谢老师，我已经有介绍人了。他也是跟着杨老师的，是我的本科师兄。"

"嚯，老杨连介绍工作都要赶在我前面，真是可恶。"许空想了想，"对你，我有印象，老杨经常提起你，说是突然不搞化学了，把他头发都气白了一半。他从本科带起来的学生，我记得不多吧？除了你，我记得还有一个叫楚……楚什么来着？"

"楚时寒。"林水程静静地补充。

快入冬了，饭菜升腾起热气，雾蒙蒙的一片。

他垂下眼，轻轻补充说："他已经过世了。"

20

许空或许从他的神情中猜出了什么，没有继续这个话题，又跟林水程聊了聊数据上的事情，接着就准备走了。

林水程埋单后，又跟着许空去数院。

走到半途，许空接了个电话，林水程在一旁，双手插在大衣外兜里，不可避免地就听见了许空电话的内容。

"让我们院的搞名画鉴定，你去问问警务处是不是脑子有病！"

一开始林水程没听清，从这句话开始，许空的声音从一开始的和和气气逐渐变得暴躁，林水程听见"名画鉴定"四个字，不由得稍微集中了一点注意力，脚步也放慢了。

"这完全是胡搞！这比什么电闸密码更过分，你让他们去找专业人士问问，就算技术上遇到了问题，那也是计算机系的事，他们想干什么？想鉴别到量子级别吗？艺术品就算找茬找到量子级别，他们知道真品的状态是什么吗？"

电话另一头的人听起来也接近崩溃："听说是上边的要求，查不出来就往下追责，警务处的人没办法，就算到我们头上，现在就是要我们院七天内给出一个解决方案。"

"不行，我不同意，我们院的老师学生不是为这种东西浪费时间的！"

"许老师，您也知道，这种行政上面的事情，他们都是直接联系校长，校长已经点头了，现在也没其他办法……"

许空怒气冲冲地挂断了电话。

林水程在旁边全听见了，但是没有多问。

到实验室附近的时候，他才跟许空道了别，又一次感谢了许空对他的提拔和信任。

下午他到得晚，一进实验室，就发现许多人在讨论这件事。

他问徐梦梦："怎么回事？"

徐梦梦压低声音告诉他："小林师弟，太巧了，你之前想试投简历的那个名画鉴定项目关闭报名了，但是被分配给我们院做了！听说是某位大人物视如珍宝的收藏画被盗走了，他大发雷霆，结果追回后无法确认是真迹还是仿品，AI鉴别在这幅画上出了问题，警务处没办法完成这件事，就往下把锅丢给我们……"

说到这里，她眼睛亮了一下，非常神秘地凑过来问他："小林师弟，你那天是不是说……"

"有五成把握，但是仅限于我知道他们遇到的问题是什么，剩下的，我无法做出任何保证。"林水程说，"师姐，你继续说。"

徐梦梦小声说："这事儿好像挺严重的，如果限期内破不出来，可能就是我们院的问题了。你知道许空教授吧？我刚看论坛八卦，说是他的性格其实挺多人不喜欢，因为太板太直了，虽然能力过关，但是容易挡别人的道。"

林水程想了想答辩那天，许空拉着三个导师一起待在答辩室跟他们耗着的场景，不由得轻轻笑了笑。

学术界总有人往上爬，只要你在前面，就永远会有人觉得自己的道被挡住了。但是有的人可以走得不显山不露水,有的人却能哐啷哐啷地拉走许多仇恨,许空的性格就是后者。

林水程轻声问:"所以有人想把责任往许老师身上推,是吗?"

徐梦梦低声说:"我看论坛里分析的是这样,不过帖子很快就删除了。许老师是空降来的副院长,听说也挤走了好几个候选人……这里头估计黑着呢。现在这个任务落到谁头上谁倒霉,上头动动嘴,下头跑断腿。做成了,功劳是上头的;没做成,锅是我们院的。更何况上边指明要我们量子分析系去做,这是明明白白的甩锅。小林师弟,你可别蹚这趟浑水。现在都在担心这个项目落到自己头上,谁做谁倒霉,你懂吗?"

林水程"嗯"了一声,说:"我会认真考虑的。"

林水程说认真考虑,真的认真考虑了很久。他翘了一下午的大课——王品缘出差了,他的课由同院另一个导师上,林水程直接没去,而是去了图书馆查阅资料。

查了一下午,从黄昏查到天黑,依然一无所获。

林水程揉着太阳穴走出去,看见天黑了,下意识地打开手机,想要告诉傅落银,他今天会晚点回去。

一般如果傅落银晚上回家的话,会提前告诉他今天想吃什么,不过今天傅落银一反常态地没有。

林水程给他发了一条消息:"会晚点回来。"然后关闭了手机。

他在图书馆填好了今天许空要他交的细化资料,打算再去一趟许空的副院长办公室。

夜晚的星城大学亮起路灯,林水程进入行政楼二楼,来到副院长办公室前的时候,却发现外边站着隔壁班的助教叶子。

叶子跟他认识,打了个手势示意他暂时不能进去,随后走过来,小声告诉他:"林水程,你过来有什么事吗?要不先走,是交表格之

145

类的话我帮你交？我走不了，今天里边吵了一天了，但是我这边的申报资料必须今天批下来，已经在这里等了两个小时，不知道要等到什么时候去。"

林水程看了看紧闭的大门，低声问："……在吵什么？"

教师办公室的隔音很好，他站得远，只能听见里面依稀有争论的声音，但是一个字都听不清楚。

叶子小声说："上边的警务处给数院派了个任务，好像许副院长认为这不合理，不同意，今天从数院行政一直吵到校长那里，到现在还没吵出一个结果来。任务已经下来了，这个事情很难办。"

林水程轻声问："许副院长一个人不同意吗？"

叶子声音压得更低了："好像是，许副院长调过来时间还不长，你大概不太了解他，他原来在旧北美分部时就是这个脾气，很不喜欢把行政的事情带进学术圈里，但是你知道的，星城这里和其他分部不同，有些……"

她一句话还没说完，面前的大门突然打开了，走出来一个怒气冲冲的人，正是许空。

他摔门而去，脸色涨得通红，显然已经气得不行了，甚至都没注意到门口还站着两个来找他的学生。

办公室内一个人追着说："您不同意，可以，但是这事总得有人做，谁有这个本事去跟警务处提？你为你的学生着想，怎么就不想想整个数院呢？这事您不解决吗？"

其他人都讳莫如深，不开口支持，也不开口反对。

许空破口大骂："那就给我做！上头这是什么狗屁规定！自己办不了的事就去祸害学生吗？！警务处的案子不结，追责到学生，想让他们一生都毁了吗？！"

叶子和林水程面面相觑。

他们都是学生,以前从来没有正面遇到过这种行政纠纷,一时间觉得"三观"有些破碎。

联盟各分部的学术氛围其实是不太相同的,林水程之前跟在杨之为手下,可以说是为所欲为。他隐约知道学术界会有派系争斗,但是杨之为在江南分部和旧北美峰会都把他们保护得很好。

他待在江南分部,跟在杨之为手下的那四年,是最顺风顺水的四年,所以对于这方面,也只是见识到表面而已。

虽然早就知道学术界派系纠纷严重,倾轧竞争频出,但是直面这种事情,他还是有点接受不了。

叶子犹豫了一下,看见许空走远了,还是憋着一口气跑了上去,小声说:"老师,这个是我们班的项目报表,您说今天之前给您签字的……"

许空停下脚步,回头接过她递过来的报表,兴许是外面灯光暗,叶子看见许空用力眨了眨眼睛,像是想开口找她要笔,结果下一刻就直接往后倒了下去——

许空双手拼命挥动了一下,勉强坐在了地上,接着用力捂住了胸口,一脸痛苦——短短几秒时间里,叶子就看到冷汗已经浸透了许空全身!

林水程见状立刻说:"扶着他躺下来!许老师高血压发作了,快联系校医院带吸氧设备过来!"

叶子立刻照办,林水程直接闯进了办公室,直奔许空的办公桌,众目睽睽之下,他蹲下来开始快速翻找抽屉,几个抽屉都看过了,剩下的一个柜子带锁,林水程直接用桌上的烟灰缸狠狠地砸开了!

他的动作干脆利落,丝毫不拖泥带水,到现在为止,办公室里的一群教授、主管,一个都没反应过来,只能呆愣愣地看着他的动作。

砸开后,林水程找到了一盒药,立刻倒出来一颗,冲出去喂许空含服。

这个时候里边的人才反应过来,开始低声说:"许副院高血压犯了……"

"现在怎么办?"刚刚追着许空吵的人名叫余樊,也是个副院长,所有人都看向他,几乎是同一时刻默认——许空就是被他气得发病的,导致他脸上有些挂不住。

他清了清嗓子,严肃地说:"问题必须有人解决,老许一会儿醒过来恢复了,还是要把这件事跟他讲清楚才行。"

"不用了,项目我去做。"林水程扶着许空说,"不要再压着许老师了。"

他稍稍提高了声音,虽然跟着在外面照看许空,但是里面的人依然听得一清二楚。

许空的情况没有大碍,他还有意识,只是暂时无法开口说话,只能原地平躺休息。

"你又是谁?"余樊看向林水程,语气里充满怀疑和不屑,他几乎快被眼前这个学生的不自量力逗笑了,"就凭你?"

他看样子还很年轻,估计是个本科生或者研究生。

警务处那个项目能够成为人人都踢来踢去的皮球,其难度是别人不可想象的,一个本科生,什么都不知道,还敢说要接手这个项目?最先进的 AI 识别都栽在其中,他当了这么多年的老师,还没遇到过这么好笑的事!

林水程站起身来,不卑不亢地说:"我的名字叫林水程。"

灯光下,他的脸颊瓷白好看,眼睛明亮而坚定,仿佛里面藏着一泓星光。

他微微加重了语气:"就凭我。"

21

"年纪小，口气却挺大。"余樊被林水程这么一噎，面子更挂不住了，几乎是火冒三丈，他厉声问道，"你几年级哪个班的？"

林水程寸步不让："量子分析系研一生林水程。"

"你给我等着，你们这些学生真是不知天高地厚！"余樊说，"我现在就上报你的名字，你想清楚，这个项目七天内做不出来，就是你负全责，以后都不用来上学了！"

"谢谢老师给我这个机会，我会努力。"林水程话接得也是滴水不漏。

叶子在旁边听得下巴都要惊掉了——她当助教这么久，从来没想过能亲眼看见院系导师撕扯，还有学生直接叫板院系副院长的！

林水程这是连学位都不想要了吗？！

她快疯了，林水程还不卑不亢地留了姓名、电话等资料。

叶子不是量子分析系的，她是量子计算机系的，许空是她的直接导师。

虽然量子分析和量子计算机听起来差不多，但是应用方向天差地别，差不多就是造算盘的匠人和用算盘的账房先生之间的区别。

她听说过林水程，一是因为在一个院系，平时进进出出的，或是去食堂，或是同学聚餐，总能遇到，林水程长得好看，早在入学的时候就被公认是新一届的院草，女生们自然也会对他更加关注，据说林水程被举报时那个页面的证件照都被许多人截屏下来保存。

另一个原因就是许空，量子分析系上次答辩出丑的帖子至今还在论坛里时不时被顶上来，版主还有意无意地加了个精。林水程在帖子里差不多是一战成名，被人渲染成了救整个水货量子系于水火之中的学神，她也有印象。

这样一个乖乖的学生，居然公开在院系里和领导叫板？

叶子再次感到一阵恍惚。

校医院的人来了，帮助许空吸氧，林水程帮助医护人员扶着许空上了急救车，直接跟着赶去了校医院，叶子也跟着去了。

星城联盟大学附属医院也是数一数二的医院，对于学生和老师都有特殊通道。

许空暂时说不了话，处于舌头麻痹的状态，医生过来看了看，说："还好给药及时，没有多大的问题，先住院观察一段时间，监控血压情况，其他无关人员没事就可以出去了。"

林水程看了看许空，正准备离开，许空喉咙里却嘶哑地发出了一些模糊的声音，伸手拍了拍床，眼睛瞪大了瞧着他。

他被送上救护车前一直都有意识，林水程和余樊叫板，他都听见了。

林水程脚步顿了顿，回头在病床边微微俯身，低声说："老师，相信我，我有办法，这个项目我之前了解过，和杨老师之前的方向是吻合的。"

他又想了一下措辞，说："而且就算我被追责开除，也不要紧，我……再考一次就可以了，也不是什么很难的事。"

许空被他逗笑了，眼神也终于安定了下来。

说白了，谁会因为一个接触不深的老师去搭上自己今后的前途？

可是从老师这方面来说，谁会为了维护自己的学生不受伤害而断送自己的学术生涯？

领导要警务处办事，一把手甩给二把手，二把手甩给大学，大学老师再甩给学生，所有人都默认了学生是最好欺负也是最没有反抗途径的，所以都对此讳莫如深。

学术界一旦和行政扯上关系，最避免不了的就是乱象丛生，取得惊世成果的科学家退休后贫困潦倒，学术造假的人赚得盆满钵满……可是就算有诸多乱象没有规整，也始终会有一群人坚守自己的原则。天平的两端从来都不是前途和学生，而是前途和原则。

许空恰恰就是这样的人。

林水程离开病房，感到心脏剧烈地跳动着。

这是他已经很久没有感受过的情绪，是愤怒、偏执、无力和憎恨的情绪。

长达两年的时间里，他几乎失去了一切感知情绪的能力，失去了愤怒的勇气，却在今天重新燃起。他像一根火柴，熄灭已久，却在今天重新被点燃。

如今胸膛里跳动的火焰依然鲜活如初，让他如同冬日躲在温暖的被子下的孩子，终于憋不住探头出来呼吸到了一口冰凉的空气，真实鲜活，让人清醒。

校园论坛，一个帖子迅速被刷新出来。

那是叶子回去后颤抖着手指发出来的帖子。

短短五分钟内，所有人不由自主被这个惊世骇俗的标题吸引进来，点击量飙升，留言直接爆了，盖楼层的速度甩开其他帖子一大截，热度直接冲顶，居高不下。

"量子分析系学神林水程在数院办公室跟校领导直接叫板！我今天晚上看到了现场！许副院长和校领导辩论时被气到高血压发作！"

叶子直接在帖子里还原了现场情节，从许空和校领导吵架开始，一路记录到林水程送许空去医院。

早在昨天，联盟空降项目给数院的消息已经被学生们知道了，他们对于这个所谓"名画鉴定"的狗屁不通、专业也不对口的项目嗤之以鼻，现在叶子这么一披露，就算是再迟钝的学生也感觉出了不对劲。

"我们不是拒绝这些空降项目，数院和物院做的国家保密级别A

级以上的紧急任务还少了？哪一次不是出色完成？名画鉴定这个早就有人说了，跟我们数院完全不对口！全星大和这个鉴定沾边的院系只有艺术系和计算机系，凭什么丢给数院？想让我们挨个比对像素点还是什么？凭什么校领导拍拍脑子做的决定，要我们来承担责任？"

"老师也是不容易，说实话，什么事情都要和上面对接真的很烦，学生烦，老师也烦，真的气死。"

还有关心许空的身体和说一些冷言冷语的。

"不知道许老师怎么样了，我是他的学生，现在好担心。"

"回楼上：许老师没事，在休息。"

"怎么又是这个林水程……这该不会是炒作吧，我阴谋论一下，开学没多长时间见他名字出现三次了，这是想出道当明星的节奏？"

这一层立刻被喷得狗血淋头。

"人家有才有颜，就算出道，碍着你什么了？他在帮我们学生做事，你们可以事不关己，高高挂起，但是这也不是让你们踩一脚的理由！"

这条帖子出现三十分钟后，立刻被版主删除，但是这样的举措很快激起了学生们更激烈的反抗，紧跟着，更多的衍生帖子不停地发了出来，并且开始在全院范围内讨论。

更有人当面嘲讽。

"怎么，此地无银三百两？校领导如果不心虚，删什么帖子？"

版主封禁 IP、删除帖子，气得人牙痒痒，眼看着首页帖子不复腥风血雨，而是一片安静祥和的时候，突然又有一个帖子发了出来，标题是《吃瓜总结，今天的数院》。

里面统计了今天所有有关这件事的帖子，网友点进去的时候，发现那些本该已经删除的链接居然都恢复了！

紧跟着，这个帖子直接被顶到了板块首页！

"怎么回事？校领导转性了吗？"

"不是吧，就算转性也不至于把这种恶性事件置顶，版主里出了个叛徒？"

所有学生都在群内讨论这个话题，今夜数院的学生都沸腾了。

在数院一个大群里，突然跳出来一个人说："是我，我黑进了学校论坛系统。"

ID 就是真名，安如意。

"哥们真给力！"

"我正想黑来着，结果被兄弟你抢先一步！"

安如意发送一行字："不管这么多了，大家先想一想怎么能帮到林水程吧。"

林水程对这一切一无所知。

他独自在深秋的校园里漫步，手机正不断弹出信息，但是都被他忽略了。

他在手机上输入了一串数字，犹豫了一会儿后，打了过去。

是忙音，傅落银没有接电话。

林水程看了看后，正要将手机塞回外套口袋中时，傅落银又给他打回来了。

"喂？"傅落银在那边说。

林水程很少主动给他打电话。

傅落银隐约知道，林水程像是不怎么喜欢听他的声音，或者不习惯与人用打电话的方式联系，每次联系，都是尽可能地通过短信。

之前几次打电话，都是傅落银的东西落在他这里了。

他喜欢迁就林水程的这些小习惯。对于傅落银来说，只要不是原则上的冲突，他都可以。

林水程轻轻问："你在哪里。"

"我在家，你怎么了？"傅落银敏锐地察觉到他的情绪像是有些不对，他看了一眼时间，已经快到晚上十点了。

难不成一个人走夜路害怕了，被上次抢劫吓到了？

傅落银问："你在哪儿？我过来接你。"

他几乎把林水程的话复述了一遍。

林水程低声说："嗯。"

傅落银挂断了电话。林水程也没意识到他连在哪儿都没告诉傅落银。

在傅落银说出"我过来接你"的时候，林水程轻轻松了一口气，仿佛有些疲惫，安静地坐在了星大校区里的休息长椅上。

夜色浓重，冷风萧瑟。

傅落银开车过来的时候，看到的就是林水程坐在长椅上的样子，侧身对他，低头去踢地上的枯叶，怀里抱着书包，不知道是冷还是单纯无聊。旁边是池塘和黑黢黢的教学楼，这样一看，林水程整个人显得很小，小小一只待在那里，像无家可归的小猫咪。

傅落银照着林水程的 ID 卡定位赶过来的。

车灯明亮，傅落银按了两下喇叭，林水程回过头看他，这才注意到。

傅落银今天忙工作很累，又被早上夏燃的一个好友请求闹得心神不宁，差点忘了还有个林水程没回家，直到他接到林水程的电话。

傅落银本来想等林水程自己上车，但是看见林水程的一刹那，傅落银打开车门下了车，把人拉过来，直接脱下身上的外套给他裹住了。

"不知道找个便利店等我？在这里一吹，回头又要感冒。"傅落银说。

第四章

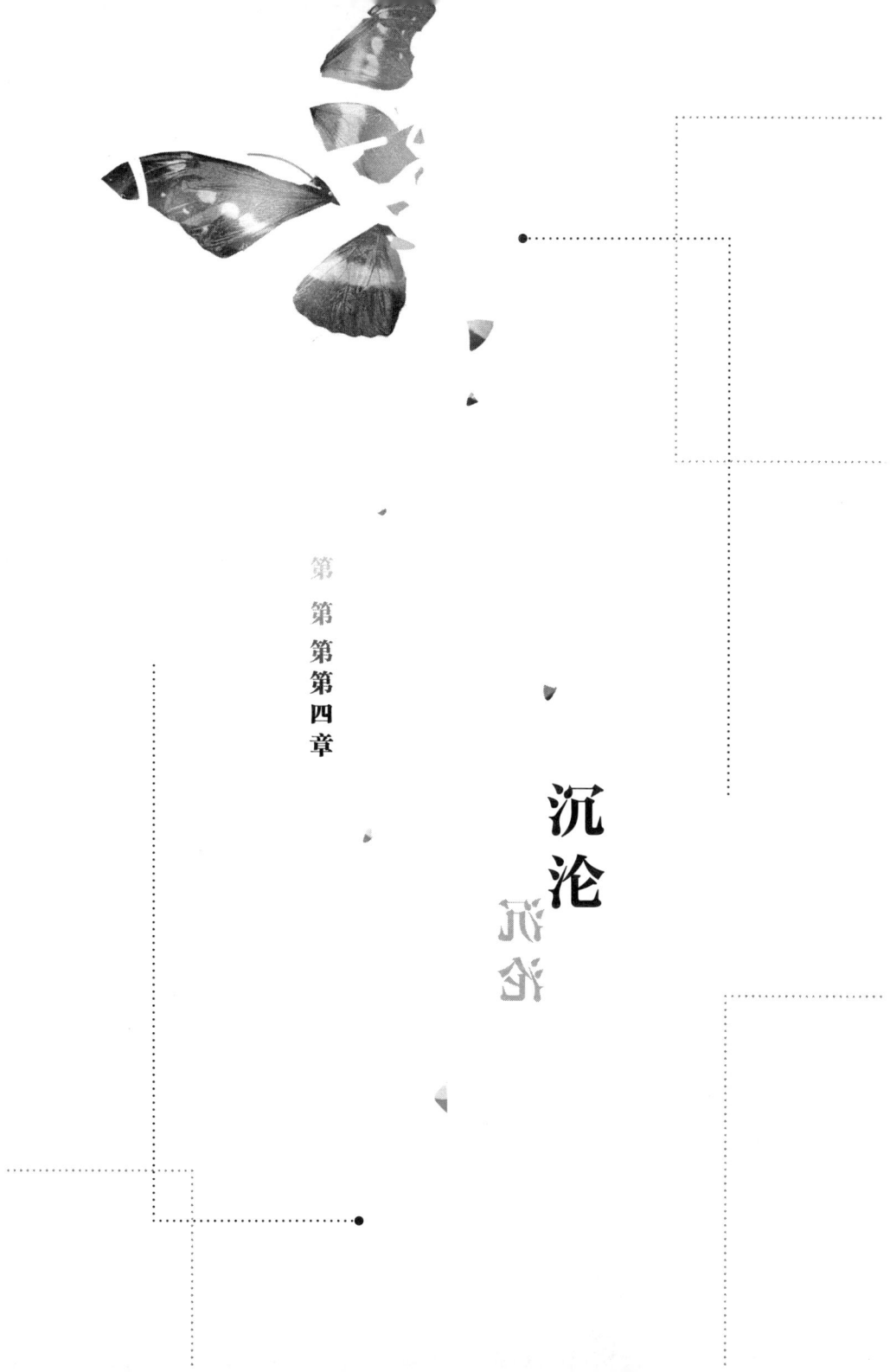

沉沦

22

傅落银开车把林水程带回家，路上订好了外卖，到家时，外卖和他们一起到了。

他知道林水程爱吃辣，这次找的是川菜馆，连着锅一起送上门。麻辣鲜香的气息飘上来，热腾腾的能让人唤回神志。

傅家人都不太吃辣，除了他。星城这边菜系偏甜和咸，做东西讲究一个"香"字和一个"浓"字，傅落银却因为从小不待在星城，而是待在江南，所以什么都吃，什么都不挑。尤其是在第八军区的那两年，看到块键盘都觉得像巧克力，哪管是哪里出产的。

到了门口，他单手把沉甸甸的饭菜从地上提起来。

傅落银看林水程输开门密码，这才后知后觉地发现密码就是自己的生日——他进门一直都是靠面部识别认证，早上他问林水程自己的生日的时候，压根儿就没想起这一茬来。

难怪林水程会生气。

林水程进门后，先去给小奶牛喂粮。

小奶牛吃了一些后就不吃了，林水程正觉得奇怪，伸手一摸小奶牛的肚子，圆溜溜的，很丰满，显然小奶牛已经吃饱了。

他看了看小奶牛的碗。

小奶牛平时吃饭用一个不锈钢碗，放在客厅落地窗边。现在落地窗边多出了一个精致的窑变釉工艺碗——一个值一两千块钱，是周衡买回来的一整套餐具里的一个。

很显然傅落银下午回来时随手捞了个碗来装了猫粮，想喂喂猫。他很谨慎，知道小奶牛不吃他喂的东西，没用小奶牛原来的小钢碗，怕用这个碗装了粮之后，小奶牛连这个碗都不要了。

小奶牛一如既往地嫌弃，没有吃，但是傅落银出门后，它到底还是饿得受不了，偷偷摸摸地吃光了。

这是只有出息又不太有出息的猫。

林水程抿了抿嘴，沉闷了一天的情绪似乎在此刻才得到了一点消解。

他在这边笑，顺手把两个碗都拿去洗。他有洁癖，平时家里的碗都是用洗碗机洗，但是小奶牛用过的碗会单独手洗。

傅落银正忙着把外卖装进餐盘，瞥到他拿了两个猫碗在洗，下意识保持了沉默——喂猫反被猫嫌弃这种事，就不用摊开来跟林水程说了。

林水程洗了两个猫碗，还是依原样都放回落地窗那里。

桌上的菜有鱼香肉丝、水煮肉片、宫保鸡丁，还有一整条剁椒辣子鱼，放在锡纸锅上烧得咕噜咕噜冒香气。

林水程吃得比平常多一些，傅落银后半夜有个电话会议要开，怕到时候胃疼，吃得很少，挑着不辣的鱼香肉丝和宫保鸡丁吃。

两个人今天都很累，饭桌上都没说话，安静且沉默地各自咀嚼着。

吃完饭后，林水程去洗澡。

又是好一会儿没出来，小奶牛上次扒拉过浴室门，没有成功，这次学乖了，过来扒拉傅落银的裤脚。

傅落银正在浏览七处发过来的文件，一低头看见一只奶牛猫，眼睛绿幽幽地瞅着他，态度也幽幽的。

看见他回神了，小奶牛立刻啪嗒啪嗒往里走。

傅落银跟着进去，推开浴室门，发现林水程和上次一样，又在浴缸里睡着了。浴缸边摆着防水 Pad，上边播放着一个 AI 技术鉴定相关的视频，音质被压缩了，里边的声音又小又远地嗡嗡萦绕在耳边。

上次他捞林水程的时候，林水程醒了，这次却是醒都没醒，傅落银看了一眼换气扇，嗡嗡的风扇好好工作着，应该不是低氧引起的晕眩和乏力。

林水程看起来是真的困了。

已经是深秋，室内开着空调，仍然避免不了有点冷。

给林水程擦干之后，傅落银才重新把林水程抱去另一边没被弄湿的床上，用被子把人卷起来靠在床头，接着去找吹风机。

林水程的头发很柔软，碎发握在手心毛茸茸的，很好摸，更像某种小动物了。

他从小到大就没用过吹风机这种玩意，初高中大冬天跟着班上的男生一起早晚洗一次头，直接对着水龙头冲洗，一路跑着去早自习，也能多赚几分钟的睡眠时间。冷风一吹，头发上都能结冰。男生之间就是喜欢这样无聊地较劲，谁在水龙头底下冲得最狠，时间最长，仿佛就是谁更有男子气概一样。

班主任评价这一群男孩子说，脑子不是被冻出了问题就是已经出了问题。

那时候夏燃跟他不在一个班，知道他会这么做之后，给他买了一个小吹风机，要他放在宿舍，不过他从来没有用过。

…………

思绪转过这么小小一瞬，傅落银手上的动作停了停，吹热风的发热口抵着林水程的后脑勺吹了好一会儿，林水程被烫醒了，往旁边缩了缩。

傅落银赶紧把吹风机拿远。

等把林水程安置好后，傅落银回到了自己卧室躺下。他打开手机给自己定了个闹钟，随后握在手心。四十分钟后，手机振动起来，傅落银第一时间摁掉了闹钟，随后揉了揉太阳穴，轻轻起身。

傅落银看见奶牛猫蹲在林水程卧室门口，这猫没睡，也没有"跑酷"，只是蹲在门口瞅着他。黑暗里的猫眼睛绿幽幽的。

傅落银轻轻用脚尖踢它："进去吧。"

奶牛猫没有进去，冲他哈了一口气，尾巴警惕地翘了起来，但是没像以前那样嗖地一下窜走。

傅落银趁机伸手撸了一把小奶牛的头，随后就去了客厅。

林水程是被小奶牛舔醒的，这只奶牛猫咪蹲在他枕头旁边，不停地用有些粗糙的舌头舔着他的脸颊。

林水程醒了过来，偏头低哑着声音问："……小奶牛？"

奶牛猫用爪子扒拉他，小声喵喵叫着。

林水程一下子就想了起来，今天用室内自净系统的时候，好像关上了西边小阳台的门，忘了打开。小奶牛的猫砂盆在阳台，它一只猫挠不开那个门，只能来找他。

林水程下床找了一件大衣给自己套上，抱着小奶牛往外走去。空调和加湿器工作着，室内温度已经升上来了，并不是很冷。

西边阳台靠近他的工作间，林水程揉着眼睛给小奶牛开了门，小奶牛立刻就跑了进去。

林水程被冷风一吹，也清醒了，打了个带泪的哈欠，揉了揉头。

小奶牛解决完人生大事后，跑了回来。林水程关了门，顺手去房间床头取自己的Pad。

亮屏待机时间过长，Pad快没电了，林水程拿着Pad去客厅找充电器，走进客厅的一刹那，却愣了一下。

他们客厅安的是扇落地窗，但不是封闭式的，落地窗旁边的小门可以推开，再走出去是一个嵌入式的小阳台。

傅落银在阳台上开视频会议，只开了阳台灯。暖黄的灯光透过玻璃窗，影影绰绰地照出他的人影。

傅落银穿的是正装，笔直挺括，声音压低了，又透过窗帘和玻璃，变得很淡很模糊。连着他整个人的影子，如同雨天之前朦胧的月色，遥远又陌生。

傅落银对周围环境的任何风吹草动都很敏锐，尽管林水程什么声音都没有发出来，但他还是回头眯着眼睛看了一眼。

发现是林水程起来了之后，傅落银才回过头，继续开会。只不过他现在微微往林水程这边偏了偏，能看见林水程在干什么。

林水程什么都没干，在沙发上坐下，怔怔地抓着手里的Pad，就那样看着他。

像是没睡醒后发呆，又像是只是看着他而已。

这个时候手机窗口突然弹出一条信息，提示道："您有一条新信息接入。"

"'夏'发来好友申请，是否接受？"

这字样无比熟悉，几天前这条好友请求也出现过，只不过被他拒绝了。

"附申请理由：可以谈谈吗？真的有事找你。"

23

傅落银沉默地看着那一行消息提示，连会议结束了都没发觉，视频通话列表里空荡荡的，只剩下他一个人还挂在那里。

他点了"同意"，而后编辑了一条消息发送过去。

-2："什么事？"

窗口显示"对方正在输入",很显然夏燃在线。

冰冷的夜风呜呜吹着,小阳台头顶的吊灯被吹得晃动起来,灯影摇曳,晃得人影也跟着斑驳错落。

傅落银等了一会儿,手指冻僵了,正准备放下手机的时候,夏燃那边跳出来一行字:"想问一下你有关易水的事,他是我朋友的男朋友,我想问问你有没有可能出现误会的情况,或者能不能请你帮忙转圜一下?"

傅落银在看到"易水"两个字的瞬间神情就冷了下去,他直接摁着语音键发送了一条语音:"人是我抓的,他在校园里堵人抢劫,事后还准备在警方面前诡辩脱罪,这样的人,你想怎么为他转圜?"

另一边沉默了。

不管是十年前还是现在,他们两个仿佛都容易走进这样一个摇摇欲坠、紧张对立的状态中,说一两句话就像是要吵起来的样子。

傅落银这个人很奇怪,他像是意识不到这话对于一起长大的玩伴来说有些失礼。不管在哪里,不管什么时候,傅落银面对夏燃时总像一个任性妄为的孩子。

夏燃在另一边,听着刻意避开了十年的、久违的声音,有点难受。

他打字:"……是因为吓到了你要扶持的左右手是吗?"

傅落银继续发语音过去:"这事跟他是不是我扶持的人没关系,这件事换了另一个大学生受害,闹到七处那里,我也不会草草了事。"

夏燃:"你有朋友要保护,我也有朋友要保护,你朋友欺负倩倩,我们也不能坐视不理。易水是做事冲动了一点……"

傅落银看到这里,直接打了个电话过去。

对面是忙音,夏燃很久都没有接。

夏燃:"有事就打字说吧。我这里不方便讲电话。"

傅落银平复了一下心情,发去语音消息:"你把犯下多起校园霸凌还欺诈警方的人做出的事叫作'一时冲动'的话，这件事我们也没什么好谈的。至于你说的姓欧的被欺负，你是指她把所有工作推给林水程，还要抢第一作者的位置，还是指她答辩被卡了叫林水程去救场？"

夏燃很明显蒙了一下，好一会儿才开始打字："倩倩跟我说……"

"都是别人跟你说，你自己不会看吗？"傅落银问，"答辩我亲眼看的，还能冤枉了你的好朋友不成？星大的处分决定挂在网上，这种行政级别的处罚，你觉得是一个学生想陷害就能陷害的？"

傅落银："我以为过去十年了你多少有点长进，我对这样的你很失望。这个忙，我不会帮。"

夏："你也一样，十年了，说话还是这么难听。对不起，打扰您了。"

傅落银手指用力攥住了手机，指节发白，脸色一瞬间冷得可怕。

夏家和苏家是大院里比较特殊的两家人，各有各的特点。

苏瑜家世代当医生，而夏家从商，每年无偿扶持联盟许多项目，很受器重。然而傅落银高二那年，夏家出了一点变故，导致资金链断裂。

夏家到底没了以前的风光，夏燃的学业也是在傅落银的资助下才完成的。高中毕业之后傅落银进了第八区，大三大四回星城国防大学念军事指挥系，夏燃则复读一年。

高二高三那两年里，傅落银把自己的生活费分出三分之二给了夏燃，自己则抽时间在学校打工，还跟着苏瑜瞎鼓捣卖模型。傅凯对两个孩子的生活费管得非常严，顶多达到同龄人的平均水准。

夏燃那时候说过不要，但傅落银说："你是我最好的兄弟，以后我的钱就是你的钱，除了我哥的钱等我毕业后打工还给他，其他的你该用就用，都是我赚回来的。"

夏燃学画，即使家道中落，也依然请最好的老师，用最贵的颜料和画纸，这些傅落银都觉得没什么，而且是应该的。但是夏燃后来心思没有继续放在学习上，他的成绩一落千丈，开始整天跟着结交的一

163

些其他富二代玩，出去玩一次，或是唱K，或是吃饭，AA下来都是一笔不小的钱。

富二代也是有圈子和鄙视链的，并且容易互相看不上。

夏燃接触的那个圈子，傅落银从来都看不上。他们这个阶层的孩子都早熟，父辈优秀，儿孙辈更优秀的，大有人在，相反，堕落的也不在少数。

他生在家风最严格的傅家，从小就知道如何要求自己，更知道如果自己不被关注，应该依然活出自己的样子，不被他人影响。

傅凯是个工作狂，永远把工作放在家庭和亲人之上，楚静姝除了有些溺爱大儿子，在人生追求与道德品质上要求也非常高，他哥哥楚时寒更是从小到大的好孩子，温润阳光，是他认知中最接近"亲人"的代表。

他从来没有觉得夏家没钱了是一件丢脸的事，因为他自己也是一穷二白，孤零零地来，以后也会孤零零地走出去。

但是夏燃不理解他，夏燃被当时家庭的变故彻底摧毁，开始不去傅落银攒钱在学校外租的、专用来给夏燃补习、写作业的出租屋，也开始三天两头地跟他冷战。

吵得最多的还是关于学习。

吵得最凶的一次，是高二有一次全城模拟考。

傅落银问他："为什么老师强调了这次模拟考的必考压轴题，你都不去看一下？最后一题只是换了一下数字，你但凡花半个小时看一看，做出来，数学也不会不及格，与其现在考差了难过，为什么不找自己的问题？"

夏燃哭着用手里的书打他："我不想看，没那个时间，没那个心情看，可以吗？！我家里出事了，我没办法安静念书，你到底懂不懂啊？！"

高考之后，夏燃落榜，傅落银以第一的成绩被国防大学高分录取，头两年本应该分配去江南分部念书，也就是楚时寒在的地方，但是傅凯铁了心要锻炼他，直接把他调去了第八区。

临走之前，傅落银问夏燃："你想考哪里，我回来后就选哪个地区分配。我们一起创业好吗？"

那时候夏燃第一次跟他提："我们还是不要继续做朋友了。"

他发了火，并且告诉夏燃，不能随随便便放弃自己。

可是两年后，夏燃到底还是选择了和他绝交。

傅落银其实一直都不能理解夏燃的想法，他读不懂他身边这个热烈如火、精灵一样的男孩的心思。

他从来都没有看不起夏燃，也从来没有期望过夏燃能成为多厉害的人物，他只希望夏燃能上进努力。

但最终，夏燃还是没有选择他在的那条路。

傅落银从第八区出来后没有选择继续当军官，而是直接退伍，日渐沉默，接手了家里的公司。

他等了两年，以为能找到真正的知音与朋友，能够脱离家庭的压力，彻底开启属于自己和朋友的自由人生。夏燃无情地删除、拉黑、走人一条龙，没有任何解释。

那个冬天，他第一次胃病发作，铁骨铮铮的男子汉疼得满身冷汗淋漓。

傅落银关闭了手机，下意识地摁了摁胃的地方，又从旁边的茶几上摸到一包烟，点燃抽了起来。

他不知道在外边待了多久。他几乎不抽烟，很少有抽得这么凶的时候，阳台火星点点，等到他自己都觉得烟味呛人的时候，他才慢慢觉得冷静了下来。

回过头，傅落银发现林水程还在瞅他。

安静乖巧的一个人，抱着枕头坐在沙发上，看着他发呆。

他的眼神安然又崇拜，傅落银看见他这样的眼神的一刹那，差点要无意识地笑起来。

任何人在回头时看见那样的眼神，都会抵挡不住笑起来的。

落地窗外的小阳台离客厅远，他不知道林水程有没有听到刚刚那些话，或者有没有看出他的失态。

傅落银回过神来，问里边的人："怎么出来了？还不睡，看着我干什么？"

林水程还是瞅着他："在想事情。今天心情有一点不好。"

落地窗边人影朦胧，傅落银偏过脸回望他，冷硬瘦削的面颊在夜灯下也显得有些温和。

林水程很少跟他说自己的事，这句话说得有些奇怪，但是两人都没意识到。

林水程听见他问："怎么了？"

他想了想，把今天的事情告诉了傅落银。

他讲得很慢，声音里带着他好学生的腔调，字正腔圆，好像不是在控诉学校的不好，而是在念睡前故事一样。

小奶牛在地上走来走去，而后跳上沙发，顺着沙发靠背踩猫步。

"后面我跟院领导在院办里吵起来了，我觉得我没有错。"林水程说。

他有点气鼓鼓的，尽管面容平静，他问傅落银："你觉得呢？"

那样子好像一个做了一个重大抉择之后，来找家长求表扬的孩子，眼睛亮晶晶的，隐约有些期待，还有一些遇事之后的不平，年轻而鲜活。

傅落银没见过这样的林水程，林水程大部分时间都淡漠沉稳。

傅落银笑了笑："你觉得我应该怎样觉得？"

林水程想也不想："夸我，你要为我感到骄傲，因为我做了正确的事。"

他的语气淡而笃定，十分确定这件事。因为他和傅落银相识六年之久，应该为彼此而骄傲。

傅落银看着他眼底的星光，被晃了一下眼睛。

风将薄荷与烟的味道带走，傅落银关闭阳台灯，推门走进来。后面的灯灭掉，客厅的灯照亮他的面庞，一刹那他像是古旧舞台上的演员，藏在黑暗中被灯扫过，面容渐渐清晰地浮现在林水程眼前。傅落银面部的线条有时候显得很冷硬，越近，那猎食者一样的气息凸显得越厉害。

然后他看着林水程眼里的星光，一点点地熄灭。

林水程低下了头，轻轻地笑了笑，仿佛是因为等不到他的回应，有些自嘲，像烛火熄灭。

"原来是这样，今天因为这件事不高兴吗？"他在林水程身边坐下，"不是多大的事，我的好学生，你做得很对。"

傅落银低声笑："你们学生单纯，疾恶如仇，是好事。我知道你的意思，但是你做事还是太冲动了，这么重大的事情，关系的是你自己的前程，不好好考量一下吗？你说的这个项目我不知道是怎么回事，但能猜出七八成。上头解决不了的问题丢给你们，你替你老师把事情顶了，上次你有办法，这次呢？"

他现在知道林水程晚上看那个 AI 鉴别技术视频干什么了，应该是在寻找解决办法。

林水程瞥他："我会找出办法的。"

傅落银低低地笑："我倒是有个办法，看你听不听了。"

林水程说："我不要你帮我找关系，我自己可以。"

傅落银挑眉："我可没说要帮你找关系，我是指导指导你。你高看我了,我是七处的,手没那么长,能伸到警务处那里去。不是两幅AI技术无法鉴定的画吗?你们院领导随便挑一幅,就说是真迹,送上去,开个检验报告,公式、原理、数据,写得越复杂越好,保证人家一眼看过去就觉得厉害,没跑了。项目的资金你们院和警务处平分,见者有份,上头领导开心了,下面干活的也不用提心吊胆了,是不是这样?"

林水程愣了一下,想了一会儿后,好像不知道怎么反驳他,只是低声说:"你这是造假,怎么可以……"

怎么可以随便指着一幅画,就说那幅画是当年的经典呢?

傅落银瞥他:"可别觉得我这办法流氓,对我来说,这种情况下,造不造假的不重要,没什么比一个院的学生和科研人员更重要。画有画的价值,但那不归我管。我负责组织协调,这件事摆平了,所有人都是利益相关方,也落不下话柄,总比拿人前途担风险来得好。"

看林水程还是不说话,傅落银笑:"你怎么跟猫似的,说几句还奓毛啊?好学生,你告诉我,遇到那种不讲理的老师,罚抄一百遍,你是不是就认认真真去抄了?嗯?你这么乖,肯定就乖乖地当傻瓜了吧?"

林水程想了想,依然没说话。

"做一百道难题有用,我可以做,但是浪费时间的东西就没有必要折腾自己。"傅落银说,"我高中时字丑,经常被语文老师罚抄,那时候包里常备复写纸。不过我也不是在说你,我知道你们这些搞科研的,苏瑜他们家做临床新药研发的,或者我手下的人,研发新项目的时候……有些弯路绕不过去,是要一遍一遍地硬闯,就算看上去没什么希望。世界上很多事是这样做下来的,我们不能缺少这种人,只是再遇到今天这样的事情的时候,就乖乖地不要硬上。叫板这样的事情,是一时年轻气盛,指不定哪天就会影响你的后路,别人都看在眼里呢。"

林水程垂下眼,嘴巴动了动又闭上了。

好半天后，他嘀咕说："跟你讲不通。"

傅落银一笑牵扯到胃，又疼了起来，他在这里捂着胃，林水程瞅瞅他，起身说："我去炖个汤当夜宵。"

小奶牛从沙发上跳下来跟着去了厨房。

厨房里飘来香味，傅落银凭借记忆确认了一下，是枸杞鸡汤，鸡汤熬得稠，电饭煲开到第三档，煮出来的饭软而不黏，白米饭就鸡汤，正好暖胃。

虽然林水程这么说了，但傅落银还是给董朔夜打了个电话。

"喂，负二？这么晚找我干什么？"

傅落银问："你们处那个名画鉴定的项目怎么回事，甩锅甩到星大去了？"

董朔夜唉声叹气："你又不是不知道什么情况，我一个二把手也说不上话，两边都夹着，不好做人，你是不知道，那个……"

"林水程是量子分析系的，这事儿落到他头上了。"傅落银打断他，慢悠悠地说，"你喜欢瞎搞搅屎没问题，这次我相信你也不是故意的，我的人我有办法护着，他自己也有能力。但是下次不能动学生，尤其是星大这种重点高校的。今年旧太平洋大会，七处有一个要申请的重要议题就是倡导学术保护和学术自由，还没公布，不是兄弟藏着掖着，我先给你提点几句未来风向，你们警务处小心别撞枪口上。我这是为你好，明白了吗？"

董朔夜在那边干笑了一下："明白，我脑子被驴踢了干这种事呗！行，你说的我明白，这事是我自己没管好手下人。你刚开完会吗？"

傅落银揉揉太阳穴："还要连开十七天，快猝死了，不说了，我先挂了啊。"

"等一下。"董朔夜在那边闲闲地问，"负二，感觉林水程是个人才，你还真打算把他扶持成左右手啊？哪天带过来兄弟们见见？到现

169

在也就苏瑜正经见过一回，我就酒店楼下瞥过一眼。"

傅落银沉默了一下。

"他人挺好的，就先这样吧，到时候看他意愿。"

24

有关林水程和院系的纠葛，论坛之战仍然在继续。

联盟星城大学作为全联盟一流的学府，里边的学生绝对不是只会听老师话的书呆子，自古以来，学生就是最年轻、最锐利而富有朝气的一个力量团体，虽然有时候容易被煽动，会显得比较稚嫩，但是他们永远不会在该发声的时候沉默。

安如意最先黑了学校的论坛，其他院系学生紧跟着一拥而上，当中数院的学生最激动。

学生会主席也作为代表发言了："林水程同学的情况我们已经了解了，作为学生代表，我们会和院系进行谈判，历史告诉我们，矛盾发生时，我们不能想着用矛盾发泄情绪，或者随意扩大矛盾，我们的诉求只是解决矛盾，找准矛盾的主体和客体。大家和老师们都不容易，我们先来讨论几个可行的办法，看看能不能帮到林同学。我们不要转移话题，也不要发散过多，我们只针对这一件事情。

"第一，是否要联合外界发声，此事可大可小，一旦发声，矛盾将升级为学生与整个学校的矛盾，我们的对立者会变得更多，校学生会不建议这样做。

"第二，是否有项目知情者，比如艺术学院和计算机学院 AI 专业的同学可以提供一些帮助，大家集思广益，不仅是为了林同学，更为了我们星大学生不倒的金字招牌。

"第三，如果项目不成功，我们是否可以提出合理诉求，帮助整个数院免责,是否需要将这种任务分配与学院专业不对口的情况反映给外界,希望上面能够出台相应政策进行调整。"

星大学生会一直是个在学生心中地位忽高忽低的组织,主要还要看每一届的学生会主席怎么样。

据说破落的时候,背后有校方的资金支持都招不到人;而风光的时候,项目成果、公益活动一项不落,所有学生遇到事情之后,第一时间就会向学生会求助。

而近年的学生会就处于狗都嫌的状态,学生遇到问题,他们不闻不问,组织活动也是七零八落,不断有人追忆往昔峥嵘岁月,说起某某学生会主席在的时候如何如何风光,大有叹息时无英雄而使竖子成名的意思。

今天这次学生会主席发言说得漂亮,底下迅速有人跟楼回复:"可以,这次学生会居然没和稀泥,挺好的啊?"

跟楼的人回复:"因为皮下换人了啊,是上周换届的新主席,金融院的韩荒。"

"没听过,科普一下?之前机器人系有个叫这名的,不是他吧?机器人系那个韩荒应该毕业一年了。"

"江南分部化学系也有个叫韩荒的,不知道……"

"不是,楼上的,你们都说对了,机器人系、化学系、现在金融系的都是同一个人。韩荒一开始学机器人,学了一年之后退学重考化学系,化学学了两年换方向转专业来金融院,说是觉得搞科研太难了,不如回去继承家业,他家是旧中东分部首富,明白了吗?对了,除了学生会主席,他还是蝉联三届模拟运营大赛的最佳一辩和运营KPI最高纪录保持者。"

底下迅速有人传了一张照片,照片上的人刚从足球场下来,穿着球衣,俊秀爽朗,眉目如星。

"别说，还挺帅……这种人还真是闲，三十年河东，三十年河西啊。"

"这么帅的小哥哥我怎么现在才发现？还是学生会主席？？早知道学生会主席选举我就不放鸽子了，居然错过了看帅哥！今年帅哥怎么这么多啊，数院的林水程，金融院的韩荒……果然聪明的人各有各的帅气，笨人各有各的丑法吗？不说了，我先去做个精华面膜。"

"也就一般吧，星大又不缺这种人，还有从美院跨到商学院，一年修完两个院所有课程的人呢。"

韩荒独自联合了数院和其他院系几个代表，约定了时间去校长办公室谈判。

徐梦梦是代表之一，进去之后只知道目瞪口呆地听身边人据理力争。

徐梦梦是比较标准的普通好学生，从小到大，脑袋瓜子不算最灵光，但是能靠着努力进入联盟最高学府，做事也比较随大流，从来没有剑走偏锋的时候，也一直循规蹈矩的，没有质疑过规则。

从校长办公室出来之后，徐梦梦颤抖着声音给好闺密打电话："太牛了……校长被他们说得哑口无言，那几个大三生不愧是搞辩论的，太可怕了……"

她这边还没感叹完，身后就跟上来一个人，拍了拍她的肩膀："同学请留步。在忙吗？"

徐梦梦赶紧跟电话那头说了一声，而后挂了。

回头一看，她差点吓死——大名鼎鼎的学生会新主席韩荒就站在她身后，笑眯眯地看着她。

她最近是走桃花运吗？

虽然都是可远观而不可亵玩的桃花。

这个本科小师弟刚刚在办公室里完全控场的气势给她留下了深刻印象，徐梦梦不由得生出了几分敬畏："有什么事吗？"

"没什么其他的事情，是想问一下，师姐你是量子分析系的吧，林水程是你的同学？"韩荒彬彬有礼地微笑着，"可以请师姐给一下他的联系方式吗？我们今天和校方争取到的结果，我想还是有必要通知一下他，之后如果有我们帮得上的地方，他也可以联系我们。"

徐梦梦如梦初醒，赶紧找到联系人页面，把林水程的联系方式给他扫了一下。

韩荒扫完后，又对她道了一声谢，随后才离去了。

徐梦梦感叹道："这届学生会主席真的还可以啊。"

很快，星大校内学生论坛刷新了一条公告：针对数院最近接洽的名画鉴定项目，院系将派出教授进行项目指导，一起负责。如果项目未能如期完成，校长将承担所有风险，不会怪罪个人。学校将给这个项目提供一切可利用的资源。

这个处理方法并没有得到所有人的认可，论坛里再掀小风暴："就不能终止这个扯淡的项目吗？！有那个钱还不如捐了。"

不过这些议论并没有持续太久。

校学生会接管了论坛，感谢了所有人在这次争取中做出的贡献。之前韩荒列出的诉求和步骤已经十分清楚，校方和学生算是各退一步。

学生会办公室，韩荒看向自己的手机。

好友添加请求迟迟没有回复。

"主席，说实话，今天这事有点得罪人，我们的任务是处理校内本科生的学生事务，研究生跟我们有次元壁，不好管。"旁边有个骨干说，"研究生基本都是神隐……我们几乎没接洽过研究生的事情啊，他们的事不都是找院办吗？"

韩荒瞥了他一眼，英气的眉眼中带着笑："你现在大三了，你以后不考研吗？你就能知道以后这种事不会发生在自己身上？"

骨干："……"

"再说了，这种项目从来都不只是研究生做，像林水程那样的，

173

大一起就跟在杨之为身边做项目了，我们学校里这样的本科生不少，你怎么知道以后这种事不会发生在本科生身上？"韩荒语重心长，"校学生会为我们学生自己的利益发声，不管大一大二还是研一研二，我们是拥有和校方直接沟通的权利的，就应该替大家负起这个责任来。要这么目光短浅，学生会永远都抬不起头来。"

骨干肃然起敬："主席说得是。"

"不过这次……"韩荒喃喃自语，看着论坛页面，这几天林水程的帖子被反复顶起来，他点开的是之前那个讨论举报的帖子。

帖子第三楼发了林水程的证件照，淡漠精致的人仿佛在透过屏幕注视他一样。

"林水程这次是真把院系里的人得罪了，事情闹得越大，越不好收场。我们也未必真帮了他的忙。只能说，尽一份力吧，剩下的到底怎么样，就要看他自己了。"

林水程周一来实验室时，首先就接到了院系里的通知，要他去院系办公室谈话。

许空还在休养，和他对接的是数院院长沈追和副院长余樊。

余樊就是之前和他吵起来的那个教授，一见到他，脸色就黑了下去。

办公室气氛凝重，烟味呛人。

沈追倒是和颜悦色的，他是很典型的那种老领导，慈眉善目，举止间散发着和蔼的光芒。他示意林水程坐下，又问林水程："抽烟吗？"

林水程摇了摇头，又说了声"谢谢"。

"这样吧，我们也不说废话了，就说一说这个项目的事情。年轻人有活力，年轻气盛是好事，余樊你跟学生上头倒也不必。现在这个项目接下来了，那还是尽力去做一做吧。"沈追视线又转向林水程，似笑非笑的,"你们学生的力量大啊,本科学生会居然都帮你们出来说话了,把学校论坛黑了,还说要联系外界媒体……你看看,不是很大的事情,怎么就闹成这样?学生啊,本来好解决的事情,这么一闹大,就不好解决了,你明白吗?"

林水程一怔。

学生会帮他出面了?

他完全不知道这回事。

自从周五从许空的病房离开之后,他就没怎么打开过消息提示。

周末,他把全部精力投入资料的查证上,看视频、搜文献,几乎茶饭不思。他收了无数条信息,还有很多个好友添加请求,他来不及回复,就都先放置在了一边,只把自己的朋友圈状态改成了"一切都好,谢谢大家关心"。

看他不说话,沈追又慢悠悠地说:"我也不管你知不知道这件事吧,学院会派个正教授指导你,这七天里,你好好听你余老师指导,明白了吗?年轻人还是要有点教养,知道你跟过杨之为,履历也漂亮,那也不是你这么不尊重老师的理由,更不要拖老师的后腿,像你之前在院系里大吵大闹的,像什么话?"

林水程顿了顿,淡淡地问道:"我的老师高血压犯了,您为什么不问问他在场的同事们,让一个德高望重的老前辈为了一个笑话一样的项目气出病来,为了维护学生,放下尊严像街头泼妇一样拼命大吵大闹,是否尊重了教师这个行业,是否尊重了数院每一个学生的前途?"

余樊在旁边笑了一下,那眼神像是在说:早说了吧,这是个刺儿头。

沈追还是似笑非笑的:"有些事情,也不是你们学生就能懂的,你的老师太躁进,我们这不是在讨论解决办法吗?你也不用这么激动,办法都是人想出来的嘛。这次就是余樊教授指导你,你该好好感谢,他手里停了三四个大项目来管你这件事……"

175

林水程说:"谢谢老师,我可以独立完成。"

余樊又笑了,摇了摇头:"还是年轻啊,这样,你先自己回去研究研究这个项目,有什么问题就告诉我,如何?之前的事情,老师也不跟你计较了。放平心态,先把眼前的事情做好,这才是最重要的。"

林水程顿了一下:"那么老师,这个项目代表负责人是您还是我?"

余樊愣了一下。

林水程说:"老师您都这么说了,我也不想连累您。我建议学院开设两个项目专组,一组主攻,担责;二组协助竞争,不承担责任。二组如果独立找出了检测办法,成果也归老师您。我理解院系是真心为我好,但是也不能让老师这样为我承担风险,这也算我为我犯的错弥补一下。"

"呵呵呵,分组竞争立项吗?"余樊意味不明地笑了起来。

他和沈追对视了一眼。

林水程能说出这样的话,他们毫不意外。年轻学生就是这样骄傲锋利,也容易被激,他们的本意其实只是想让林水程自己担责,没想到林水程更进一步,直接提出了竞争分组,自己独立研究。这下就是真的和他们撇清关系了。

不是院系不管,而是林水程自己不识好歹,那就不是校方的问题了。

林水程这个学生很特殊,从江南分部调过来,经由校长审批,他们普遍认为是走了杨之为的关系。也有人传言林水程有七处科研所的关系,甚至在答辩那天亮过通行证,但是事实并没有人求证过,因为如果林水程真的有七处的关系,名画这个项目根本不至于闹到这个程度。

七处虽然不隶属于任何机构,但在学术界有绝对的话语权,七处的决定直接关系到联盟科技未来二十年的走向,绝对不至于护不住一个小小的林水程。

更重要的是,他是杨之为的学生,而且和最近空降成为副院长的许空关系很好。学术界都知道杨之为和许空是同一个学术派系的,活跃在旧北美分部、旧太平洋分部。而星大数院里不少人是旧欧洲分部派系转过来的。

普遍来说,越是像数学这样接近纯理论的学科,越难有什么创新的成果,而且实用意义也不大——证明一个千年难解的猜想,能当饭吃吗?

但是如果没有成果,自然也就拉不了资金,甚至连硕士生都招不到。教授们都是要吃饭的,旧欧洲分部渐渐就发展出一种风气,默认把老课题翻新一下发表论文,而后再进行项目申请,拉拢资金,同时拼命从世界各个分部招人。博导们都相互挂名,经常出现一个教授名下一千多篇学术论文的情况,其实都是互相挂名的结果。

许空做量子计算机,偏工具向,杨之为近年的项目主要在原子堆砌方面,属于半实验半理论派,旧北美分部和旧太平洋分部那边做前线工具更多,从来没有愁过新课题和新立项,学生也是拼命往那边考,钱从来都不是问题。

带着这样的思想空降数院,许空一来就要动许多人的蛋糕。他是和杨之为一脉的实践工具派系,不是没人想动,而是之前一直都没找到机会。

现在这个机会来了,突破口就是林水程。

还是自己送上门来的机会。

余樊心念一转,微笑着说:"也行啊,如果研究遇到问题,随时联系我。"

林水程点了点头:"谢谢老师。"

他离开了院长办公室。

林水程选择独立完成项目，余樊教授作为竞争组立项的事情很快就被传了出来。

论坛上一片震惊："这是什么操作？不是说派出教授指导吗？怎么变成竞争了？林水程一个研一学生，怎么可能比余樊教授还厉害？更何况专业不对口。"

也有人说："我看未必，林水程履历也是很牛的，不能看资历和年龄来说话。其实吧，这件事我赌一个'空'字，最后两边都没办法。因为我打听到了一点消息，那两幅画是现今一切AI技术都无法鉴定的，高层肯定已经试过各种办法了，就算学校这次能给再多可动用的资源，还能给它翻出一朵花来吗？"

论坛里很快发起了一个投票，名称是《你认为数院林水程一组和余樊教授二组谁能摘得项目成果》。

选项1：林水程。

选项2：余樊教授。

选项3：都能完成。

选项4：都不能完成。

大部分人投给了选项2和选项3。

徐梦梦在家看到这个投票，投了选项1，还号召自己的好友们帮忙投选项1。

她联系不上林水程，只能暗自帮这个师弟祈祷，希望会有好事发生。

苏瑜最近倒是很忙，他最近接洽了一个保外就医的病人，名叫易水。

联系他的人则是他从小的大院玩伴之一傅雪。

傅雪是傅落银堂亲关系那边的女儿，和傅落银一辈，不过年龄差两三岁，也基本没去过江南分部。傅雪和傅落银关系一般，不太熟，但是和苏瑜关系不错。

夏燃和朋友当初组团去北美，傅雪是个例外，她留在星城，也帮家里做点投资生意，发展方向是人工智能。

这次她让苏瑜帮忙安排救治病人，苏瑜毫不犹豫地答应了。

他不认识易水，上次去七处时，也只知道是去接林水程的，更不知道欺负林水程的是什么人，只以为是普通抢劫犯，故而也没在意。

傅雪提起来的时候，也只是说："是夏燃的一个朋友，我帮忙问问，能联系到你真是太好了。"

苏瑜说："没什么。"

傅雪又向他打听："对了，落银最近和一个高才生关系很好，你认识吗？"

苏瑜不太喜欢在背后跟人讲这些话题。但是苏瑜喜欢帅哥，他见林水程第一眼就觉得这人值得拉拢了，更别说林水程还给他做过饭吃。

苏瑜想了想，说："还好，不熟。"

傅雪没问了。

晚上，苏瑜发现自己被傅雪拉入了一个群里。群里大部分是女生，都是他认识的人，夏燃和董朔夜也在里边。

苏瑜想了起来，当初他们曾经要把他拉进群，但是被他拒绝了，理由是他觉得大男人加进一堆女孩子的群里会不好意思。她们也就没有再继续坚持。

群里大部分人他都认识或者很熟，苏瑜也不见外，进群后问了好，随后@董朔夜："你这家伙居然在这个群里，天天看人家小仙女们聊天有意思？"

董朔夜没回答。

傅雪发了个大笑的表情："你别理他,他跟个僵尸号一样,就没见他冒过泡。今天把你拉进来感谢一下,感谢我们小苏同志帮了大忙,给倩倩男朋友转到了医院。倩倩最近忙着找人帮忙销学术污点,太忙,没办法亲自联系你了。"

苏瑜虽然一头雾水,但还是发了几个表情包以示友好。随后他就切出页面打游戏去了。

他忘了屏蔽群消息,游戏打着打着不断弹出聊天窗口。苏瑜懒,想着打完这把再切出去设置。

这边正在激烈团战中,他正要操纵手里的英雄闪后排收割,大喊一声:"海克斯最后通牒——啊——！！"他一个没按好,直接点开了刚好弹出来的消息提示框,整个游戏画面被切出去了。

苏瑜赶紧切回来,但屏幕已经黑了下去。

他悲痛欲绝。

苏瑜立刻想要回去屏蔽群消息,结果一行字猝不及防地撞入了他眼中,让他整个人都愣了一下。

他看到了"林水程"三个字。

消息往上翻,是傅雪的消息:"我刚看到了星大论坛,说是林水程要和余樊竞争结项了。"

"余樊？我笑死,谁给他的勇气跟这么老资历的前辈教授叫板？他是不是脑子不好使？"

上次欧倩答辩被卡,她们联系的就是余樊教授。这下子新仇旧恨一起涌上,群里聊天瞬间突破"99+"。

"可能吧,我看他们星大论坛出了投票,不如我们也来赌一把,赌那个冒牌货是输是赢？"傅雪笑了,"当然了,我另外有保底加码,我们公司最先进的AI可以识别到纳米层,我会把这台机器免费借给余樊教授,就当还他的人情。"

苏瑜连游戏都忘记了，有点不可思议地打出几个字："……你们说的冒牌货，是林水程吗？"

傅雪："是啊，听说是个只知道钱的水货，求着负二资助，负二才答应的。他还欺负倩倩。"

苏瑜："……不是吧，我见过他几面，他绝对不是那种人。人挺好的。"

另一个和苏瑜关系比较近的姑娘跳了出来："你不是吧，别被表象蒙蔽了。你认识他多久，认识我们多久？小心被卖了还在帮人数钱，我看那个林水程就是很有心机。小鱼你一定要注意别被骗了。"

苏瑜打了六个点。

群里很快发起了投票，每个人投票之后发红包给群管家当作资金。群主吴一一@了全体成员，兴致勃勃地说："来来来，押冒牌货是赢是输！"

红包消息不断弹出，七八个人赌林水程输，没有一个人赌林水程赢。

甚至有人已经开始笑："这种项目报告一般让媒体进去的，我再加码保个底，我打个电话，到时候联盟最大的电视台记者会过去采访，实时直播！哈哈哈，他这次估计要出个大丑了！"

苏瑜看得有点不舒服，也下了注："我押一千。"

吴一一赞叹一声："哟，大手笔！"他们跟注都是一两百块，苏瑜或许能成为今天下注最多的人。

苏瑜补上："赌林水程赢。"

群里沉寂了一会儿，因为他这句话冷场了。

傅雪@他："行啊你，小鱼，剑走偏锋是不是？"

苏瑜："不是，我就是觉得他会赢。"

随后他切回游戏页面，发现游戏已经结束，他被举报了挂机。

他骂了一声。

群里继续冷场。

一分钟后,群里又发出一个红包,机器人管家报数:下注10000元。

随着大家看清这个人是谁,群里气氛反而更冷了,没人敢接话。因为他们其实跟他不熟悉,没什么交集。

以前当个潜水的机器人号就算了,但是现在这个机器人号冒出来下了注,还说了话。

董朔夜:"这个案子现有技术不可能解决,他们学生也已经把事情闹得没办法通过行政办法解决了,我赌他输。"

25

董朔夜在群里发完这条信息之后,苏瑜愣了。

倒不是因为董朔夜下了那个注,他和董朔夜是发小,最喜欢干的事就是互相呛声。

夏燃小时候就住董朔夜对门,夏燃从小叫董朔夜哥哥,董朔夜和夏燃也比他和夏燃要亲近。他管不着别人往哪边下注,他关心的问题只有一个。

他直接一个电话打过去:"什么意思?你说现有的技术无法解决是什么意思?林水程这次接手的项目有这么难吗?"

董朔夜闲闲地说:"怎么,投资之前不考察一下,反而来问我这个对家下注的理由?有你这么空赌的吗?"

苏瑜:"我就是支持林水程怎么了,无条件支持!你别在这里废话,快跟我说一说。"

"说完你好给林水程透题?"董朔夜的声音还是慢悠悠的。

苏瑜被戳中心事,厚着脸皮仿若无事地说:"怎么可能,我和他又没熟到那一步。你说我要赔钱了,我不得问一声啊?到底怎么回事,你跟我说说。下午吃烧烤不见不散。"

"我看你就是想出来吃饭吧?"董朔夜顿了顿,似乎是找身边的秘书确认了一下行程,而后回头来告诉苏瑜,"我今晚来不了,得回去陪老爷子吃饭,你现在有空过来还能蹭警务处食堂,要不我就在电话里跟你说。"

苏瑜立刻说:"我过来!吃什么不是吃啊,总比吃家里的开水白菜好。"

董朔夜笑。

苏瑜家的开水白菜就真是开水和白菜,吃完后嘴里淡出鸟的那种。他们家还管得严,平时连零食也不让吃。

这一点在他们上初中的时候体现得最明显,那时候苏瑜和傅落银一起转回星大附中初中分部住读,初中分部的饭菜是出了名的难吃,傅落银、董朔夜和夏燃天天去小卖部买阿姨煮的泡面吃,只有苏瑜一个人能在食堂呼哧呼哧吃一大堆,回头还要疑惑:"我觉得挺好吃的啊!"

苏瑜立刻打车出门,直奔警务处办公大楼。

一进门,他直接倒腾出董朔夜私藏的绝顶红茶,又去茶水间顺了包奶粉。

他冲好奶茶后,就往董朔夜对面一坐,诡诡然说:"请吧。董老师有什么高见?"

董朔夜调整了一下桌上的笔记本电脑,向室内的幻灯片幕布投影。光线打过去的一瞬,赫然就是警务处对于这次名画鉴定项目的总结报告。

PPT第一页就是两幅画的高清扫描对比图,是一位世界闻名的画家的遗作。具体的艺术价值,苏瑜不知道,他只知道,这幅画如果没有小法比对出来结果,那么后果一定十分严重。

183

"先来看，这幅画是十五世纪的油画，这么长时间内一共失窃过十七次，上一次失窃后，这幅画突然在拍卖会上匿名出现，由一个德高望重的收藏家买下收藏，并且预计在其七十五大寿时捐给联盟博物馆，然而就在捐献之前，她的藏品被盗，追回的时候一共追回了两幅画，经过调查，犯罪团伙大概率是联盟通缉了五年的高科技犯罪团伙，他们有个固定的组织名：RANDOM。

"这个收藏家就是这次的报案人，诉求是先不管犯人，鉴定结果一定要出来。你不需要知道她的名字，对方希望这次调查秘密进行，并且最好在她的七十五岁大寿前水落石出。我们警务处非常重视这次案情，但是很快发现了技术上无法突破的难题。"

苏瑜下意识地问："那还剩多长时间？"

"之前是七天，现在是五天。"董朔夜顿了一下，"五天零八个小时。两幅画已经移交星城联盟大学，林水程和余樊两天前已经看过了。"

苏瑜捧着热奶茶，手足无措地喝了一口，然后说："你继续，难题出在哪儿了？"

董朔夜手指敲了敲办公桌："名画鉴定，尤其是这种十五世纪的油画，常规检测手段，最直接也是最普通的鉴定，研究色彩，观察画风，鉴定颜料材质。

"每个画家的个人风格不同，比如萨尔瓦多，他是很典型的画布上看不出笔刷效果的那一类画家，笔触非常圆融。其次是裂纹，油画放置五十年后通常会产生裂纹，造假者一般会使用油与水性液体混合制造相同的裂纹效果，这是最基础的风格比对。

"警务处请了星大美院最权威的历史艺术鉴定师，对方表示无能为力，我们进而采用 X 光扫描用来鉴定画布纹理，十六世纪，许多贩卖画布的商家会给画布抹一层白色铅漆，画布纤维凹凸不同，对于 X 光的阻隔程度也不一样，这样照射可以显示出画布的材料。同一作者在同一时期的画布材质相同的可能性很大，鉴定人员用这个方法比照作者的作画时期，成功率也比较大。但是很遗憾，现在这幅油画是十五世纪的作品，那个时候的画布并没有涂上白色铅漆，X光检验无效。

"放射性同位素检测法也失效了，造假者显然大量拆解了同时期的油画成分用来假冒，两幅画的放射性同位素检验表示时期是相近的。而这幅画缺失详细的完成时间。"

与此同时，林水程在家中落地窗前打电话。

家里没有开灯，他一通电话已经打了一个小时。

落地窗外的天色由白亮变为昏黄，又从昏黄变得微青，他洗过澡后穿着衬衣牛仔裤，踩在光滑的地板上轻轻踱步，骨架挺拔瘦削，脊背挺直。小奶牛趴在他脚边，追着他的裤脚，伸爪子挠来挠去。

家里昏沉幽暗，没有开灯。

落地窗窗帘拉了一半，夕阳最后的余晖均匀涂抹在林水程身上，把他的背影拉成长而单薄的影子，看起来寂寞而寒凉。

傅落银下班回来，进门时的声音并没有被林水程听到，倒是小奶牛警惕地回头瞅了瞅他。

他的手放在灯的开关上，到底还是没摁下来。

傅落银就这样走了进来，在沙发上坐下，没有惊动他。

林水程的声音清淡好听，娓娓道来。他这种字正腔圆的腔调应该适合读故事，也应该很招女孩子喜欢。

"X光照射鉴别画布这一步不可行，旧的鉴别方法不可行，警务处鉴定人员分别取样了圆珠笔笔尖大小的横截面，然后利用扫描式电子显微镜进行材料分析，发现都是十五世纪左右的颜料材质，甚至连颜料厚度、笔触覆盖都是高度接近的。这一步之后，警务处开始启用AI鉴定，旧荷兰分部的科研人员提供过一个AI算法，能够通过画作中的互补色进行轮廓描写，分析真品与赝品中的图像轮廓差异，但是这一步也失败了，目前无法读取任何色彩差异。

"第二个出现的 AI 算法是二十世纪沿用至今，成功率在 90% 以上的笔触算法，计算机扫描后能够分析出作品中特有的笔画与线条，各分部博物馆通过这样的比对确认出的真迹已经有上千幅，作画者留下来的任何文字材料，都可以作为 AI 录入的笔触参考，把人的习惯数字化。但是这个方法，同样失败了，算法读取的结果是，两幅画具有完全相同的笔触。"

另一边，杨之为特意空出时间来和这个曾经的学生打电话。

林水程讲到这里的时候，两个人心中都有了答案。

杨之为说："这么说的话，犯罪团伙应该是动用了分子甚至原子级别的复制方法。这不是普通的赝品制作，这是一次示威，不管是分子堆砌还是原子堆砌，在这个级别做出一个完全复刻的赝品，这是对学术界和艺术界乃至整个联盟警方的示威。一个犯罪团伙，为什么会拥有这么先进的技术？世界上最好的覆盖式原子探针和分子探针在我的实验室，那么他们的实验室是谁提供的？"

林水程说："警务处应该还没有想到这里来，因为没有设备鉴定到这个水准。星城最近的设备只能精确到纳米级，也就是分子级别，老师，我想，为了保险，能不能……"

"水程，时间上来不及。"杨之为说，"扫描式原子级别的分析对比，送到我们这里来比对，最快也要十天，你的任务时间只剩五天了。"

林水程坚持："不用扫描分析全部，我们只取样分析横截面的原子水平对比，可以吗？"

杨之为说："……水程。"

他忽然严肃起来的语气让林水程也愣了一下。

杨之为这样语气沉下来的时候，林水程很熟悉。他以前在江南分部读本科的时候,每次方向想错了,或者钻了牛角尖的时候,杨之为都会用这样的语气跟他说话,要他回去再好好想一想。

这个时候如果继续顺着刚才的思路说下去,杨之为只会挥挥手让他回去继续想,不再继续没有意义的争执。

林水程沉默了。

电话那一头也没有说话。

时间一分一秒地流逝,林水程深吸了一口气:"老师,我明白了。即使做了分子甚至原子级别的分析比对,我们也依然不能确定哪个是真品,哪个是赝品。因为真品之前并没有进行过分子或原子级别的信息录入,就算在分子级别上判断出这两幅画有差异,也只能证明它们'有差异'而已,而并不能通过差异进行推断。"

这就好比面前站了一对双胞胎兄弟,要你判断哪一个是哥哥,哪一个是弟弟,但是没有给出其他的任何信息。

人们可以找到双胞胎的一些细微差异,比如左边的那个耳朵要大一点,但是缺失了"耳朵大的是哥哥还是弟弟"这个条件,他们依然无法做出准确的判断。

这是个死局。

"水程,我能给你提供的思路只能到这里。我理解你还是想通过化学、物理手段来比对,因为这是你擅长的,也是一直以来的研究方向——更何况这次出现的问题的确是在这个方向上。但是人啊,遇到事情的时候一定不能只看眼前,更不能钻牛角尖。"

杨之为的声音在另一边放轻了,听起来有点模糊,像是也包含了轻轻的叹息:"你和小楚,你们两个都是我喜欢的学生,但是你们两个有共同的毛病,都太年轻,新锐,更容易钻牛角尖,尤其是你。还记得我的规矩吗?每次进实验室时,我都会要你们干的一件事是什么?"

林水程声音哑着:"……滴定。酸碱……中和试验。盐酸和氢氧化钠，指示剂，酚酞、甲基橙。"

这是每个高中生甚至初中生都会的基本反应和实验，也是化学系必考的入门四大滴定反应之一。

试剂一滴一滴地滴落，溶液的颜色逐渐变浅，直到澄澈透明，酸和碱彻底中和的那一刻，多一滴少一滴都不行。

到了大学，化学系的学生面临更多的滴定试验，配位、氧化还原、沉淀、EDTA……严苛的导师会要求学生把"最后一滴"精确到四分之一甚至十分之一，这几乎是玄学的难度，屡屡被吐槽又麻烦又无聊。

在他们看不见的地方，热量或被吸收或被释放，分子碰撞结合，人类用这样的办法探索未知事物的浓度，以肉眼面对宇宙的鬼斧神工，穷尽一切努力去尽量精准地测算未知。

杨之为告诉他们，这是化学的浪漫，也是人类对于探索未知世界的诠释。

进实验室前做一遍滴定实验，能让他们静心。

"你的成绩一直最好，我记得，大一第一堂课，你就跑过来问我嵌段共聚物组装体结构，这是我博士生的课题，你一个本科生，居然能说出来那么多。但是我最不满意你的就是这一点，你太聪明，也太顽固，滴定实验你从来不肯好好做，你觉得浪费时间。你做实验都是沉浸式的，研究方向想错了，有时候还不肯换，宁愿在错上找解，也不愿意另想一条路。"

林水程嘴唇动了动，想说话，但是没有出声。

"水程，好好看清楚现在是什么时候，你拥有的是什么。你现在是个量子分析师，学会用分析手段去化解这一切，不能老是沉浸在过去。化学是你的过去，你的导师我也是你的过去，知道了吗？"杨之为一本正经地说，"今天你耽误我的时间，你知道值多少钱吗？今年过年给我带几只烧鸡来，别毕业了还压榨导师，也该孝敬孝敬我了。"

"老师年纪大了就别吃那么多肉了。"林水程笑了笑，声音沙哑，"……谢谢老师，我这边先挂了。真的非常谢谢您。"

电话挂断了，林水程仍然握着手机，面对落地窗外的漆黑一片。

他们楼层高，往外能看到万家灯火，街道上车流错落如同萤火，他微微仰起头，陷入了沉思。

傅落银从没见过这样的林水程，或者说，自从搬过来和林水程一起住，这个人就一直在使他刷新对其的认知。

对他是一个样子，对外人是另一个样子，面对长辈与导师，又是这样乖巧而认真。他是一个听话的学生，对信服的人有无限尊重与佩服，也会犯错，会听到训斥之后默默低下头思考理由。他凝神思考的时候沉静凝重得几乎有些可爱。

落寞是林水程身上一直有的一种气质，他是夜行的猫咪，跳上高处低头用目光打量芸芸众生，而后又会在不知不觉的时候消失在落日的余晖里。

人们可以在它跟前短暂停留，甚至摸一摸它毛茸茸的脑瓜和肚子，但是猫不会跟着人类回家，它会继续回到黄昏的灯影里。

林水程看着窗外，傅落银看着他。

林水程不知道傅落银的存在，等到发觉天黑尽时，他回头走向玄关，却冷不丁发现沙发上坐着一个黑影，下意识地吃了一惊，往后退了一步。

傅落银亮起打火机，低头点了一支薄荷烟，火光映照出他英挺的面容，随后熄灭。

他抽了一口后想起自己身在何处，然后飞快地掐灭了。

傅落银低低地笑："才发现我？"

林水程不理他，走到他身边坐下，从他指尖夺走了那支薄荷烟，咬进了嘴里。

189

林水程咬着他抽过的烟,手肘撞了撞他:"火。"

傅落银刚刚才掐灭它,倒也不生气,伸手又给他点上。

火光亮起,林水程睫毛坠下一片阴影,眼睛亮晶晶的,眼角的红色泪痣仿佛会动似的鲜活魅惑。

黑暗里,傅落银的声音还是低低的,带着淡淡的笑意:"好学生,抽烟啊?跟谁学的。"

傅家没人抽烟,只有傅落银抽。和所有男孩女孩一样,他高中时和楚时寒偷偷试过抽烟,楚时寒抽了一口就呛出了眼泪,从此一根都不碰。他后面却学会了买这种尼古丁含量低的薄荷烟,抽起来很凉,但是提神。

刚开始参加工作的时候,他靠咖啡提神,后面忙到咖啡都没用了,就开始抽烟,楚时寒后面学化学专业,抽空给他配了薄荷含量特别高的烟,吸一口冰凉入肺,也不会像市面上其他的款式那样对身体造成太大损伤。

林水程抽烟的样子居然十分标准,深吸一口入肺,随后才缓缓吐出。

他说:"减压,这两年学的。"

小奶牛跳上来,它讨厌烟味,又喜欢林水程,畏畏缩缩不敢动,只敢在他们旁边绕圈儿。

林水程咳了一声:"好凉。"

"抽烟不好,好学生。"傅落银说,"以后少抽。"

林水程还是没理他,自顾自地轻轻吐息。

傅落银忽然就觉得他这样子特别可爱可怜——尽管天已经黑得什么都看不清了,说:"压力大就算了吧,这事我让七处接管。"

"我可以做出来。"林水程说,"你不要管我。"

这天晚上他们一直都没开灯,林水程在沙发上小睡了一会儿,傅落银去厨房热了热昨天没被收走的饭菜,叫林水程起来过去吃。

厨房灯是暖黄的,不亮不刺眼。他们依然被黑暗包围。

傅落银说:"我接下来几天在七处,你有事给我打电话,直接过去找我也行。"

林水程"嗯"了一声。

吃完饭后,林水程就去了他的工作间,把小奶牛关在了外面。

他忘了给小奶牛喂粮,傅落银吃完饭后,发现小奶牛叫得很凄厉,这才过去看了看。

两个碗都是空的,干干净净。

傅落银蹲下来瞅着小奶牛,手伸出来,手心向上:"握握手?"

小奶牛不肯交出爪子,也瞅着他,一副理直气壮的样子。

傅落银退而求其次,决定摸摸小奶牛的脑袋,不过这次他手一伸出去,小奶牛就跑了。

傅落银还是给小奶牛装满了猫粮。

小奶牛这次倒是没有骨气了,开吃前又跑过来,往上盯了他一下,之后才埋头大吃。

它一低头开始吃猫粮,傅落银就伸手摸一把它的头。

这么一摸,小奶牛就会停顿一下,似乎是遇到了猫生的重大难题——是忍受被摸头的屈辱,继续吃,还是干脆生气不吃?

思考一会儿后,它继续吃。

傅落银又摸它。

如此周而复始三四次之后,奶牛猫终于不耐烦起来,甩着尾巴过来想咬他。

傅落银笑:"你姓林吧?怎么都这么喜欢咬人?猫随主人一个样。"

26

倒计时第四天。

傅落银最近忙，也知道林水程忙，饭也没要他做，更多时候就住在七处分配的住所里。

林水程想事情的时候很有意思，傅落银在家的前几天，经常见他一个人在落地窗前走来走去，可以走好几个小时，跟个小钟摆一样。

有时候他又会看见林水程窝在沙发上打游戏。

林水程不玩时下大学生喜欢的网游或者竞技手游，他只玩连连看、对对碰这种不需要动脑的游戏。傅落银坐在他身边斗地主的时候，曾经看他三个小时通关了四百多关连连看，看神态很明显还在思考两幅画的事情，垂眼发怔，叫他名字都没反应。

还有一次傅落银半夜醒来，去客厅倒水喝，一看林水程已经不在家里了——凌晨三点，林水程一声不吭跑去了学校实验室，第二天中午才回来。回来之后，又不知道从哪里订了一批化学器材，天天把自己锁在工作间滴定。

有一次林水程忘了锁门，傅落银喂完小奶牛，追着猫摸的时候经过他门前，就看见林水程一身冷气，面容近乎肃穆，一滴一滴地往锥形瓶中加入溶液。

他的手很稳，手指纤长白净，皮下透出骨骼和若隐若现的淡青色血管的纹路，滴落一滴，长长的睫毛才会扑闪一下，眨一次眼。眼底碎星涌动。

那种神态近乎虔诚，像寺院僧人撞钟，一滴一滴，一下一下，没有别的什么，只是重复。只是寺院僧人能撞出禅意，林水程的气息却很明显带着沉沉封闭起来的偏执。

他不要傅落银帮忙，也不要任何人的援助，这是可以刺伤人眼睛的骄傲和光芒。

傅落银怕他这个状态在家会饿死，小奶牛也会跟着饿死，于是特意叫周衡联系家政每天过来做饭、打扫、喂猫。

林水程没注意，也不在意，只在思考、演算得体力不支的时候，才会想起来去餐桌前吃几口饭，至于什么人过来了，又是什么时候走的，他完全不知道。

院系里默认林水程可以请假，为名画鉴定项目投入全部精力。但是慢慢地也有人嘀咕起来，二组余樊还能看到天天在鉴定办公室忙来忙去，他却除第一天跟去警务处了解情况外，之后几天基本都是神隐状态，谁都找不到他，谁也联系不上他。

学校里的人也对此众说纷纭："该不会是要跑路吧？手机一关，到时候鸽子一放就当作无事发生，他也真够没种的。"

傅雪一直都在关注星大论坛情况，院系里除了余樊，还有好几个教授和她们公司关系紧密，有过合作项目。如果余樊这次能够成功结项，那么她们手里拥有的人脉资源又能上一个台阶。

她截图了这个帖子发进群里，笑了："还没到时间，我看小鱼已经要输了，谁都联系不上那个冒牌货，该不是躲回老家哭了吧？"

群里一片嘲笑："我看没错了。"

苏瑜没有发言。

他气得有点打不出字来。

他点进星大那个帖子看了看，然后翻出手机联系人。这么一翻，他才发现上次林水程说的第二天通过好友请求至今没通过。

林水程应该是忘了。

苏瑜犹豫了一会儿后，给傅落银打了个电话："喂，负二？林水程在你那里吗？"

193

傅落银在七处，刚好开会中场休息，问道："你找他干什么？"

苏瑜没说实话，只说："我妈说林等有些情况要通知他，我联系不上他，找你来问问。"

傅落银说："最近他是不接电话，不过应该在家，要是急的话你过去找他吧，我这边抽不开身。另外你别打扰他研究，他这几天忙。"

苏瑜赶紧说："知道知道，我就小小地过去一趟。"

苏瑜正想见林水程，对于再次上门的机会求之不得，当即就打车去了林水程和傅落银的住处。

他过去时，正好撞见家政上门准备做饭，苏瑜跟着进了门，看见林水程在客厅，叫了声："林水程！我直接进来了啊。"

林水程正在打游戏，抬眼看了看，发现是他之后才放下手机，站起身来："你怎么来了？"

苏瑜挠了挠头："有些事情想跟你说。啊，你别担心，不是等等的事，林等的状况很好。"

他友好地跟跑过来的奶牛猫打了个招呼，而后瞥了一眼正打算洗菜做饭的家政阿姨，咽了咽口水。

林水程也不问他有什么事，揉了揉眼睛，说："先把饭吃了吧，我做饭。"

林水程让家政阿姨先走了，又说了声稍等，先去洗澡换衣。

苏瑜注意到他面容有些苍白憔悴，头发也比上次见到时乱一点，有点像刚睡醒的样子，比平常多出了一点容易亲近的气质来。

他一抬眼，苏瑜心跳又慢了半拍，连声说："你慢慢洗，这边有没有什么需要我打下手的？"

林水程想了想："你不忙就帮我切个土豆。"

苏瑜立刻照办，兢兢业业地去切了土豆，他看见旁边还有黄瓜，于是自告奋勇地拍了个蒜，做凉拌黄瓜块——这是他学会的生存技能之一。

林水程洗澡换衣出来，整个人精神了很多，只是头发还湿漉漉地搭下来，看起来柔软又散漫。

林水程今天做大盘鸡烩面，又把苏瑜凉拌的黄瓜加工了一下，炒了底料拌切成段的米肠，米肠浸满汤汁，加上黄瓜的清香，一口下去清香爽辣，后劲十足。

剩下的配菜，他随便炒了点番茄炒蛋，再把昨天没吃完的炝虾热了热端上来。

苏瑜大口塞着饭菜，好吃到几乎落泪——他这个卧底当得不亏！

有这样的美食，根本不用刑讯逼供，他自愿倒戈！

苏瑜在这里胡吃海塞、吃相奔放，林水程却慢条斯理地吃着他的烩面，很斯文，但是不端着。

苏瑜有点不好意思起来，吃得半饱时才想起来自己的来意："我跟你说个事儿，你最近是不是接了个名画鉴定的项目？"

林水程"嗯"了一声。

苏瑜又问："这事儿负二知道吗？"

林水程愣了一下，没听清他在问谁，依稀领会到是傅落银的外号后，又说了声："知道。"

苏瑜憋了憋："要不你别做那个项目了。我刚听人说过了，好难的，你卷进去讨不了什么好。负二他……他可能不知道这里边的难度，不然他会劝你不做或者帮你担下来的。"

"他知道，是我没要他帮我。"林水程唇边挂起淡淡的笑，"你今天过来就是跟我说这件事的？别担心，我会有办法的。"

苏瑜说："可是你的竞争组……哎，这个怎么说，就是我知道会有一家纳米排列扫描公司帮余樊做这个项目，这个的话会不会……"

"纳米吗？"林水程弯起眼睛，淡淡地笑了起来，"这个没事。"

他回答得很快，苏瑜有点摸不着头脑。

但是林水程这么说了，苏瑜也就闭嘴了，他本来想提醒林水程多注意，如果还能抽身的话，尽早退出或许是最好的选择。昨天董朔夜跟他讲完后，他吓得饭都没怎么蹭，一门心思琢磨着该怎么提醒林水程。

可林水程说话的语气神态，偏偏就能让人相信他能做到。

"那是有办法了吗？"苏瑜满怀希望地问。

林水程笑了笑："还在找办法。"

苏瑜："……"

只剩四天不到的时间了！

但是林水程的样子好像完全不急，饭后还有空坐在沙发上打游戏。

他让苏瑜自己随便玩，苏瑜抽空又给傅落银晒了一拨林水程做的饭菜照片，然后悄悄问他："林水程好像也不是很忙的样子呀，我看他在打游戏呢。"

傅落银几十分钟后回复了："他想事呢。你别烦他。"

苏瑜压根儿不信，谁一边打游戏一边想学术问题？

苏瑜看林水程打了一会儿游戏，突然心血来潮地问："你玩MOBA（多人在线战术竞技游戏）吗，《深渊瞳孔》这种的？"

林水程研一了还在玩连连看，苏瑜估摸着，林水程恐怕从小到大还没正经玩过什么游戏。最近这个新游戏很火，他没事了也会和董朔夜、傅落银开黑几把，不过机会不多。傅落银他们太忙，还是更喜欢斗地主这种节奏简单明快的活动。

林水程愣了一下，显然没听说过这个游戏。苏瑜点开游戏界面给他看，林水程很感兴趣地说："没玩过，不过可以试试。我下载一个看看，也换换思路。"

说着就搜索了一下App，开始后台下载。

两三分钟后，林水程就下好了，直接用社交账号登录了游戏。

苏瑜一早建好了房间等他，林水程不耐烦看新手教程，直接跳过了，接受了苏瑜的邀请进入房间。苏瑜一看他来了，立刻点击开始，然而没料到的是，与此同时，另一个人也直接跳进了房间，卡着时间跟他们一起组上队了。

苏瑜吓了一跳。

他设置房间的时候忘记拒绝好友自动入队了，这个时候跳进来的是苏瑜认识的女孩白一一。

白一一是大院里的女生之一，也在群里，算得上跟苏瑜青梅竹马，从小学一路同学到初中，关系也比较好。自从苏瑜进群之后，她天天拉他打游戏，两个人开黑上分，车队还算是比较顺利。

白一一以为他一个人打，加进来之后才发现队伍里还有一个人："苏瑜，队里这个人是谁？怎么不是高级竞技场？"

苏瑜手忙脚乱地跟林水程解释了一下："不好意思，我忘关自动入队了，我们要不重开一把吧。这个女孩子我认识的，不好意思踢出去。"

林水程倒是无所谓："不用，我不太会这个游戏。你的朋友来了就一起玩吧，如果她不介意我不会的话。"

另一边，白一一疯狂戳苏瑜："人呢？怎么不理我？"

苏瑜有点尴尬："我这边不方便，我带朋友一起玩呢。"

群里这些人对林水程态度如何，他都是看在眼里的，这下两边撞见，着实有点尴尬。

"见鬼的不方便，我问过阿姨了，你辞职后就一直没事，快来陪我上分！"白一一说，"下把记得开高级竞技场。"

苏瑜："……真不方便。我回头再陪你上分吧。"

另一边静了一会儿，随后直接打来一个频道电话，一开口就劈头盖脸地问："房间里这人是林水程？"

苏瑜吓了一跳，声音都不对劲了："你怎么知道的？"

白一一冷笑说:"你没脑子?他昵称是初始社交账号昵称,LSC三个字母你当我眼瞎?"

苏瑜定睛一看,还真是。林水程顶着他的社交账号,就是名字的缩写,认识他的人一看就知道。

他自从在群里公开支持林水程之后,其他人谈起这个话题就比较微妙,之后谈论有关林水程的话题的时候,都会注意不带他,措辞也小心了很多。

白一一发了个微笑的表情:"所以你陪他玩也不愿意陪我玩是呗?苏瑜,你小子行啊,你认识他多久,认识我们多久?不就打个游戏吗,还能吃了他不成?再说了,游戏开都开了,先打完再说。"

说着,白一一切换到队伍频道,直接说:"晚上好啊,小哥哥,一起玩吗?"

林水程意识到这句话是对自己说的,"嗯"了一声——这一声是通过苏瑜的麦克风传过去的,听起来有点远,但是淡漠好听。

白一一愣了一下,然后继续问:"方便开麦吗?"

没等苏瑜说话,林水程很有礼貌地说了一句:"不太方便,不好意思。"

说话会分散他的注意力。他打游戏,不管是连连看还是别的什么,只是为了更好地激发潜意识,顺便减压。游戏不用动太多脑子,有东西在手边做,他可以更好地进行思考。

林水程选择连连看或者对对碰的理由也很简单,图形方块咔嚓一下消除的声音很减压,也很规律,是他喜欢的。

苏瑜松了一口气。

他这边不方便说话,思想斗争半天之后,才切出准备界面,拿备忘录打了几个字给他看:"林水程,这个小姐姐是……是负二之前资助过的学生的朋友,可能对你有一些敌意,那个你……哎,我不知道怎么说，就是，我上次提醒过你的……"

林水程看他煞有介事地提醒他，愣了一下，随后不太关心地说："没事。"

苏瑜告诉白一一："林水程不怎么会玩，你别针对他。"

白一一："怕什么，你当我什么人？"

说着，白一一在群里发起了录屏聊天。

她@全体成员："我和苏瑜直播带林水程打游戏，有人要看吗？"

苏瑜好不容易镇定下来，这下子头皮都炸了："你在群里发这个干什么？好好地打游戏开什么视频？"

白一一发了个委屈的表情包："我这不好不容易接触到林水程，久仰大名，跟大家分享一下嘛，再说了，他跟你们关系这么好，以后大家总要见面的。刚刚大家还在说他是不是失踪跑路了，但是现在还有空打游戏，不是帮他澄清了？"

这边游戏已经开始了，林水程在复活点转圈圈等他，问他："我应该干什么？"

苏瑜一看这边在等他，当着林水程的面，也不好跟白一一吵，只想快点把这把结束了："算了，就这样吧，我玩辅助英雄保护他。玩这一把就不玩了，我和林水程单开。回头我再跟你说。"

与此同时，群里轰动了，所有人一个接一个地加入录屏观看。

所有人反复确认："林水程本人？苏瑜怎么拉动他的？？"

最后一个跳进频道的人 ID 显示为"夏"。

他们进的是 5V5 的地图，苏瑜本来要帮林水程选个简单点的入门级英雄，但是切出去聊天了也忘了，这个时候定睛一看，林水程居然选了一个出了名难玩的刺客英雄。

苏瑜："……你为什么选这个？"

林水程言简意赅："好看。"

199

苏瑜："好吧。"

林水程想玩就玩，管他呢！

林水程还想着事，一进游戏之后就变得很沉默，几乎是全程梦游状态。

苏瑜跟队友沟通了一下，说是带新手，让路人去收割野区，然后让林水程走上路。

苏瑜拿了个辅助跟着他。

林水程非常听话地死守着上路，小兵来了就打掉，技能哪个亮了点哪个，倒是一时间非常和谐自然。

然而游戏到了中期，对面显然也发现了这边不同寻常的阵容：刺客和辅助在上路，射手正在辛苦地打野。看出了林水程是新手，对面直接来了四个人打爆了他们。

二对四，苏瑜和林水程毫无还手之力，不到两秒，屏幕就黑了。

从复活点出来之后，林水程继续梦游。对方继续蹲点，又是一拨被暴锤。

苏瑜这个时候有点发现傅落银说的事了——林水程还真是边打游戏边想事，全程自闭，就算是他在身边说话，林水程也没怎么听。

他只是重复着走路、放技能、死亡、等复活这几个过程而已。

这个状态就是神仙也带不起来啊！

他们七分钟就被打穿了，游戏结束，鲜红的defeat（战败）蹦了出来，十分惨烈。

林水程这才回神："结束了吗？"

苏瑜哭笑不得。

白一一给苏瑜发消息，笑道："还真是没玩过游戏啊，小鱼你先等等，我教他玩，开个1V1房间吧，让他熟悉一下技能。他这有点过分了，我好歹也是被青训队搭讪过的人，一定把他带起来！"

200

群里早就笑翻天了:"这真是智商正常的硕士生能玩出的游戏水平吗?他比人机还人机啊!这也太菜了吧!"

"太惨了,惨得我都不忍心看,版本之子都能被他玩成这样。"

林水程看他们好久没有重新开始,意识到了可能是自己的问题:"不好意思,刚刚在想事。重新开始吧。"

白一一又开了队伍聊天,问林水程:"新手是吗?你这样不太对呀,我跟你开个1V1房间,你熟悉一下技能吧?我教你。"

白一一已经通过历史组队发起了对战请求,林水程看了看,点了。

苏瑜直接被排除在外,都没来得及阻拦,直接傻了。

林水程看他脸色不对,还记得安慰他:"没事,游戏而已。"

他又选了这个刺客,理由还是"好看"。

跟苏瑜的朋友单独1V1,林水程这次认真看了一下技能面板和装备栏。因为看的时间有点长,游戏开了之后他一直待在出生点没动。

他没有开麦克风,白一一那边也关闭了游戏麦克风,重新切入群内聊天,找苏瑜说话。

白一一:"苏瑜,他睡着了吗?动一动啊!他都不来打,我怎么教他熟悉这个英雄?"

林水程经历了一把完整的游戏,这个时候差不多摸到了MOBA的游戏模式,他很快理解了:这是个经济型的进攻与防御游戏,本质上是资源掠夺和地图推进。而英雄的发育速度、PK结果决定这一切的进度。

他操纵英雄走到最外边的防御塔下,白一一早就等在那里了。

由于林水程一直没动,他的经济落后了一大截,装备也没有成形。

白一一是发育精良的爆发型法师,冲上来直接越塔杀掉了他,用时三秒不到,林水程连技能都没摁出来,屏幕就黑了。

群里人早就笑得发抖了:"我道歉!我道歉!这何止是人机,我们给人机道歉!"

"我现在就想知道，他会斗地主吗？"

林水程没开麦，也不知道这个群，苏瑜不敢让他听见这些话，只能有些生气地屏蔽了群里人的发言，然后转过来告诉林水程："你要是忙的话，要不下次再玩吧。"

"不用。"林水程垂眼看着屏幕。

他喜欢这个角色释放技能时发出的金属切割声。

要说解压，这种实时 PK 收人头的游戏其实是最解压的。

苏瑜一看林水程的神情就知道坏了——他好像还有点玩上头了！

苏瑜正想组织语言，想找个理由骗林水程放下游戏——比如突然又想吃夜宵什么的，林水程却抬头看了他一眼，轻轻问了一声："你麦克风关了吗？"

苏瑜赶紧说："没有。"

"关掉。"

苏瑜特别听话地关了，随后就听见林水程说："难怪你提醒我，对面这个女孩子好像不太喜欢我。"

苏瑜蒙了："你怎么看出来的？——不是，我刚刚就暗示过你啊！你别理她们，就是一群被宠坏的小女生……"

林水程打断他："没事。我是看了一下两边的类型，她选择的应该不是适合教学的英雄，如果要教人打游戏，应该也不是这种教法。"

苏瑜小声说："对不起……我没想到她会突然进房间。她们……她们以前不这样的，就是在负二的事上特别……平常的时候还挺好。"

林水程笑了笑："你也说了，一把游戏而已，没什么。"

复活后，他很快又去了线上，这次坚持久了一点，五秒后才被杀掉。

林水程点击死亡回放看了看，上面列出了伤害值排名。

前期已经处于劣势了，他这个角色又没有什么防御性的技能，即使后期他守在塔下不出来，依然被轻轻松松地反复杀掉，最后输掉了这一把。

白——在群里的笑声越来越清脆:"再来一把吧?哈哈哈,我都没什么游戏体验,赢得太快了。"

"后面好一点,至少学会了在塔下'苟一苟',终于不那么像人机了哈哈哈!"

白——再次发起邀请,林水程接受了邀请,这次他很快就上线了,并且在苏瑜指导下知道了补刀吃金币。

这次两人的经济差不了多少。林水程的刺客手短,白——又是法师,他只能在塔下补刀。

但是就是这样,苏瑜却渐渐发现,林水程的经济不知道什么时候已经高了起来——他每次都非常执着地要把所有的金币吃下去,尽管为此会掉一些血量。第四分钟时,林水程血量危险,苏瑜想要劝他回家补血的时候,就见到他冲了出去——然后吃了白——满满一套技能。

然而出乎所有人意料的是,林水程居然没死,他顶着一层几乎看不见的血皮,慢悠悠地补掉了最后一个小兵,然后回城补血。

苏瑜以为这只是一个巧合,群里人也说:"运气还真好,差点就死了。——的伤害再高点就好了。"

但是很快,苏瑜发现这并不是一个巧合,每一次林水程都能顶着丝血拿到最多的金币,他的装备栏也在不断调整。白——出进攻装备,他就相应增加防御,每一次他离死亡就差一点点,但是白——就是打不死他,反而还因为急着收人头,浪费掉了自己这边的不少金币资源。

七级以后,林水程又看了看双方面板,说了声:"好了。"

苏瑜有点蒙:"好了"是什么意思?

紧跟着,他发现,林水程主动发起了进攻!

金戈摩擦声响起来,游戏音效放大后居然透出几分杀气,林水程直接一个闪现跳中，A（指电子游戏中的普通攻击）了一下白一一的法师。白一一反应更快，大招立刻开了出来，看架势就是要直接把林水程摁死在这里："哟哟，还敢反打了？人机小朋友有进步啊。"

但是很快，她就笑不出来了。林水程A了她一下后立刻利用二技能后摇跳回，虽然被打掉一大半血，但是活着骗走了她一个大招，她一拨技能用光后，林水程才开启大招冲上，两秒钟后，白一一的屏幕黑了下去。

林水程依然顶着个血皮，原地转了转后，没有选择回家补血，而是开始推塔。

林水程这一拨攻击仿佛算好了似的，白一一这边刚死掉，林水程另一边的小兵就跟上来了，不费吹灰之力占领了她的第一座塔。

等到白一一复活满状态过来后，林水程已经收走了一拨金币，回家补血了。

苏瑜越看越觉得这是林水程算好的，但是他不太敢相信——真有人会算得这么精准吗？

但是林水程次次以仅剩血皮的状态存活，已经在无声佐证他这个猜想——林水程看了两个英雄的面板，随时计算着经济、伤害、防御、兵线、技能CD（指电子游戏中的技能冷却时间）的动态变化！

每一次进攻和撤退都是他计算好的，他知道应该什么时候出击！

苏瑜依稀听说过，这是某些职业游戏指挥会有的计算力，但是没想到有一天能在身边人身上看到——在此之前，他认识的人中最接近拥有这种能力的是董朔夜，但是董朔夜也不太会算动态的情况。

白一一自从第一次死掉之后就一蹶不振，再上线时有些不可思议："他怎么可能每次都丝血逃生？苏瑜你给他开了挂吗？？

"这也太难受了，我每次都只差一点点技能就恢复了，就差一点点！"

白一一发现游戏体验突然变得奇差无比：只要是林水程回家补血

时,她这边必定兵线没上来;只要是自己死的时候,林水程必然会带领着小兵们进攻防御塔;正面周旋交换技能的最后一刀,她必然会有个关键技能CD没好。

白——沉默了好一会儿后,才说:"他拿的是版本之子,本来就克制我,打成这样也正常。他选英雄挺犯规的。"

苏瑜听了这话后,不知道为什么觉得有点想笑,他扭过头告诉林水程:"小姐姐说你这个英雄克她,叫你换一个。"

林水程也抿了抿嘴,很温柔地笑了笑。

对面发送过来又一局对战邀请,林水程点了接受。

白——还是用她拿手的这个法师,林水程想了想后,点击确定——

镜像法师!

林水程选了一模一样的英雄。

这次他都没看面板,和白——几次对局下来,林水程已经把这个英雄的数据情况了解得一清二楚。

这次他赢得很快,苏瑜见识了一次绝妙的对线过程——

完全一样的镜像情况,林水程永远知道在什么时候拼血,在什么时候撤退等技能CD,大约什么时候撤退休养。

白——发现,明明自己也一个小兵都没有漏掉,但是几拨对峙换血下来,她的经济居然又被林水程压了下去!

这法师是前期英雄,林水程装备起来后,直接上来拼技能,看也不看直接杀下去,推掉防御塔,这个雪球越滚越大,白——这一把居然没撑过七分钟!

镜像的路径,镜像的地图,镜像的法师。

林水程沉默下来,如同一个机器人一样操纵手中的角色,眼神已经跑偏了,身上甚至带上了某种漠然的气质。

镜像的画面,一切鉴定手法下的双生子。

——如何分出差别？

"LSC击杀了——不要熬夜。"

没有告诉先天的条件，如何通过单纯的差异分辨一对双胞胎？

"LSC击杀了——不要熬夜。"

…………

到了后面，林水程经济上已经压制了她许多倍，白——恍然发现上一局的情况重现了，只不过角色调转了过来：林水程开始肆无忌惮地越过防御塔杀她！在绝对的装备优势下，白——退无可退，直接被打出了0：20！

一局终了，林水程胜利，而且是压倒性的胜利。

群里鸦雀无声。

白——关掉了群内视频直播，告诉苏瑜："算了，今晚不玩了，既然会玩，一开始装小白干什么？有意思吗？"

苏瑜："……他真的是个小白。他刚进游戏还撞墙。你菜还不让人说了，硕士生学习能力不差，谁都有第一把，还不许人家学会了？莫名其妙。"

白——："苏瑜，你是要吵架是吧？上次你就奇奇怪怪的，那个姓林的到底给你们灌了什么迷魂汤？你清醒一点……"

苏瑜："不好意思，林水程实力很强，在我看来，他没有任何问题。"

他窝了一肚子火。

"不玩了吗？"林水程看对面下线了，问苏瑜道。

苏瑜提到这个，转怒为笑："应该是被你打自闭了。你觉得这个游戏好玩吗？"

林水程瞅着游戏面板，揉了揉太阳穴："比较呆板，也比较费精力，我还是适合连连看。"

苏瑜已经见识了他在这类游戏里的天赋，这时候忍不住问了一句:"你打连连看……是怎么打的啊?连连看也需要算吗?"

"连连看一般不需要算,不过如果追求最短通关时间的话需要计算。"林水程说,"我以前参加过一个连连看模拟策略运算比赛,就是比每个人做出的最短时间,这实际上是一个路径问题,属于运筹学范畴,那个时候量子计算机还没出来,大部分人使用迭代算法,如果放在现在的话,应该只需要穷举就可以了。"

苏瑜:"……"

他眼睁睁地看着林水程再度打开了连连看,重新恢复成神游自闭状态。

苏瑜这天回家前,给傅落银发了条短信:"跪了,林水程真的一边打游戏一边想事啊!"

傅落银笑:"他还没想出来?"

苏瑜:"不敢问,但是好像还没呢,他一直在打连连看解压,消除剌啦剌啦的。"

傅落银回到家时,林水程依然在打连连看,歪在沙发上,连他回来也没有察觉,眉宇间依然带着沉静。

过了今晚,他还剩三天时间。

傅落银给他倒了杯温水,走过去碰了碰他。

林水程放下了手机,但是看眼神还没走出来,依然在思考。

傅落银看他这样子,也没多说什么,只是说:"我先睡了,你记得早点休息。"

林水程连个"嗯"都没给他,傅落银于是和小奶牛单方面互动了一会儿,洗漱睡觉。

半夜,傅落银起床找水喝,看见林水程还在客厅。

客厅里只亮着一盏暗淡的灯,林水程独自站在落地窗边,如同凭空冒出来的幽灵,缥缈而单薄。

傅落银听见他在喃喃："在目前已知信息的尺度上，两座完全一样的房子，会有什么让人区分出它们的标志性差异？"

傅落银端着水杯，随口回答："建造的人。"

听见他的声音，林水程转过身，微微有些诧异，但很快又恢复如初。

"一个已经死了，一个不知道在哪里。建造者隐在幕后。"林水程低声说，"我想不出来。"

声音越来越轻，接近迷离。

傅落银安静听着，随后他说："我小时候，和我哥一起玩过积木游戏。"

林水程打断他："你别说话。"

"相同的一组积木，相同的房子，我喜欢从左到右逐个搭建。我哥则喜欢从下到上，先做地基，再盖上层。"

傅落银好整以暇地看着他，对他的抗议不以为意。

林水程怔了一下。

"差异是会有的，好学生，只要你问，我就会把我的搭建方式告诉你。"傅落银觉得有趣——林水程像是没睡醒，继续说着。

"那我得问一个十五世纪的逝者。"林水程喃喃说，迷蒙中，他忽略了一切，忽略了傅落银提起了从未提起过的家人，"我得问……我必须问。"

27

这天林水程做了一个梦。

梦中他看见巨大的蝴蝶飞过镜子的世界，落地后翩然化为人影，是他选中的双刃为足，弯刀作翼的法师，有着精灵的眼眸和飘逸的长发，男女莫辨；镜中世界光怪陆离，走一步，千百个镜像一起动了起来。

这个镜子做成的迷宫成了他小时候玩过的迷宫塑料尺，人影如同漂浮的渺小颗粒，五颜六色的，带着刺鼻气息，软绵绵地泡在甜腻的液体中。

他推开镜子的房间，看见地上摆着两个房子，房子两侧坐着长得一模一样的两个孩子。

他认识他们，但是喉咙哽住了——他无法分辨，两个小小的傅落银低头摆弄积木，抬起头来看着他，一刹那几乎让他心脏静止。

他们的影子映在四壁的镜子上，就是无数个这样面容的人凝视着他，眼神温柔缱绻。

明净的眼睛看着他，法师在试探对峙，如同程式化一样同时出击又同时退却，同时出生，同时死去，她们本来在按照AI设定好的路径行走，可是在某一个时间节点突然静止下来，纷纷转头看向他，精灵的眼眸里映出他的影子，寒刃向他刺过来——将他一分为二，剖成两半。

散落在地上的影子，正好是那幅十五世纪的名画。

名画上的人也在盯着他看，念他的名字——

"林水程。"

林水程心脏剧烈跳动着，惊醒过来，大口喘着气。

他仿佛溺水的人，睁开涣散空茫的眼睛，好半天后才想起来自己在哪里。

还是夜晚，离最后的时间还剩三天零十八个小时。

傅落银睡在他隔壁屋，被他的动静惊动了，醒了过来。

傅落银在军区时养成了很好的睡眠习惯，入睡时雷打不动，睡着后一点警报都能立刻醒来，他敲门走入，第一时间就注意到林水程像是状态有点不对，问他："怎么了？"

林水程揉了揉脑袋，冷汗涔涔："没什么，我……"

这是噩梦的余韵，被潮水拂过的沙滩，湿润苦咸，尝起来像泪。

当那浪潮退去之后，海滩上留下了一枚贝壳。

林水程刚说了一个字，却像突然想到了什么似的，抓住了傅落银的手腕："我想到了，我得去一趟学校的量子实验室。"

他疲惫、苍白、憔悴，连那一片弯弯的睫毛的甜美弧度都变得凌乱了起来。这样子像他那天答辩的时候，昏暗的光线，散落一地的纸张，答辩室里暖气嗡嗡的，一切都昏沉迷蒙，可是他全身上下都在发光，他拿着记号笔转身往白板上写字的样子，能惊动沉睡的星星。

傅落银看了他一会儿："我有什么能帮到你的吗？"

林水程想了想，肯定地点了点头："有，我还是需要原子级别的横截面扫描对比，你能帮我联系一下最近最快的飞旧太平洋分部的空间车吗？我想找我导师借用一下实验室。"

空间车比飞机快，但是很紧俏，一般都需要提前预约。他现在只剩下四天不到的时间，如果只是飞过去做个横截面的扫描对比，或许来得及。

傅落银说："你先说你要干什么，我的好学生，我看看怎么帮你安排。"

林水程理了理思绪："我要先去申请学校的量子实验室，申请横截面取样，然后飞一趟旧太平洋分部扫描对比，等待结果的时候继续回学校进行运算。"

"那么你不需要飞旧太平洋分部，我现在送你回学校取样，然后你跟我回七处。"傅落银慢悠悠地说，"七处有第十七代扫描式原子探针和第五代量子计算机，还是两台。"

林水程怔了一下："可是最好的扫描式原子探针在……"

傅落银说："在杨之为那里，不过杨之为那一批器材就是我们公司生产的，质量最好的一批留在七处，只不过一般不对外公布。"

他开了灯,看林水程还呆呆地坐在床上,于是耐心地坐下来,给林水程穿衣,扣扣子。

林水程不知道他家里是干什么的,也不知道他具体在七处做什么,如今能够派上用场,傅落银其实还觉得有点好笑——林水程真的是有点傻,有便利可以用,还不知道该怎么用。

上次跟他一起吃饭时,林水程还问他到底是开公司的还是当兵的。被易水牵连去了七处的那一次,他也没在,不知道林水程是怎么看他在七处这件事的,对于他的背景,林水程大约还缺乏一些明确的了解。

林水程好像一下子不知道该怎么办了——他下意识地说:"我还是去杨老师的……"

"别舍近求远,我的好学生,来回一趟两三个小时,就这么点时间,出了问题,你还能分身不成?"傅落银心里知道这或许就是林水程当学生的一点拧着的小清高,伸手把手机里一份扫描电子文件给林水程看了看。

那是一份七处申请调用实验器材的报告。

申请人傅落银,批准人傅落银,处长肖绝盖章。

只是调用实验室,上报的就是名画鉴定这个项目,日期是五天前,林水程刚把这件事告诉他的那一天。

尽管林水程坚持自己的想法,傅落银还是开启了这个申请。

这是正儿八经的任务立项,只要是有关这个项目的,都有动用这些设备的权利。等于说,早在五天之前,七处就已经帮林水程兜了底亮了保护牌,尽管他本人一无所知。

傅落银不是不信任林水程的能力,他只是替林水程准备一条后路而已。

林水程年轻稚嫩,尽管其他的没告诉他,但傅落银从小在傅凯身

211

边耳濡目染，对星城学术界内部的那点关系一清二楚，这事就算前期没有人插手做小动作，林水程只要出头了，也难免会被人盯上。资源最多，竞争最激烈的地方，打的就是出头鸟。

看林水程的态度，傅落银也没打算告诉他。这只是顺手的事，林水程自己能做出来最好，如果做不出来，傅落银也能替他收个尾。

星大和警务处解决不了的事情，未必是七处解决不了的。

傅落银身上有点傅凯的那种大男子主义，他严格要求自己和身边人，会划分出自己的领地，要求他们遵循自己的规则。对于伴侣的职业追求，傅家男人们也一直都是极力支持的，并且认为这是成为一个成熟的男人的基本条件。

在他们家里，楚静姝是做艺术的，是国际知名裱花师，傅凯不懂这些，但是可以倾尽自己所有给她搭建最好的工作室，出门采风、办作品展、旅游找灵感等全无异议，他可以不懂爱人的追求理念，但是会为她喜欢的一切铺路。

楚静姝浪漫、自由、向往精神殿堂，他就为她扫除通往殿堂之时的人间灰尘。楚静姝上杂志，作为艺术大使出席各种活动，傅凯会在背后让人联系最好的造型师和服装师，注意活动的种种安排，甚至周详到酒店放置的花卉，不过杂志下来之后送到傅凯手边，他不会看一眼——看不懂，也不感兴趣。

楚静姝回家之后，也依然要遵循他在军队中要求的作息时间。

傅家两个儿子，楚时寒随楚静姝，从小聪颖伶俐，学习出色，成了一个科研人。

傅氏科技人人都眼红，所有人都在猜想楚时寒是大公子，又受宠，博士毕业后一定会接手家里的公司，楚静姝也是这么以为的。

但是一开始，傅凯就没打算把这份产业给大儿子。

傅凯看出了大儿子的优秀与追求，和他的母亲如出一辙，追寻的是一条纯白无瑕的路。他于是回头将视线放在傅落银身上。

他把这一切都交给傅落银，替家中运作公司，替父母分忧，给哥哥往后的科研事业铺路，这个决定做出的时候，傅落银甚至还没成年。

傅凯像上级交接任务一样，告诉他——这份家业以后是你的，这份责任以后也得你承担起来。

楚时寒随楚静姝，傅落银随傅凯。对于傅凯来说，这个位置，他的小儿子比大儿子更加适合。

不过那时候傅凯说适合，却没问过他想不想，所以才会有之后傅落银叛逆，抗争不过，被送去第八军区的事情。

如今傅落银毕业多年，摸爬滚打许久，也只是平静地接受了这一切。

说到学业和事业上的支持，当初他可以给夏燃，现在换了林水程，也没什么不可以。

办法是林水程自己想出来的，到了这一步，林水程也不再那么抗拒他的帮助。

林水程乖乖地穿好衣服，然后跟他一起出门。

快入冬了，离开家里的供暖系统，一出门，风吹得人手脚冰凉。傅落银打了几个电话，直接送林水程去了学校，取走了圆珠笔笔尖大小的样本，接着带他去七处。

周衡也是加班过来，给林水程送了一串傅落银在七处的备用钥匙还有一串工作牌。傅落银估计林水程这三天也不会回家了。

他送林水程去实验室，告诉林水程："有事用座机打给我，摁102就是，我不在的话，你找周衡。"

林水程说："嗯。"

实验室里的维护人员没有七处编制，签了保密协议，也不知道这里边的机器是什么，做什么用的，只知道怎么运行维护，提起时都是用代号。

林水程一过去，维护人员都叫他"老师"，询问他的来意。

林水程第一次见到最新一代的量子计算机，外观上如同晶莹的黑色巨兽，维护人员通报之后，来了个专业的调试师告诉他："是傅先生说过的小林老师吗？这边的机器和星大的那台不太一样，运算无误差，不需要反复演算，两台量子计算机您都可以启用，启用后每次运算过程都会反馈给总部数据库。这些保密协议上都有，您应该知道，我就不多说了。"

林水程说："谢谢。"

"那没什么事我先走了，您有情况就找我们。"调试师看他上手很专业，也知道没什么好担心的，对他一笑，"也没什么好谢的，都是我们应该做的。倒是傅处长也跟过来了，平常傅处长忙得神龙见首不见尾的，居然亲自送您过来，二位关系很铁啊。"

自从林水程上次来过七处之后，七处就渐渐有了一个传言，说是傅处长有个很看重的高才生，在星大念研究生。

林水程眼尾的红泪痣太好认了，基本上听过这个传闻的人，都能一眼认出他来。

林水程往外看了一眼，傅落银已经走了。

傅落银比林水程还缺觉，送他过来之后，又是马不停蹄地参加了一个电话会议，开完会后眼底红血丝都出来了。

他随便在七处分配的公寓房间里睡了，一觉醒来后照例扫了一遍消息，却发现林水程给他发了条消息。

两个字："谢谢。"

傅落银正到处翻胃药，冷不丁看到这条消息，还以为林水程发错了。这人以前大多时候是给他发生活动态：上飞机了，下飞机了，今天吃了什么，回不回家……

陡然来这么一条，仿佛林水程第一次认识他一样。

"还挺客气。"他想。

28

随着项目截止日期到来，星大有关这个项目的话题也被推上了最高潮。

截至目前有关林水程和余樊的那个投票帖子已经有超过了三万人参与，不仅仅因为这次项目难，闹得大，更因为背后与许多人利益相关——星大学术界、星大行政层、警务处……更有人通过层层关系扒出了，这虽然在星大校园内是一个矿泉水项目，但是背后的支持者绝对不是寻常人。

"星大学生和教授竞争结项"对于外界来说，本身也是一个足够劲爆的话题。

而学术界关注的焦点是：根据目前已有的情报，这次名画鉴定没有办法用目前已知的检测方法完成，是否可能涉及原子或者分子级别的造假？如果是这样的造假，那么又该以什么手段去破解，背后的犯罪势力 RANDOM 又有什么背景？

越来越多的人将视线放在这个项目上，不管是在明面还是在暗中。

凌晨三点，离结项报告会开始还有五个小时，学生会主席韩荒正在指挥组织部布置星大最大的礼堂。

这个大礼堂平时不启用，只有校庆日和泰斗级别的学术演讲才会用到，韩荒作为学生代表和学校组委会负责布置，核对座次清单。

"主席，第一排的位置这么安排你看看可以吗，明天要参加的人目前已经报齐了。就是不知道各方面派的代表都会有谁。"干员拿来一张表格，上面都是人名和对应的身份职位。由于是学术报告，星大一般会给学生们留出一些位置,以供那些想要围观学习的学生现场听课。

目前,校长会到场,数院所有的教授都会到场——除了许空,许空依然在卧床休养。除此之外只有一个警务处的代表要来,媒体记者、赞助公司也都留了位置。

"等一下,我这边信息有更新,你等等。"

韩荒注意到校方给他发了个紧急通知,强调了几遍要他注意安排调度,还带了很多个感叹号,显然非常紧急。

他点开一看,名单上多出了几个名字,显然是临时决定加入的人员。

韩荒看了一会儿,久久没说话,片刻后才低声骂了一句。

干员一头雾水:"主席,怎么了?"

韩荒飞快地把外套拎起来往外冲:"还安排什么第一排第二排,明天直接清场,任何无关人员不得入内。联系所有、所有校方安保人员!一直清场到北门,安全栏架起来,出入登记!你现在快跟我去保安处搬安检设备!"

干员快疯了:"就剩下五个小时了!"

韩荒回头对着大厅大吼:"快快!所有人都动起来!座位什么的都别管了,叫所有能干活的人都起来!"知道的是结项报告,不知道的以为明天联盟就要毁灭了,今晚都别睡了!他跟所有学生干部一起统一调度,学生会所有人直接进入了疯狂状态,与此同时,校方组织处直接开始联系各方面安全人员,联盟星城大学重新进入了前几天开大会的安保级别。

冰凉夜风灌入,韩荒去取了自己的小电瓶车,顺手拿起手机看了看其他消息。

论坛中一边倒地赌余樊能完成项目,目前林水程一边的票数少得可怜。

林水程还没有通过他的好友申请。

"要加油啊。"韩荒低声说。

他随后一脚踩下油门,唯一获准在校园里行驶的学生用电瓶车风风火火地开动了起来,干员在后边抱着器材,被风吹得涕泗横流。

凌晨六点,许空从睡梦中惊醒。

他知道自己现在不能激动,只是摁了护士铃,强迫自己慢条斯理地跟对方讲道理:"这个报告我必须去听,上边的虽然不是我的学生,但是我预定了他做我的博士生,这次会这么重要,本来我不生病的话,应该是我上那个位置,我的学生顶替我上去了,我不能把他一个人放在那里。"

护士坚持:"不行,您至少还有一周才能出院,这个真不行。"

许空咳嗽了几声,有点急眼了:"你这孩子,我现在好好的,你看我下床给你走几步——"

"还走几步呢,老许,先跟我说清楚。"就在这个时候,门边却传来一声慢悠悠的声音,一个四五十岁、温柔儒雅的男人出现在病房门口,"林水程怎么就成你的学生了,这事你跟我商量过没有?"

早晨七点半,从校门口到大礼堂一路放置了路障,同时随处设置安检设备,严禁一切校外人员出入。不少学生发现一觉醒来,连外卖都送不进来了,学生会立刻发布公告,启用后勤处的搬运机器人替同学们运送外卖,对由于紧急情况造成的不便表示抱歉。

该来的人员陆续就位,余樊将PPT上传到后台电脑,正在与同院教授谈笑风生。他今天换上了西装,发型也特意打理过,显得踌躇满志。

韩荒守在门边,配合学生会人员发放矿泉水,同时记录来人名字。

"几位教授都到了,数院这边,沈追教授、罗松教授,他们坐在这边,杨申教授坐另一边……等一下,他们为什么不坐一起?"干员悄声问韩荒,韩荒对他比了个手势:"嘘,派系不同,办公室斗争咱

217

们学生会都有，教授们没有？"

杨申一身利落的职业短裙，优雅得体地独自坐在靠左边的位置上。那片区域暂时还没有人，她便安静地打开了一本书。

学生会的人过去送水给她，她也是温和地笑一笑，说谢谢。

干员看了一会儿，正在将信将疑的时候，门口来了一个眉目俊秀、身材高大的男人，他身边跟了一个记录员。

"警务处一科副科长董朔夜，我代表警务处过来旁听。"董朔夜微微颔首。

干员赶紧记录下来，这次悄悄话都不敢说了，给韩荒发消息："第一个大人物！警务处这次派人这么大腕儿？"

韩荒："我们的矿泉水项目可不是他们的矿泉水项目，我打听到了，说是警务处之前一直在为这个案子焦头烂额，来个副科长没什么奇怪的。"

董朔夜坐在了第一排靠边的位置，记录员则站在角落里，从随身背包中掏出记录仪器，准备调试。

余樊注意到董朔夜来了，他之前虽然没有见过董朔夜，但是之前交接名画的时候听警务处的人提起过——负责这个项目的是他们二把手，董朔夜年纪轻轻的，身居高位，能力和来头都不小，他于是走上前去攀谈了几句。

董朔夜待人接物很周正，也不是冷冰冰的那种类型，余樊显然跟他聊得很投机："是的、是的，这次项目我们都在努力，包括这次出资赞助我们检测的扬风纳米科技……"

正说着，余樊身后来了一位年轻女性，礼貌地拍了拍他的肩膀："余教授。"

董朔夜眼神往上瞟了瞟，唇边扬起一点笑意。

"啊，说曹操，曹操就到，傅总经理你也来了。"余樊笑得满脸皱纹如同一朵老菊花，傅雪也看见了董朔夜，颔首微笑向他致意。

干员给韩荒发消息："第二个大人物了，扬风纳米科技的千金，听说和傅家沾亲带故，就是那个傅氏科技……"

时间一分一秒地过去，来的人越来越多，礼堂渐渐坐满了人，唯一空缺的是前两排的位置，只坐了几个人。

已经七点四十七了，除了接踵而来的大人物，其他人仿佛都意识到了什么——今天这次竞争结项，还有一个人没有来。

韩荒的眉头皱了起来："林水程人呢？"

干员也意识到了这个问题——离开场还有十几分钟，第一组的报告人林水程到现在还没有出现！

他小声问："怎么办？这是迟到了吗？你有没有林水程电话？"

韩荒看向坐在左侧的杨申，她正在打电话："我有，但是不用了，杨老师在联系。"

余樊看了看时间，很显然也发现了这一点。他开始询问身边人："林水程呢？"

他的声音不大不小，室内本来就安静，这一声仿佛掀起了无声的浪潮。所有人都四处张望起来——仿佛这样就能找到林水程这个人似的，尽管他们之中甚至有人还没听过林水程的名字。

韩荒当机立断，直接快步走过去："余教授，林水程那边应该有事情耽误了，我们现在将报告的顺序换一下，您先开场可以吗？"

余樊瞥了他几眼，认出他是个学生："你是谁？"

韩荒不卑不亢："学生会主席，我认识林水程，我可以为他担保，他只是有事耽误了，一定会来的。"

余樊说："让我先上台当然没问题，但是他万一没来呢？"

他环顾场地一周，似笑非笑地看着韩荒："一会儿我讲完了，他还没来，是要所有人一起等他吗？你能替他为这件事负责？"

219

韩荒肯定地说："我负责。"

"你拿什么负责？"余樊直接呛了他一句，"今天这件事是大事，不是你们学生会的小打小闹，小小学生会主席，不要把这么严肃的事情看成随随便便的事！"

"他不行，那么我来担保呢？"

余樊话音刚落，门口响起一个温润儒雅的声音。

这个人一来，所有人的视线都被吸引了过去——门口的男人四十五岁左右，风度翩翩，一身整洁笔挺的西装。他身上带着浓厚的书卷气和落落大方的自信，眼神却十分锐利。这种锐利来自他常年参透世界与未知的超脱，更来自他缜密的思维与惊人的直觉。

这声音仿佛一个开关一样，直接关闭了场上所有的声音，所有人齐齐陷入沉默。

干员愣了一瞬之后，直接破音了："杨教授！！"

这声音仿佛咔嚓一声破开冰层，响亮而突兀，说完后他猛地捂住嘴，知道自己闹了一个大笑话，整张脸都红得像能滴出血来。

杨之为签下自己的名字，微笑着对他点了点头，随后步入礼堂内。

所有人都不由自主站起身来迎接，余樊更是愣住了。

杨之为不认识他，但是他认识杨之为，更准确地说，杨之为的名字在联盟无人不知无人不晓。

杨之为是少年天才的典型，也是近几十年来为数不多被写进大学专业教科书、接近学术界的"神"的存在。

他二十七岁时在凝聚过程中原子堆砌催化状态的发现震惊了整个学术界，此后的一系列履历都如同开了挂一样，直接把实践工具从理论到实践的进程压缩了一百年，联盟如今大范围使用的磁悬浮技术、军事上的反介入与区域阻绝武器、精密制导等，都绕不开他的名字。他通学数学、化学、物理、计算机等多个领域，在哲学上也有涉猎。

即使星大大牛如林,"杨之为"这三个字依然是神一样的存在。

"林水程的硕导出差,指导老师生病入院,我代表他的指导老师坐在这里,同时以我的名誉担保,我的学生遇到了一些比较紧急的突发状况,所以我替他申请将次序调后,"杨之为环顾周围,笑了笑,"既然没有人反对,我想这应该是没有问题的,谢谢大家理解配合。"

他步履不停,坐到了左边的席位上,和杨申打了个招呼,而后坐在了她的身边,开始小声闲聊。

这个时候台上负责调控PPT的负责人才反应过来,立刻说道:"那么我们就先按杨老师说的,把次序调后。这个没问题的,不是大问题,只要那个学生最后赶过来就行了。"

余樊欲言又止,脸色很明显有些不好看。

今天本该是他的主场,如果林水程不来,还帮他省了许多事情。

但是谁也没想到杨之为居然会来!

杨之为所过之处,其他人都将黯然失色。杨之为的每一句话都具有重量级的意义,他本人的人身安全是国防级别的!

偏偏杨之为仿佛没意识到这一点似的,摆摆手婉拒了组织人员邀请他去第一排的提议,连瓶水都没要,而是待在最角落的地方,别人如果不注意还会忽略他这个人的存在。

他为什么会出现在这里?就为一个带过的本科学生?

他一过来,坐在右侧余樊一系的人脸色都有些不好看。

罗松低声说:"他来了也没什么用,他的学生不行,完不成这个项目,再给多少时间都是完不成的。警务处的人在这里盯着呢,老余背后还有扬风纳米,他们出资赞助的仪器。林水程不可能有这种资源,就算是杨之为的实验室,那也在北美和旧太平洋分部,他时间上来不及。"

与此同时,傅雪也打开了群消息,输入:"林水程还没来,估计

221

要迟到了。我和董朔夜已经在这里了。"并在群里@了董朔夜。

她抬头望了一眼，董朔夜坐得离她很远，正在和身边的记录员说着什么。她其实和他并不太熟悉，见到了相视一笑，也没什么别的可说。董朔夜人如其名，暗沉如同夜晚，看起来很难接近。

人都陆陆续续到场了，第一排空了几个位置。

八点整时，组织人正要宣布开始，门口却又来了一拨人，报告不得不再次延后。

保镖开路，一位戴墨镜的老太太拄着拐杖走入现场，她虽然上了年纪，但步履依然稳健，从她笔挺的身姿依稀能看出，她年轻时必然有一段从军经历。

干员认出了她，直接"石化"了。

韩荒直接把"石化"的干员拉走了，清除门口的门禁开道，站在旁侧迎接。

所有人再次起身迎接，报告厅内一时鸦雀无声，连董朔夜也露出了微微惊讶的表情。

这次的报案人，唯一的要求是低调的世界级收藏家，居然亲自前来了！

韩荒低声告诉干员："一会儿去外面看好了，一点事都不能有，学校也是昨天才接到通知说她会来，这个消息不要对外发布。她不想让人知道她的行程。"

禾木雅，世界级收藏家是她如今的身份，然而她还有多重身份——比如联盟中第一位女性外空间舰长，曾经的联盟全球安全部指挥长，甚至曾是呼声最高的联盟首相参选人——只不过她拒绝参与竞选。她戎马半生，样样事迹都是普通人可以吹嘘一辈子的，退伍后开始热爱艺术品收集，并捐出大量收藏品给联盟，除此之外，她还用半生积蓄建立了基因治疗基金会，无偿帮助许多病人重获新生。

从她退伍至今,她依然是外空间站的头号军事顾问。

这已经不是单纯的重量级人物,干员终于理解了,为什么韩荒凌晨时看了名册,会发出那样的感慨——知道的了解这是一场名画鉴定报告会,不知道的还以为联盟要毁灭了。

大厅里的气氛空前凝重,禾木雅微微颔首示意所有人坐下,而后独自坐在了靠后的角落里。

所有人都不由自主挺直了脊背,噤若寒蝉。

八点整,林水程依然没有来。

余樊深呼吸了一下,上台做报告。

组织人员已经将两幅画陈列在了报告台中央,空旷的台面上用A、B编号区分这两幅画。

韩荒看了看时间,走出大厅,将里边麦克风的声音隔绝。

他反复拨打一个电话号码,但是对面是长久的忙音。

八点零五分,报告厅里响起一片掌声,说话的声音停了停,掌声过去之后,说话声继续以一种沉稳的频率响着。

韩荒听不清里边在说什么,他手心微微沁出了一点汗水,继续拨打那个电话。

他几乎已经忘记了时间,只知道机械重复拨号、听到忙音后挂断、再拨号的过程。

八点十二分时,电话另一头突然接通了。

清冷好听的声音从另一边传过来:"喂?"

韩荒愣了一下,一时间居然没说出话来。

林水程又问了一遍:"喂?请问你找谁?"

"……你在哪里?八点过了怎么还没来?!赶快来学校礼堂,你今天不来,以后一辈子都毁了,我不管你有没有办法,你人先过来!韩荒压低声音,"余樊已经先做报告了,马上结束!"

223

林水程那边静了一下——七处刚刚帮他联系了院系教授说明情况，不过他很快知道对方大约是校方的人，认真地说："我刚出实验室，已经在赶过来的途中，具体情况已经拜托杨老师帮忙告知，请再给我一点时间，请放心，我会尽力赶到的。"

　　韩荒松了一口气，想了半天之后，不知道说什么好，只是轻轻地说了一声："加油。"

　　他推门回去时，余樊的报告已经结束了。

　　"综上所述，我们通过纳米级扫描鉴定，认为A是赝品，B是真品。"余樊的视线扫过台下，不经意地在杨之为那边停留了一会儿。

　　杨之为双手交叠放在膝上，平静地看着他这个方向。

　　他捏了一把冷汗。

　　这场报告会会来这么多大人物，他是没有想到的，许空不在，杨申的方向是纯数学理论，对于他报告中的内容并不了解。

　　他的确是做了纳米级别的鉴定，伪造这幅画的也的确是精确到了分子以上的级别，只要做到纳米级，就能找出这两幅画的不同之处。

　　但是只有他知道，这场鉴定缺乏一个关键性的条件——真品本身纳米级的信息特征。

　　所以他为此编造了一个特征数据——即十五世纪某种特有颜料的分子结构，证明了赝品中不具备这样的分子结构，但是实际上只有他自己知道，两幅画连分子结构种类都是极其雷同的！

　　今天来的教授都是数院的，方向和原子堆砌、分子堆砌也完全不同。

　　偏偏今天撞上了杨之为！

　　杨之为的老本行就是粒子堆砌，要论专业，在场没有人能比他更精通。余樊无法知道他是否会看出这场报告的漏洞，于是只能赌一把——他认为自己有八成胜算。

　　杨之为是老狐狸，就算看出了什么，也不至于为了一个学生，当着这么多大人物的面拆他的台。杨之为和许空不同，他非常懂做人的道理，凡事留一线，从没有闹到无法收拾的场面。

学生出错尚且有理由原谅，而当面指出一个教授的数据有问题，等于直接断掉对方的学术命脉，这是不死不休的事情！

更何况，所有人心知肚明的事情就是——禾木雅本身不是专业人士，这件事其实在行政上面很好解决。

不管到底哪幅画是真品，哪幅画是赝品，只要指出一幅画，让禾木雅相信就是了！

果不其然，余樊看见杨之为并没有什么动作，他依然儒雅大方地坐在角落中，看起来没有要发言的意思。

他的报告结束了，大厅里响起一片掌声。

杨之为没有鼓掌。他看了一眼PPT，低声跟杨申说着什么。

"接下来要做报告的是……呃，这位同学有紧急情况，迟到了，暂时还没有来。"主持人非常尴尬，会场陷入了一片沉默。

这个叫林水程的学生已经没救了，他居然真的敢让这些人在这里等他！

是继续等，还是直接解散报告会？

院长沈追见机行事，直接走上台代替主持人讲话："对于今天的情况，我感到很抱歉，作为院长，我应该反思在学术培养的同时，是否忽略了对学生的品德培养，以至于发生今天这样的情况。我想有关这次的项目，余教授已经给出了完美的答案，如果大家没有异议，那么我们可以选择散会。"

所有人都看向禾木雅，等待她的意见。

禾木雅低声说了句什么，她身边的秘书前来打听了一下，然后回头告诉她："迟到的学生叫林水程。"

傅雪听到这里，脸上的笑意已经忍不住了——

她手放在桌子底下盲打，发消息告诉群内："林水程这次完了，他没来，大人物问了他的名字，这下我看连星大都保不住他了，学生会争取来的免责有什么用？他以后绝对在学术界待不下去，倩倩的仇可以报了！"

"林水程是吗？"禾木雅换了个姿势，往后靠在椅子上，平静地说，"等吧。我听听他的报告。"

所有人都愣住了，认识的人都在互相交换眼神，十分疑惑。

禾木雅是出了名的雷厉风行，没有道理在这种时候停下来等待一个陌生的、迟到的学生。

如果说是为了给林水程一个教训，那她也不必强调"我听听他的报告"这句话。

这到底是什么情况？

没有人能想明白，韩荒也没想明白，他越等越急躁，几乎忍不住要再次走出去打电话，就在这时，大厅门被推开了。

门外走进来一个高挑的陌生男人，他随手在已经没有人看管的签名簿上写下自己的名字，而后四处看了看，发现所有人都在盯着他瞧时，自我介绍了一下："肖绝，七处的，迟到了，不好意思，路上有点堵车。"

董朔夜坐在位置上，挺起身来，深吸了一口气。

干员快疯了，拼命问韩荒："七处处长？你昨天接到通知没有？？七处的人怎么会来？？？"

韩荒一脸不可思议："我没接到通知，我也不知道啊！"

七处掌握着全联盟的科研命脉，决定了未来二十年到五十年的时代发展走向，虽然不隶属于任何机构，但是其重要程度绝对不比禾木雅低。

组织人也坐不住了——眼看着事情越闹越大，连七处的人都来了，没有任何人清楚这是怎么一回事，他过去问了问。

肖绝说："哦，这个项目的一组是七处赞助的，我今天正好有空，过来看看。我们这边的人虽然来晚了，但是也没晚多少嘛，机器也懂事，本来要十天跑完的数据，这次刚好七天跑完了，这不是巧了嘛，幸好还能赶上为前辈庆生。"

傅雪在一边快坐不住了，私聊董朔夜，有点着急地问他："怎么回事，七处赞助什么机器？七处怎么会来？就算七处插手，怎么会是肖绝过来，这事有落银插手吗？你不是说这个项目现有手段无法完成吗？？"

她发了一连串的问号。

从她这边可以看到，董朔夜低头看了看消息，随后将手机屏幕一面朝下，放回了桌上。

禾木雅对肖绝微微颔首，破天荒地开口说了第二句话："那你这边的人来了吗？"

话音刚落，大厅的门被再次推开，林水程微微喘着气来到报告厅中。

他手里拿着一叠厚厚的打印资料。没有时间做PPT，他只能将所有的数据打印下来，实时投影。

所有人都能看出他是一路跑过来的，深秋的天气，他细碎的额发被汗水沾湿，有些狼狈。

林水程调整了一下呼吸，走上报告台，开口说了第一句话："感谢所有老师、领导给我这个机会并耐心等待。我经过七天的调查，选择量子分析手段，确认A是真品，B是赝品，接下来是我的比对报告。"

他的语句清晰有力，虽然因为呼吸不稳而略显急促，但是所有人都听明白了他的分析结果——和余樊的完全相反！

杨之为微微倾身，将手抬起来放在桌面上，眼里带上了微微的笑意。

大厅里一片哗然。

227

第五章

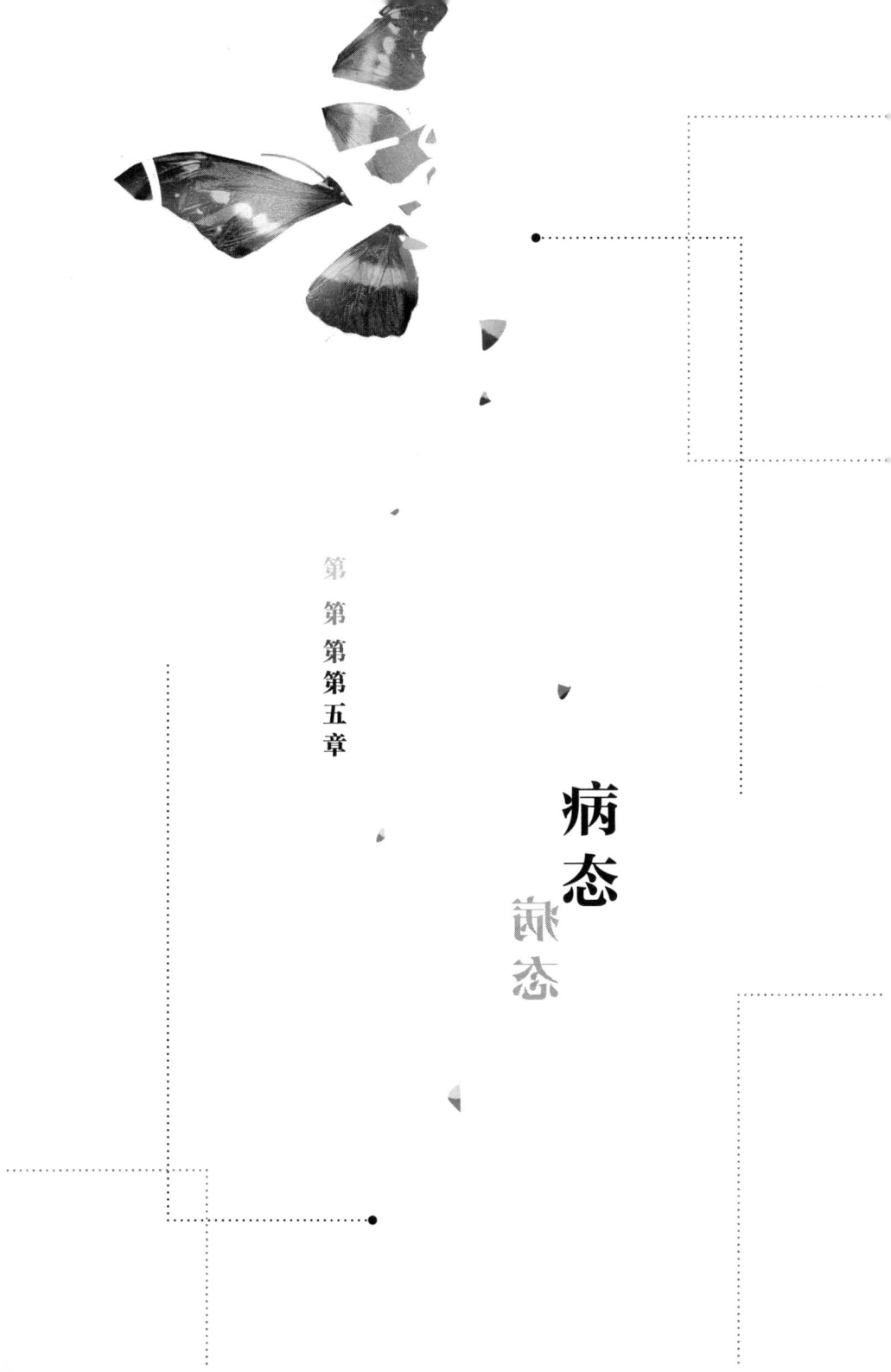

病态

29

讨论的声音太大,如同沸腾的水鼓动不息。

林水程将打印文件按次序排好,扫描投影到大屏幕上,回头调整了一下大小和清晰度。最原始的量子计算机的算法公式密密麻麻地排列下来,受扫描投影仪大小限制,只能看到这一片复杂的运算记录。

在他阐述之前,罗松教授站起来打断了他:"这是个名画鉴定项目,和你们量子分析专业完全不对口。我无法想象你如何通过量子分析手段,仅仅使用计算的方法就鉴别出这两幅名画的不同。在场的教授们不是这个方向的,这并不代表我们可以容许你一个学生在这里大放厥词——量子分析多用于大数据预测领域,你的理论工具听起来就像是用一根巧克力棒吊起了深海的鲨鱼!"

罗松的语速非常快,透着某种急迫。他凛冽地逼视着讲台上的林水程,态度强硬不容置疑。

他身边的余樊早在十分钟以前就已经瘫软坐在了椅子上,浑身冷汗,面如死灰——

他这样子,从肖绝推门进来后,说出"七处赞助项目一组"时就开始了。余樊背后有扬风纳米科技,但是他无论如何也想不到,林水程居然真的背靠七处!

七处涉及最深层的科研机密,单论可以动用的器材,就不是普通人能够想象的。

林水程去七处动用了器材,那么是否做了分子级别的对比?

一旦他们两个人的数据有任何不同,那么这个大厅中就要实时上演数据对质,到时候所有人都会知道,他余樊——数据造假!

余樊的手指有点发抖,他自嘲似的笑了笑,喃喃自语道:"没关系、没关系,他用的是量子计算机,应该没有进行小分子比对,应该没有……"

面对罗松的质疑,林水程温和地笑了笑:"老师提出的疑问,也曾经是我想要问的。

"或许不止我,院系中所有老师和学生都曾经质疑这个项目下派给量子分析系的合理性。因为不管怎么看,这都是一次拍拍脑袋就想出来的决定。不合理的时限,不对口的专业,上层对科研人员的施压,没有一个地方是合理的。"

在这时候,他微微停顿了一下,这一刹那的停顿却在更多人的心中掀起了无声的滔天巨浪,气氛如同暴风降临,凝固胶着,让所有人禁不住心一跳。

这句话针对的是谁,在座的每个人一清二楚。

林水程直到现在都没有放下对这个项目和院系领导的质疑。他现在站在这个报告台上,当着所有大人物的面说出这句话,基本等同于直接打上层的脸!

星大院系领导、星大校长、警务处,甚至禾木雅本人,全部被他这一句话带进去了。

他的态度很明确:他依然不满意院系领导给出的决定,依然记着许空在院办被气到高血压发作的仇。

这是不合理的,不应该的,他从来不会向这样的现实妥协。他眼中跃动着的光芒,亮得几乎能灼伤人的眼睛,他就是这样用最温和清雅的语调，最得体的姿态，表达他最狂傲的反抗。

"哟嗬，是个狠角儿，一句话得罪这么多人。"董朔夜身边的记录员小声吐槽，说不出是震惊还是赞叹，更多的居然流露一阵佩服，"他是真的不在乎自己以后的前途！"

靠墙边站着的韩荒也是脸色铁青，满手冷汗。

干员低声说："这下真的完了……主席，没办法收场了。"

董朔夜没说话，换了个姿势往后靠在椅背上，目光沉沉地盯着台上的人。

林水程一路赶过来，甚至还穿着实验室里的白大褂。

他很漂亮，这种漂亮不来自他精致好看的容颜，挺拔瘦削的身姿和眼尾那颗鲜活生动的红色泪痣，而是来自仿佛连灵魂都燃烧起来的狂热与坚定。

这样的人是没有人能够左右的。穷极董朔夜二十多年所见，林水程也是少有的如此有棱角的人。

"至刚易折，不是好兆头。"董朔夜低声说。

禾木雅坐在后方，没什么表情，依然静静地端坐着。

林水程停顿了一会后，随后笑了笑，说："然而等我自己进行研究之后，最终却发现，量子分析恰恰是最适合这个项目的分析手段，这足以证明各位领导的先见之明，也让我在迷茫之中找到了方向。具体情况，请各位老师耐心等待，我们先来看一看目前已知的所有探测结果。"

韩荒松了一口气。

随着他这句话说出来，大厅里的气氛稍稍活络了一点。

董朔夜出声打断了他："这里可以不用介绍了，余樊教授刚刚已经将前期的鉴别工作说过一次了，抓紧时间。"

林水程的视线在董朔夜那里顿了顿，他依然平静淡然地说："我明白，但是我依然要强调其中一种鉴别手段，那就是旧荷兰分部提供的笔触层析算法。以前，笔触分析法的原理仅限于使用 AI 识别技术，分析每个画家的独有笔触，将其个人特征进行数据化。近年来，神经网络在逻辑链条上的发展使这种算法往上走了一个阶层——即是分析每一个笔触背后的组合逻辑。"

林水程拿起记号笔，转身往白板上写写画画。

画完后，他转身，让所有人清楚看见了，他画的是两个笑脸——最普通的那种，一个圆里三条曲线。

林水程继续说："我相信在场的所有人都有过小时候涂画笑脸的经历，一张笑脸，一个闭合的圆，三条弧线。无论谁来画，无论他本人具有何种习惯，无论他从何处开始落笔，一共四笔，所以我们可以发现这是一个排列组合问题，一个笑脸所包含的笔画，有十二种固定的落笔方式。

"而当我们将作者的习惯数字化，例如他习惯如何落笔，是先有色彩后有轮廓，还是先有轮廓再进行上色，这是神经网络和数字心理学的领域，我们可以从中推断出一幅画的逻辑。"

"等一下，我大概明白了你的意思。"罗松继续说，"你是想利用量子计算机分析所有的逻辑笔画，比对两幅画之间的作画逻辑是吗？但是这一切的前提是，他们具有层析逻辑分析的基本条件：在可观测的尺度上拥有不同的画法，通俗一点来说就是，至少你能看出它们在上色、层次、色彩上的差异。这种方法我们已经试过了，两幅画在层次结构上具有完全一样的特性。"

罗松的眼里带上了一点胜利者的笑意，然而紧跟着，他就笑不出来了。

林水程礼貌地冲他点了点头："感谢老师的提议，这也正是我接下来要说的。在 AI 可识别的尺度上，两幅画因为具有完全一样的层次结构,所以也具有完全一样的作画逻辑,因此我将比对降低到了微观尺度,也就是——分子和原子尺度的比对。"

余樊脸色发白,那一瞬间他摇摇晃晃地甚至有些坐不住,几次想要站起来冲出这个礼堂,但是理智和最后的面子把他压在了座椅上,他无法移动半分。

林水程换了一张打印文件,投影屏上出现了黑白的扫描分子排列结构。

"这是我所取样的圆珠笔尖大小的横截面取样分子扫描结构,这是比对图。"

余樊听到这里,知道不能再让这场报告进行下去了。他站起来,再次打断了林水程的报告:"那你根本没有玩出什么花样来,你和我一样进行了分子层面的比对,只不过可能哪一方的仪器出了问题,导致了你和我之间不同的结果……"

"不对,老师。"林水程说,"你说得不对。分子级的比对是不可能做出结果的,因为我反复做过了,这两幅画作的相似尺度就是纳米——也就是分子级别的,它们在分子尺度上依然表现出雷同的特性。"

大厅中瞬间鸦雀无声。

林水程扫视台下人一眼,下边的人神态各异。

他错过了余樊的报告,不清楚这种异常情况的来源是哪里,只是继续说:"大家可以比对一下,我将两张分子排列图进行了重叠,重合率在98%以上,并且其中没有标志性的分子结构可以让我们区分出十五世纪的画作和新制作出的赝品。"

一片沉默。

所有人都清楚他这句话意味着什么。

"那么你的结果和余樊教授的结果是相反的。"杨申插了一句话,点出了这一点,"刚刚余樊教授说,他在分子结构中发现了变形的小分子蛋白质结构，识别过后认为是油画颜料中加入的蛋彩（Egg Tempera）分解所导致的，而这个结构是另一幅画中所没有的。不知道你或者余樊教授是否可以解释一下？"

余樊骑虎难下，一口咬定："是这样不错，颜料成分检测时，我的确在两幅画中都发现了蛋彩成分，但是 A 中的蛋白质结构是完整稳定的新结构，另一幅画已经出现了分解现象。只有十五世纪的油画才会出现这种分解情况，我正是因此判定 B 是真品。如果你所检测的结果和我的不同，那么就是机器出了问题。"

傅雪这时候也急眼了："我们的器材不可能出现问题！"

"是啊。"杨申在旁边慢悠悠补了一句，"从来都只听说过成像不清晰，扫描不完整的情况，就算器材出再大的问题，怎么可能无中生有呢？对于蛋彩小分子的结构，我持怀疑态度。如果可以，我希望看一看两边的分子级别扫描的比对结果。"

林水程说："明白。事实上，蛋彩结构我也发现了，但是我这边的检测结果显示，两边的蛋彩结构依然雷同，并没有出现余樊教授所说的情况。"

他迅速翻找了一下文件，抽出了几张后，用记号笔圈出图画中的分子结构："就是这里了，两边呈现高度相似性，并且都是近似分解状态的小分子蛋白，两幅画的蛋彩特性是一致的。"

两边的数据出现了明显的问题，双方一时间僵持不下。

余樊的冷汗已经浸透了全身。

七处处长肖绝站起来："这样，小林情况紧急，资料是打印下来的，我现在让人从七处把扫描原文件传过来，很快。余樊教授那边也请把原文件传一下，耽误大家一些时间，小林你也少安毋躁。大家应该都没有意见吧？"

林水程点了点头。

就在这个时候,他才发现坐在肖绝后边角落里的杨之为。

杨之为并未看向他,依然在和杨申小声讨论着什么。

林水程怔了一下。

他从实验室出来时联系的是杨申教授,让她帮忙拖延时间,完全没想到这个时候,到场的还会有他的老师。

傅雪立刻打电话安排——事到如今,这已经不是他们群里的打赌或者针对林水程的问题,而是真真正正地被余樊反咬了一口器材问题!

他们扬风科技做的是新兴的科技设备产业,刚刚在星城站稳脚跟,绝对不能在禾木雅和七处面前出现这种问题!

八分钟后,七处的资料传了过来,电脑上呈现出来两次横截面扫描的比对结果。

林水程将其手动放大,定格到两边的小分子蛋白结构上。所有人看得清清楚楚,两边具有高度相似的小分子结构。

另一边,傅雪也拿到了余樊进行扫描的原始数据——不知道是否巧合,余樊的幻灯片中并没有给出详细的比对图。

现在扬风科技的扫描图也传了过来,傅雪将图放大寻找了一下,两边比对,结果一目了然。

并没有什么明显的区别,两幅画在分子级别依然是雷同的,林水程是正确的!

余樊数据造假!

"余老师是否需要解释一下?"杨申好整以暇地看着他。

余樊面色惨白,嘴唇抖得一句话都说不出来。

连罗松、沈追这些人都沉默了。

"不……不可能,你不可能证明出来。"余樊猛地抬眼看向林水程,声音有些颤抖,他颇有破罐子破摔的意思,"你不可能证明出来,就算你再往下做分析,做到原子级别的鉴别比对,那又有什么用呢?

237

你根本没有原子尺度的真品信息！这是一个无解的问题！"

"我可以，余老师。"林水程微微颔首，"分子级别的比对之后，我接着做了原子级别的比对。诚然我没有真品在原子尺度的信息，但是我依然可以做出判断。这就要回到我一开始提到的，四笔画一个笑脸的问题。"

林水程转身在黑板上的笑脸上面，重新画了两座房子。

"犯罪团伙使用了原子堆砌进行完全的复制，就像找来了完全相同的积木，堆出一座一模一样的房子。

"在目前已知的尺度上，我们无法做出任何判断，无法找出任何可以被利用的细节。但是它们背后的人不是——因为我们已经找到了一把钥匙，这把钥匙不在真品上，而是在赝品上。"

林水程停顿了一下，而后说："原子堆砌，普遍意义上认为，这是利用原子探针把目标原子像砌砖一样一块一块地堆起来的技术。但其实其中涉及多种复杂的催化反应，整个反应过程需要在黑箱中同时进行，所有的催化、合成反应，必须通过数字反应并控制。因为尺度精确到原子级别，这样的反应可以做到完全去误差，也就是完全转化为数字与反应方程式的过程。

"犯罪团伙一定熟悉整个反应，并且通过计算机进行了严格精密的比对计算。对方拿到了积木，堆出了这座房子，然而他们搭建所使用的砖瓦越多，我们就越能判断，他们使用了怎样的黏合剂——也就是反应催化剂，他们搭建的顺序是怎样的。他们的搭建顺序，是有序的。

"目前已知的最常用的催化反应已经固定，这种固定不可打破，原子与原子间的黏合催化，就和人们普遍使用水泥砌砖头一样无法打破。一座积木房子，一个人习惯从地基开始搭建，另一个人习惯从左到右搭建，这就是差别。通过扫描出来的几种原子类型，我们可以逆推对方为了达成这样的堆砌效果，会如何去组合这样的反应，如何设计分布不同的原子——也就是，穷举。"

这两个字说出来的时候，在场众人微微一震。

在场人都理解了他当初所说的"量子计算手段"是什么意思。

通过穷举，找到仿制品应该拥有的独一无二的堆砌手法，再将两幅画进行比对。

犯罪集团将赝品做到了原子级别，自信这个尺度下缺乏信息比对，没有人能够识别出真画。

可他们却没想到，暴露自己的恰恰是精细入微的原子排列技术本身！

"只要有一种穷举结果对应上真实的扫描图像，那么它就是赝品。因为十五世纪的画，不可能完美呈现出原子催化堆砌后的排列情况，这就是它们的差异中所具有的那个有价值的比对信息，也是我们在原子尺度上缺失的那个条件。"

这也是"耳朵稍微大一点的是哥哥还是弟弟"，这个关键的逻辑。

林水程快速地翻动着手里的打印文件，随后淡淡地说："事实上，涉及的反应越复杂，越有利于缩小穷举范围。量子计算机十五秒就把结果跑出来了，我录入了A和B的横截面原子信息，量子计算机显示结果，A的原子排列是现有技术无法达到的。而B的排列方式，具有唯一一种可行的人工原子堆砌方式，反应式和催化反应都是完全确定的。为了确保结果的准确性，我反复运算了七次，每次都显示一样的结果。所以我有理由认为，这就是最终的结果。"

那一系列的反应报告密密麻麻地用掉了五十页纸。

林水程放下手中的材料，低声说："我的报告到这里为止，我为我今天的迟到表示抱歉，并愿意为此承担一切责任。谢谢各位老师与领导，也感谢杨之为老师、许空老师在鉴定过程中给予我的意见和帮助。"

在长久的沉默之后，杨之为首先站起来鼓掌，其他人也纷纷起立鼓掌，热烈的掌声如同海浪，层层叠叠爆发、冲击开来，让人头晕目眩。

这是真正精彩绝伦、无懈可击的报告。

林水程这次鉴定报告中直接涉及了原子堆砌、AI神经网络算法、量子计算等专业领域，已经不用人说有多难，单单他在报告中展现的部分，已经能够让人窥见他努力之下的巨大冰山。

杨之为低声说："量子计算机穷举十五秒，听起来很简单，但是他自己要手动录入现阶段科技水平下所有的催化反应和原子信息，打错一个数字都要全部重来，这是海量的录入筛选和资料侦查。"

杨申说："他已经是个非常优秀的量子分析师了。化学他倒是也没忘。"

禾木雅也起身鼓掌，只有余樊面色灰败地瘫软在椅子上，久久无法站起来。

经久不息的掌声中，林水程用手支撑着桌面，借此努力让自己不要倒下去——连续七天的加班加点，做梦都是两幅画的鉴定比对，已经严重摧毁了他的精神。

他在七处的最后三天，总共睡眠时间不超过三个小时，全部是直接趴着睡在量子计算机前。

穷举是唯一可行的路，尽管他一次又一次地从噩梦中惊醒，从目眩神迷中睁大带着血丝的眼睛，看见量子计算机一次一次跑出错误结果，自己一个字一个字地寻找、核对一个正负号上可能出现的错误，他依然相信量子计算机可以帮他还原出当时的场景。

人类的行为可以被测算，人类的习惯可以化作数字，即使作弊到微观级别，依然能够留下蛛丝马迹。世间没有任何意外产生，正如同不会有两幅一模一样的画，没有他找不到的解。

在潮水般涌来的眩晕中，林水程又看到了那只巨大的蝴蝶，它从镜子的迷宫前翩然掠过，而他追在后面，成为双刃为足、双刀作翼的法师。他听见一个声音告诉他一句话，他忘了在哪里听过，也忘了那是谁说的，声音和诡谲的童谣一起响起，拉扯着他眼前的世界。

"小小蝴蝶小小花，快快乐乐来玩耍；一个开在春风里，一个飞在阳光下。两个朋友在一起，两个名字不分家……好听吗？

"小林啊，更多时候，蝴蝶就是蝴蝶，会飞的那种，不是每一只蝴蝶都会引起风暴。"

他心里说，可是这个世界上并没有意外。

幻觉中的自己跟着蝴蝶一起坠落，那巨大的、青色的刀刃闪着寒冷的光芒。蝴蝶的翅膀光滑无比，他在倒影中看见了林望的影子，林望笑着摸了摸他的头，林等挥舞着木刀神气地叫他哥哥。车祸时的漫天火光，他看见了码头昏黄带血的落日，看见他从小到大曾经失去过的一切。

他想，这怎么可以？

他要找的就是那只蝴蝶，无论找多久，无论它飞到哪里，他都要把它找出来。

然后杀死它。

刀刃挥出，蝴蝶一分为二，溅了他满脸的血迹。

蝴蝶坠落，他跟着坠落下去，在风里直直地坠落下去，失重感袭来，林水程死命抓住演讲台的一角，但是紧跟着，他感觉自己快要无法控制地散开了。

崩散，毁灭，就像飞出去的一堆原子，在黑暗的宇宙中飘浮。

韩荒首先发现不对劲："林水程！林水程的脸色不对！来人，快来人扶着他！"

韩荒一个箭步冲上去，扶住摇摇欲坠的林水程，只能听见眼前人梦话一样的呓语："救救我……"

241

30

林水程只是趔趄了一下，韩荒扶住他后，他很快站稳了，垂下眼帘说："我没事，谢谢你。"

其他人看到这边的动静，也都站了起来，杨之为跑得最快，上手就架着林水程一条胳膊，招呼韩荒往外抬："同学，帮我带他去你们学校医务室，他这个情况是过劳和低血糖。"

学生会干员也赶紧接了一杯温水过来，让林水程喝。林水程喝了几口之后直接反胃呛住了，有些痛苦地往下蹲，但是被杨之为拉住了："别蹲，站着，站一会儿。"

韩荒当机立断，蹲下来说："扶他到我背上来，我直接背他过去，我开车送他！"

他背着林水程一路狂奔。

星大加强了安防排查，所有人的车都没能开进来，但是他的小电瓶车却在这个时候发挥了关键作用，一堆人都跳上了电瓶车后座。韩荒在前面开车，干员在后面谨慎地扶着林水程，偷偷打量了一下车上的人：杨之为，杨申，七处处长肖绝，院长沈追，还有一个禾木雅身边的保镖，以及最后跟着爬上来的警务处一科副科长董朔夜。

真是个豪华阵容啊！

干员瑟瑟发抖，一路扶着林水程不敢说话。杨申随身带了薄荷糖，先给林水程含着了。到了校医院医生一检查，林水程这是过劳和疲惫引起的低血糖，需要卧床休息，最重要的是睡一觉。

校医院开了两粒护肝药，之后给林水程挂生理盐水和营养液，叮嘱林水程好好睡一觉。

林水程被安置在病房里，面色疲惫，精神也摇摇欲坠。

杨之为进来看他，低声说："小林。"

林水程也叫他："老师。"

"你完成了报告，我看到了，很漂亮。你好好休息，剩下的事情就不用你操心了。大人的事情有大人做，你们小孩子不要掺和。"杨之为说，"我还得赶行程，过来看你一眼，先走了。"

林水程点了点头。

即使他已经研一了，杨之为仍然保留着叫他"孩子"的习惯。

他知道杨之为指的是院系里的那些事。

事实上，无论今天站上去的是他还是其他人，杨之为都会过来，因为这涉及他们学派之间的对峙与较量，旧欧洲分部和旧北美分部学派不同。许空生病休养，他们都不可能放任自己的学生上去孤军奋战。

杨申也过来关照了一下林水程的情况，禾木雅的保镖过来给他塞了一张名片，告诉他："禾女士请您有时间过去做客，当然是等您身体休养好之后，她有些事要和您谈一谈。"

林水程又点了点头。

董朔夜停在门口，他和肖绝认识，但是不熟，彼此打了个招呼后，都进病房看望了一下林水程。

肖绝今早上过来纯属巧合，傅落银今天出任务离开了，正好肖绝这边刚结束一个议题。他知道林水程就是傅落银前几天报的项目的负责人，考虑到七处参与的情况，直接带着林水程赶来了星大。

林水程给他道谢，肖绝笑着摆了摆手："多亏你，七处今年又多一笔绩效，这也得感谢警务处让贤押宝，让我们捡了个漏子。"

董朔夜笑着说："那还是肖处长慧眼独具。"

"哎，不是我，是小傅眼光好。"肖绝笑眯眯的，"今天要说倒霉，那位余教授是真的倒霉，我看之后他是混不下去了。我就过来看一下

243

情况，回头见，林同学记得好好休息。"

林水程"嗯"了一声。

董朔夜留了下来，送走肖绝后，转身看向林水程。

林水程抬起眼看他，目光平静透彻，还带着一点疑惑。

他已经不记得眼前这个人了。

董朔夜看出他的茫然，顿了顿，说："你还记得我吗？我们见过，在星大酒店一楼。"

林水程努力回想，也没想起来——那已经是一个多月前的事情了，他每天走在路上能有五六个人来搭讪，名片卡也能收一大堆，实在没工夫记这么多。

见他依然没想起来，董朔夜有点尴尬，于是自我介绍道："警务处的。"

"您好，有什么事情吗？"林水程说。

他对陌生人总是透出一种礼貌而疏离的情绪，并且这种情绪似乎是有意释放的——他面对本科导师时，眼中满是信服与感激，对于同院系的杨申也是礼貌尊重。

肖绝送他过来，七处帮了他大忙，林水程态度也不错。

然而到了警务处这里，他眼里就浮现了一种冷冰冰的淡漠。不加掩饰，很明显，这是一种锋利的、无声的反抗，林水程知道这个任务是从哪里派下来的。

这种学生气的态度是不加矫饰的，尽管林水程涵养很好，没有直接表现出来。就像他在台上首先说的一句话，矛头锋利，直指学院上层，随后又抖了个小机灵将话圆了回来，但是在场众人莫不汗颜，因为所有人都清楚林水程真正的意思是什么。

"没什么事，只是过来跟你说一句。"董朔夜低头掏出打火机，刚点上火就想到这是在病房中，于是又"咔嗒"一声把打火机熄灭了。

"今天过后，余樊不可能在你们数院待下去了，院长和副院长大约都要被问责，再往上，也就是我在的这一级，也一样会被问责。"董朔夜提起这件事时，仿佛不是在说自己，而是在谈及和自己不相关的人，"停职查看三个月以上。禾木雅加上最近七处议题，要整治学术界了，我撞在了这个刀口上。"

林水程似乎对他说的这些不感兴趣，轻轻地说："那么，抱歉了。"

"你很优秀，也很有性格，难怪负二这么看重你。"董朔夜低声说，"你认识一个叫夏燃的人吗？"

林水程怔了怔，摇头说："不认识。"

"你以后会认识他的。"董朔夜微微颔首，将嘴里那句话咽了下去。

你们很像。

更准确地来说，林水程像曾经的夏燃，那种鲜活热烈、执着专注的眼神，再也无法复刻。

那一双眼睛亮起来的时候，别人就会知道，他的世界里只有一个人。

林水程偏执、耀眼、热烈、敢爱敢恨，这一切都是傅落银所欣赏的。

董朔夜说："好好休息吧。下次有缘再见了。"

林水程仍然不咸不淡地说："谢谢。"

门这才彻底被关上了。

林水程依稀知道这次开车送自己过来的是一个叫韩荒的学生会成员，应该是干部或者部长级别的，但是他没看到韩荒。

林水程等了一会儿，没有等到人来。他还欠对方一句道谢，但是巨大的疲惫和虚脱已经压了上来，房中安静下来不到三秒，他握着手机陷入了沉睡。

林水程认床，兴许校医院的床太硬，或者心里依稀记挂着什么事情，他在梦里浑浑噩噩，梦里尽是虚无的幻影，脑子里和胸口都仿佛

245

被塞入了膨胀的海绵，没有任何余地留给他思考。

他只感受到无尽的疲惫。

醒了睡，睡了醒，他在朦胧中记住了时间，最短的一次他睡过去八分钟，很快又惊醒了过来。

他手边挂着输液针，手背冰凉一片，校医院的单人隔间关了灯，外边夜幕缓慢升起。

这是一个寂静的夜晚。

林等与他，又或者是逝去的另外两个人与他，也是这样躺在黑暗中无尽轮回吗？

林水程觉得手背疼得厉害，伸手想要去拔掉针头，手机却亮了。

他盯了一会儿那个没有备注的号码，片刻后，摁了挂断。

挂断之后，电话立刻再次打过来，与此同时还有一条短信："接电话。"命令式的口吻。

林水程本来想再次摁挂断，但是手发着抖没能摁下去，反而点击了接通。

手机贴得很近，和他一起被裹在幽暗闷热的被子里。

林水程怔了怔，对面已经开始说话了。

傅落银的声音极低，林水程认识的人里，再没有人天生声线低成他这个样子的。傅落银稍微严厉不带一点情绪时，声音就显得凶，而他温柔轻声说话时，总像是一个习惯了严肃的人在别扭地哄小朋友。

这样的声音其实很好听。

傅落银问他："你感觉怎么样？不是叫你睡吗？我刚到信号区，肖处长跟我说了你的情况，我一会儿赶过去接你回去，等我大概……"他大约在那边看了看时间，"两个小时。"

林水程本来没有出声，听了他这句话，轻轻转头，把脸埋进了枕头里，声音也跟着闷了起来："两个小时，我都能自己回家了。"

傅落银在那边笑:"别生气,你先睡,养养精神。我这里出任务呢。"

林水程不说话,傅落银于是又说:"你别看我今天没来,但是你干了什么事,我都知道。我们小林同学忙了那么长时间,完成的报告一定是最优秀的。你知道肖处长跟我说什么吗?他要我一定把你套牢了,最好让你一毕业就进七处,千万别被其他人抢走了。"

林水程喃喃说:"我也没要你这么夸我。"

"哦,那是我夸错了,我应该夸你思路想得好。"傅落银在另一边继续笑,笑声依然沉静温柔,仿佛能够催眠,"所以,我跟你讲的画房子的办法,到底还是有一点用,是不是?"

林水程没吭声。

"我看你当初想问题那个劲儿,就在想,如果你这样了都完不成,那么就没人能完成。"傅落银说,"这次是时间赶,我知道,所以我不说你不爱惜身体。结果做出来了,你找到那个方法了,那就是值得的。之前的事,之后的事,都不是现在的事,你知道现在的事应该是什么吗?"

林水程又沉默了一会儿,继续喃喃:"等你过来接我。"

傅落银在另一边直接笑出了声。

傅落银说:"是乖乖睡觉,我去接你是之后的事。"

"睡不着。"林水程说,"脑子里想事情,停不下来。"

傅落银大概能猜出他是什么状态——身体已经透支,极度疲惫了,但是精神依然处于高度紧绷状态。

傅落银以前在第八区时经常经历这种状态,知道除了药物,没什么特别有效的办法,最好的只有转移注意力。

他低声说:"那把电话开着,我跟你说说话?你听着,不用回答,睡不着就听我给你讲故事。"

林水程设置了免提,把音量调到合适的程度,然后把手机放在了枕边。他用被子把自己裹住,浑身慢慢暖和了起来,只有挂着输液针的手背依然冰凉发疼。

傅落银真的跟他讲了起来。

他那边有风声,有些嘈杂,但是林水程分辨不出来那是什么。傅落银的声音也时远时近,时而清楚时而模糊,信号断断续续,林水程不知道他在哪里。

傅落银很明显不太会讲故事。他本来就不是话特别多的人,说来说去也只是车轱辘废话,或者鸡毛蒜皮的平淡小事。

他先说小奶牛,说这只猫快八斤了,林水程这几天不在家,小奶牛想他想得终日郁郁寡欢。然后他讲今天发生的事,他知道林水程迟到了,知道林水程急得穿着白大褂就出了门;那时候他在另一边执行危险任务——带人去未开发区,抢救一辆翻下山谷的装载车。

那辆装载车是由机器人控制的,但是车厢里还有四个科研人员,他们运送的是一种超级细菌的样本。他们会遇险是因为遇到了一场突如其来的山体滑坡,被埋在里边三个小时了,生死未卜。

没人敢去救援,所有人都知道样本在重大事故中可能会流出,不仅那四名科研人员,连救援人员进去了都可能被感染。做这种事情就是跟阴曹地府签一次生死状。

傅落银是老总,也当过兵,亲自穿了防护服空降过去搜救,一个人深入核心区域救援,带着搜救设备跑了一整天。

一名科研人员被侧翻挤压,没能活过来,剩下的人却得救了——样本好好的没有流出,算是不幸中的万幸。

很惊险的事情,他说出来就变得平平淡淡。他还问林水程:"回来路上遇到一只沙漠兔子,我抓回来给你看看?"

另一边没有动静,林水程已经睡着了。

傅落银的声音成了某种白噪音,让林水程在陌生而寂寥的环境中找到了一丝安定。

傅落银知道他睡着了,声音放得很轻,仍然继续说着。

中途他在山区出口被拦下来,警卫员跑过来,看清了是他后说:"傅总,天气预报显示前边有降雨,可能再次山体滑坡!别往前开了,危险!"

傅落银说:"救出来的人和你们的医疗人员都别出去,等通知。我的车体是加固的,没事,我出去一趟。"

"侧翻的那辆车也是加固过的!"警卫员提醒说。

傅落银看了看天气预报,又看了看时间,思索了一下,随后说:"没关系,我的朋友生病了,我出去看看他。"

林水程再次醒过来的时候,是因为在梦里发现手机没有声音了。

他在梦里似乎听见了有关"山体滑坡""暴雨"的信息,一下子就清醒了过来。

"傅……傅落银。"他忽然清醒了,轻轻对着手机叫傅落银的名字。

这个名字叫出来是如此陌生。

过了一会儿,傅落银的声音才传过来:"嗯,醒了?"

"我快到了啊,别急。"傅落银声音有点哑了,"刚讲了太多话,我就不说话了。"

林水程垂下眼帘,重新握住发烫的手机。

他轻轻说了声:"好。"

他拔了输液针头,从床上坐起来,头昏脑涨地给自己披好外套,然后开了灯,就坐在床边看手机。

他的精力稍稍恢复了一点,于是他把这几天没来得及处理的信息处理了。

好友请求他一一添加,短信一一回复。

249

屏幕光刺眼，他看一会儿就要停下来休息一会儿。

片刻后，房门被打开了，傅落银走了进来。

他一眼看见了被丢到地上的输液针——以及还有大半袋没挂完的营养液，皱起眉："怎么自己拔输液针？"

林水程小声说："那个药黏黏的，我不想它打进血管里。"

傅落银哭笑不得："一会儿可没吃的给你垫肚子补充能量，车上只有压缩饼干和矿泉水，那些不好吃，我带你出去吃点东西？"

林水程摇头。

他很疲惫，依然想回家睡觉。

傅落银于是也没有勉强，带着林水程上了车，而后平稳地往家里开去。

林水程坐在副驾驶座，乖得不行。

傅落银开了暖气，热风吹得林水程的碎发微微凌乱，林水程很安静地抱着一块砖头似的压缩饼干，一口一口地吃。

他吃几口，喝一口水。

傅落银对压缩饼干这种东西深恶痛绝，看他吃得这么香，差点没忍住也想吃一包，可惜自己在开车。

他就看着林水程慢条斯理地啃完了两包压缩饼干。

到家之后，林水程洗漱后躺下，闭上了眼睛。在熟悉的环境中，他这才彻底进入深眠。

31

林水程从没觉得自己这么嗜睡过。他凌晨跟着傅落银回家，第二天睡到了早晨九点，依然觉得累。

他是被小奶牛踩醒的，这只猫还是挨不过思念之苦。被子裹得严实，它钻不进来，只能气呼呼地在床上打转儿，小心翼翼地想要钻进去。

林水程动了动，伸手掀开被子一角。

小奶牛立刻抓住这个机会，毛茸茸地贴在了他身边，又喵喵叫了两声。林水程睡眼惺忪，摸了摸小奶牛的毛，也没有要起床的意思，只是闭着眼睛又要睡。

"你饿不饿，起来吃点东西再睡？"傅落银听见动静，进来问他。

今天是周六，林水程闻言睁眼，想了想没说话，又闭上了眼睛。

他懒得起身吃饭，宁愿自己饿着。

傅落银还在坚持："我给你点个外卖？鸡蛋牛奶吃了好睡觉。"

林水程嗯了一声。

他们这处住房一层就是生活区，每天的新鲜蔬果都是家政直接送上来分配给各家，当然这里也有便捷熟食区，方便上班赶时间的住户。

傅落银找了半天业主群，终于在几十个业主群里找到了这边的房号，让楼下生活区的人送早餐过来。

他给林水程点了个鸡蛋芝士包、牛奶和麦片巧克力。他自己也吃一样的，只不过把牛奶换成了咖啡。

林水程非常颓废松散地在床上吃掉了早餐。

林水程把送过来的肉松挑了一点给小奶牛吃，随后继续躺下去睡觉。

再次醒来的时候，傅落银已经不见了，外边的天色灰蒙蒙的，不知道是什么时候了。

林水程看了看时间，他九点多吃了个饭，随后又直接睡到了下午两点。

这次他觉得精神恢复了，于是去洗了个澡，出来后给小奶牛添了猫粮，这才发现小奶牛又被喂过了。

小奶牛的食盆底下压了一张字条，林水程打开来看了看，是傅落银的字迹："我加班去了，你记得吃饭。"

傅落银的字歪歪扭扭的，看起来还是初高中生的那种字体，不太好看。看来他被罚抄时练的那几个字，到底也没什么效果。

林水程把字条收起来，收拾厨余垃圾的时候，顺手一起丢掉了。

他坐在沙发上看消息。

这几天他的私人消息已经被堆到了省略号那么多，群消息他一律没有看，昨天刚刚加上了一些人，他也没有仔细看。

正好一个新窗口跳出来，问他："身体恢复了吗？"

林水程看了看对方的昵称，直直白白的就是真名和职位——星大学生会主席韩荒。

他估计对方就是送自己去医务室的那个学生会成员，打字过去发了一段文字："好了，谢谢你。"

对方几乎秒回："好了就好，昨天我看你在睡觉，不知道你起来会不会饿，出去给你买吃的，回来的时候就发现你走了。"

林水程："不好意思，不知道你在那里等，我提前回去了。医药费用大概多少？我转给你。我听院长说学生会为我发声了，十分感谢你们的帮助。"

韩荒："我也没帮什么忙，医药费是杨之为教授垫付的。你真要谢我，有空请我吃个饭吧哈哈哈。"

林水程想了想说："好，你什么时候有时间？"

韩荒："我都行，看你的时间了。身体刚好，你一定要注意休养，这些事情都是次要的。"

林水程就没有再回复。

他记得禾木雅的保镖给过他一张名片，叮嘱他身体好之后打这个电话。

林水程拨了过去，对方接电话的显然是个助理秘书之类的人员，问了他有空之后就说："那么小林先生您稍等一下，一会儿有专车过去接您,您看这样可以吗?"

林水程说:"可以的,麻烦你们了。"

他放下手机,看见客厅多了一堆猫咪玩具——他不记得买过这些东西,显然傅落银在他去七处的那几天里回来过,还买过许多东西哄小奶牛开心。

他盘腿坐下,拿了根逗猫棒和小奶牛玩。

距离他完成报告,已经过了一天半。

论坛里没有任何人得到准确的消息,许多人盼望着投票结果公布定输赢,但是却迟迟没有人打听到那场报告的结果。

没有人能想到居然是这个走向,不少人到处打听:"怎么回事啊?警务处那个矿泉水项目到底结了没有?"

还有一部分投票给了"都做不出来这个项目"的人沾沾自喜地说:"看来这局走空了,就说了,现有技术无法完成的项目怎么可能有人七天内就完成?"

然而就在第二天中午,星大校方发出了一条公告,引起了一片惊涛骇浪。

公告内容:关于数院教授余樊学术造假的调查启动项。

值得玩味的是这条公告内容语焉不详,对于引起调查的原因只字不提,只说"经调查,余樊在警务处项目中伪造数据,被停职查看,后续处理结果校方会进行跟踪公布"。

论坛里炸锅了:"怎么回事?这个意思是余教授在项目当中学术造假被发现了?有没有人知道具体情况能说一下?"

这个时候学生会的人才姗姗来迟,韩荒用主席ID发布了公告:"项目已经顺利完成,请勿继续发散,相信学校处理结果。[爱心][玫瑰][爱心]。"

底下迅速有人看出了一点端倪:"看我发现了什么!项目已经顺

利完成，但是余樊被停职调查了，一共就两组，也就是说顺利完成的是林水程？"

韩荒没有否认，而是默默地点了个赞，算是坐实了这个说法。

底下又是一片呼声："林水程真牛！下周我一定得去数院拜拜他！"

还有少数画风不太对的评论："主席这么激动干什么？知道的是公告通知，不知道的以为主席变成狂热的粉丝了。"

韩荒整栋楼都没有回复，唯独回复了这一条："你管得着？"

那一层的是一个学生会干员，两个人显然相熟，所以会这样不太留情面地吐槽打闹。然而这栋楼迅速又歪了，另一个干员跳出来发言："我做证，我在现场，不是玩梗，我那天真的在，主席看林水程的眼神都不足以用'粉丝'来形容了，我只恨没能拍下来给你们看！"

学生论坛的嬉笑打闹，背后蕴藏的风暴，却只有少数人能看出来。

星大学生会主席并不是一个虚名，所涉及的也远远不止学生方面。作为全联盟最高学府的学生代表，星大学生会副主席以上职位都是有实际职称的，级别可能会比某些分部的副教授还高！

在这个位置上坐下来的人，毕业后是肉眼可见的顺风顺水，未来也会跻身行政阶层。

韩荒家是旧中东分部首富，家里最不缺的就是钱，不过他这个位置，却是自己实打实地争上来的。

他的原生家庭给了他足够的自由度，也让他在任性妄为中培养出了敏锐的嗅觉。

就比如这次名画鉴定的事，他作为学生会主席直接看到了余樊的翻车现场，更目睹了禾木雅的现身。

学院没有对此进行任何通知，学生会更没有接到任何与这件事相关的命令，一向不避讳宣扬学生优秀的星大，这一次却显得异常沉默低调。

他没有在帖子里直接提林水程的名字,就好比草原上嗅到风吹草动的狼群,知道应该会有什么事情要发生了。

而这件事对于林水程来说是吉是凶,他不知道。

星大发布调查余樊学术造假公告的同时,后续也有几则新闻出来了。

时间定格在昨天,董朔夜手中鼠标迅速下滑,按照页面逐个滑过去,视线扫过接下来的几个标题。

《杨之为现身联盟星城大学》。

《七处科研所提交最新议案,七处处长肖绝:未来会继续推行研发人体工具,外骨骼只是冰山一角》。

《著名收藏家设立生物科学基金会》。

最后是他自己的公务系统,右上角弹出一条新消息:您的权限已被冻结,您正在被停职调查中。

除此之外,只有记录员发过来的昨天的报告录音。

董朔夜关闭了这个页面,揉了揉眼睛,随手打开微信群,发了一个金额一万元的专属红包。

"@苏瑜:你赢了。"

群里立刻炸开了锅:"这怎么可能?!"

董朔夜:"事实就是这样,林水程很优秀,报告我听了,无懈可击。"

他一句"无懈可击",群内所有人安静了下来。

苏瑜应该在打游戏,过了一会儿才冒出来,喜滋滋地领走了红包:"我早说了,林水程有这个能力!我押的人总没错!"

只有白——还在发问:"怎么回事?傅雪姐姐呢?她不是也去了吗?真的是这样吗?"

傅雪装不在线。

她没好意思说余樊数据造假的事——尽管再过几天，这群里的人应该都会知道这个消息。余樊不是她这边的关系，而是欧倩和夏家那边的关系，这种情况说出来了，也只是彼此尴尬。

苏瑜私聊董朔夜，头像动了起来，董朔夜给他的备注是"傻白甜"："原来你去听报告了吗？你看吧，你当初牛哄哄地告诉我不可能，还把我吓一跳！不过今天总算是发了一笔横财，我下次就拿这个钱请林水程吃饭。"

万儿八千对他们这个圈子来说都是小钱，星幻夜一支香槟都远不止这个数。不过苏瑜最近辞职，勒紧裤腰带过活，坚决不啃老，只能每天眼巴巴地算钱给自己开小灶加餐。

董朔夜："来吧，打游戏吗？我最近闲下来了，你想吃什么我都能陪你去。"

苏瑜："是真的？你和负二两个家伙，都在忙工作，没想到你还有点良心！今晚约吗？我非常想吃火锅鸡！"

董朔夜："去吧，我请客，也庆祝一下你赢了。"

苏瑜提醒他："大哥，我赢的可是你。"

董朔夜："无所谓，就这样，或者你想换个理由，庆祝你至今还没找到工作？"

苏瑜："你放屁，不要说的我和废物一样！拿到offer（指录用通知）的都是拿命换钱的工作，你说我想找个清闲点的工作怎么就这么难呢？"

"想要钱还想清闲。"董朔夜给他打字，"做梦。"

随后他退出界面，将记录员发给他的录音音频掐去核心部分，点击发给了另一个人。

过了一会儿，对方的头像跳了起来，那人发来一个问号。

董朔夜："好好听听，傅落银现在的身边人有多优秀。"

傅落银今天早晚两个会，中间一直没间隔，七处的自助餐难吃得不行，他下午出来时，胃已经疼得快没有知觉了。

他让司机开车回了傅家，难得傅凯也在，他赶上了饭点，坐下来吃了一顿饭。

傅家的饭菜说不上难吃，也说不上好吃，还是按照楚静姝和傅凯的口味做的。

楚静姝没上餐桌，保姆说："夫人下午吃完药就睡了，医生说这种药吃了后会嗜睡，是正常现象。"

傅凯说："知道了。"

傅落银和他面对面坐着吃饭，父子俩都脊背笔挺，动作迅速，仿佛不是在家中，而是在军营。

都吃完之后，傅凯看他放下筷子，也跟着放下了筷子。

傅落银清楚他父亲有事问他，于是等在这里。片刻后果然听见傅凯问："你哥……那个事儿，你调查得怎么样？我记得你说是让小董去调查了。"

"嗯，他目前还在整理当年的数据。"傅落银说。

傅凯知道他这个儿子的性子，所以一反常态地没有再劝阻，只是沉默。

傅凯低声说："那我这边刚接到通知，警务处有一批人停职调查，你知道这个情况吗？"

傅落银说："我知道。学术界是该整治了，今年年中时就有这个议题。董朔夜这次撞上了，估计没个大半年回不去。"

"那是，禾木雅就是跟科研人员打交道的，当初在营里的时候还会修火箭，对这些会更关注，不止她，其实更上边也……"傅凯说到这里，警告他，"你不要给我动什么歪心思，我知道你从小跟那个董家小子是同学，关系好，但是你不能因为这个影响正事。"

257

傅落银说："我知道。"

董朔夜家和他们所有人都不太一样。像傅家、苏家，虽然有兄弟姐妹，但是大多不超过三个，每个孩子基本都能在一个较为正常的环境中长大，而董家是个异类。

董朔夜这一辈有九个哥哥姐姐，往下还有弟弟，一个家族内人才辈出，同辈的关注和资源只有那么多，每个人从小就被教育要去争夺最顶尖的位置，这样才能讨他们父亲的欢心。董朔夜早在同龄人还在蹦蹦跳跳时，就学会了沉默与掩饰。

楚静姝曾经评价董朔夜，说他心思老成。而傅凯的意见就更直接："阴沉弄权之辈，野心也不会小。"不过他倒是不禁止傅落银和董朔夜玩，因为相比他的大儿子楚时寒的温雅温暾，傅落银从小就显示出很强的个性，不是会被人轻易影响的人。

傅凯反而认为，傅落银跟在董朔夜身边，多少能学到一些眼观世事的本事。

傅凯轻轻叹了口气："我也老了，你哥没了，你妈病了，我快退下去了。我知道你现在担子重，又是家里的公司，又是七处。现在你苦一点忙一点，都是在为联盟做实事，都值得。"

傅落银从小到大听类似的教诲听得耳朵快起茧。他有点不耐烦，但还是忍着听完了，随后说："那爸，没什么事我先走了。"

"你给我等等，现在天天往外头跑，你回家睡过一次没有？"傅凯瞪他，"你也要回家看看，知道吗？"

傅落银一看他爸这个样子就笑了——肖绝是个大嘴巴，估计把他的事到处说了出去。傅凯这个样子就差直接问他了。

他闭着眼睛都能知道肖绝是怎么替他吹的。

他说："到时候再说吧。"

"还到时候再说？我听肖绝说你资助的那个学生，性子正，能力也突出，希望他别像夏……"傅凯说。

"爸。"傅落银打断他，"我真有事，先走了。"

他的声音突然冷了下去。

傅凯看着他的背影，许久没能说出话来，半天后才重新回到餐桌边，给自己倒了一小杯酒。

"这孩子和他哥不一样，怎么就不恋家呢。"傅凯喃喃地说。

32

傅家和夏家关系平平，主要是苏家当年在发展私立脑科医院时，和夏家某个商业地段的选址有冲突，问题一直没能得到解决，最后那块地被夏家抢走了，两边梁子就算结下了。

傅家和苏家平时走动比较多，和夏家更没有什么来往的契机——傅家发展方向是机械科技与生物科技，夏家则是八竿子打不着的轻工业，商业上碰不到一起去，连带着关系也都浮于表面。

而夏燃高二之后家里出事，家道中落，两家也就没有更多的理由来往。

傅凯一直都知道傅落银资助夏燃的事情，他不太满意夏燃，一方面是因为对方家庭，另一方面是因为他知道傅落银打工赚钱给夏燃，认为夏燃有些不知轻重。

但他这个小儿子是硬骨头，死活不肯松口，傅落银到了第八区之后，夏燃放弃了学业，两人渐渐关系也疏远了，傅落银似乎是真的伤筋动骨了一场，整个人都沉默了许多，好像一下子就长大了。傅凯不了解这些小辈们的事情，只是一直听别人提起，傅落银之后一直都没真正地放下与夏燃的事。

而今，夏家在消沉两年后不知道借了什么势，迅速地东山再起，接着全家搬迁去了旧北美分部,也算是悄无声息地离开了所有人的视线。

傅凯的尊严和面对儿子的威严,让他也难对傅落银说什么宽松的软话,他不会道歉改口,却也的确不知道该拿傅落银怎么办。

这孩子那么用心帮助一个人,到头来却被抛弃,任谁都很难走出来。

傅落银走后,保姆小心翼翼地过去给他收拾餐碟,看傅凯神色郁郁不乐,于是小声说:"小傅先生还年轻呢,以后慢慢就好了。"

"他就是不让我省心,犟。"傅凯捏了捏鼻子,"他要是像他哥哥那样会识人,我也不至于那么担心。"

保姆却有点惊讶——她第一次听说楚时寒资助过贫困学生,听这意思,傅凯还见过?

傅凯或许是因为刚刚傅落银在这里,有些动容,禁不住微微流露出一些老态。他捏着鼻梁,轻轻叹了口气:"那孩子……我也就见过一面,他帮时寒送资料过来,之后时寒才告诉我那是他资助的一个学生。挺漂亮乖巧一孩子,动作利落也懂礼貌。不过也就那一面了。"

录音里,青年的声音淡漠好听,一字一句字正腔圆,落在人心上格外舒服。

一个人魅力的自然流露是挡不住的,即使只有声音,夏燃也能从中听出那股子锋利自信的气场,疲惫,微微沙哑,但是光芒万丈。

他伸手暂停了播放,轻轻吐出一口气,但是手指却在不受控制地发抖。

家里没人,他父母都出去谈事了,空旷的别墅里,只有家政阿姨过来敲了敲门:"小夏,吃饭了。"

房里没开灯,夏燃仰躺在床边。他看着漆黑一片的屋顶,脑海中却循环着那一副淡漠清雅的好嗓子。

家政阿姨听他不开门,有些担心,推门进来后正准备开灯,夏燃猛地喝道:"出去!别进我房间!"

他很少有这么恶声恶气的时候,阿姨被他吓了一跳,赶紧关上门。

他继续盯着虚浮的黑暗发呆。

片刻后,他拿起手机,拨通了一个号码。

"喂?燃燃,我的宝贝儿子,吃饭了没有?妈妈还在外面吃饭呢。"夏妈妈对他一直都是宠上天的,自从他们家出事之后,夏家父母更加溺爱他,几乎有求必应。他也习惯了这种亲昵的亲子关系。"有什么事吗?还是要妈妈给你带点东西?"

夏燃嗓音微哑:"我想回去。"

"啊?回哪里?"

"我想回联盟星城,我想考研。"夏燃说。

禾木雅派来的专车几乎是封闭式的,四面车窗都封着,林水程一个人坐在后座,与司机之间还有特制的光学挡板,应该是为了防止他认出到的是什么地方。

林水程身边坐着一个人,全程目光平视,戴着墨镜,也不太能看清面容。

等到差不多半个小时后,他们进入了一个类似庄园别墅区的地方,特质挡板也转为透明。

林水程一眼就看到了海——据他所知,星城只有靠北的一面近海岸,离市区三四十分钟的车程绝对到不了这里。

这里的海像是人造的,并且没有被地图标记,更没有被卫星地图识别。

海边做出了沙滩,还种了许多棕榈和椰子树,远方有一个空空的小码头,系着一艘小白船。

林水程收回视线,然而他的这个小动作立刻被身边的军人发现了:"林同学是害怕码头吗?"

林水程脸微微发白,但是依然微笑着说:"没有,只是有点晕车,还有好奇这里为什么会有海。"

"这不是海,与外界不连通,只是一个模拟大陆架深海区的实验平台,水源取自地下运河。"那人摘下墨镜,他的眼睛是淡蓝色的,看起来是个混血儿,"之前也有驴友误入这边,回去后声称看到了海,不过我们一般对外界解释为海市蜃楼。刚刚忘记介绍自己了,我的名字是徐杭,我是禾女士的保镖兼助理。"

林水程说:"那么你一开始告诉我,那是海市蜃楼就可以了。"

徐杭对他笑:"倒也不必,您是科研人员,我说是海市蜃楼也瞒不过您,况且您的级别在这里。"

林水程问道:"什么级别?"

徐杭说:"A级。"

这句话林水程没有听懂,不过他没有再追问。

他在心里猜测,这或许是一个类比——禾木雅显然认为他很重要,所以会特意给他留下名片,在这里等他。

尽管他还不知道,对方想要他做什么——他从小到大,赏识他的人也不是没有,但是他清楚,自己单凭一次名画鉴定就获得禾木雅这种等级的人的欣赏,那么他未免太过走运。

而运气之神从来不会降临在他身边。

他们来到一座类似玻璃花房的建筑外,通体透亮澄澈的走廊内摆满了营养液培植的花卉,人工温室的鲜花盛放。

禾木雅一人坐在那里看书,戴着老花镜,面前摆着一壶茶。这位老太太快六十五岁了,但是比起同龄的老人,岁月并没有在她身上留下太多的痕迹,反而为她增添了女性特有的亲厚与豁达。

看林水程来了,禾木雅微微颔首示意他进来,徐杭就留在外边,背对二人，呈保护姿态，脊背挺直地守在门前。

林水程在她面前坐下，轻声说："您好。"

禾木雅看了看他，点头说："我找的是你，林水程。首先，我要感谢你，通过你的优秀与聪明才智，为我解决了难题，也帮我接了RANDOM这帮老鼠的招。"

林水程垂下眼："应该的，我只是完成上级的任务。"

禾木雅笑了起来："这就是我要说的第二点，我为此表示抱歉。我没有想到下边的人会自作聪明，觉得我既然会在寿宴上宣布捐赠，那么最好在寿宴前解决这个案子，结果这么难的项目硬生生压到了七天。你在报告上提出的建议，我听到了，也在逐级问责，请你放心，这个问题我是会解决的。"

林水程怔了一下，一时间有些不知道说什么好。

他对禾木雅的印象不是特别好——这次项目的直接发起人就是她，他理所当然地认为这位戎马半生的前女强人或许也是沽名钓誉之辈。但是对方这个级别和阅历，仍然愿意放下身段给他道歉，这是让他没想到的。

林水程低声说："我也给您添麻烦了，报告厅的事情是我太冲动。"

"年轻人嘛，年轻气盛，这是好事。联盟有你们这样优秀的年轻人撑起来，才有后路。"禾木雅笑眯眯地看着他，"闲话也不多说了，林水程，我今天把你叫过来，是想问你一个问题，你对于现今的分子生物科技怎么看？"

林水程想了想："这不是我的专业主攻方向，我只能从化学方面回答一下，现在基因编辑已经成熟，并且开始用于临床遗传病的治疗，医学上好处很多，不过进化树和基因解读上，我记得……已经很多年没有新成果了。"

"那么你认为是为什么呢？"禾木雅问道。

林水程沉默了一下,随后说:"我不知道,这不是我的专业。"

"你这样聪明的学生,应该是知道的。不过没关系,这个答案我告诉你,是伦理。"禾木雅轻轻把茶杯放在桌面上,"有时候,技术进步需要突破伦理去做一些事情,说一句不太对的话,解剖学的研究,人体实验为此做出了巨大贡献。"

林水程迅速打断她:"但其中的意义只在医疗设备不成熟,瘟疫频发,人们依然认为沐浴会带来灾厄的时代中产生。我们并不在这样的时代,我们也不会走在路上,脚下踩的都是腐尸的血水。"

他隐约猜出了禾木雅想说的是什么。

禾木雅说:"不要急,年轻学生。我只是举个例子,可以看出,你是个有原则、有独立思考的科研人,我也是看重你这一点,所以邀请你来这里。"

林水程安静下来,随后说:"我明白,请您继续。"

"联盟现在需要一些人才深入做事,或者换个说法,我需要。"禾木雅轻声说,"我需要你们研究的这个项目,非常有可能和现有的理论背道而驰,甚至和整个学术界为敌——你是否感兴趣?当然,要做成这个研究项目,出于安全方面的考虑,你可能需要隐姓埋名一阵子,但这个项目一旦做成,之后就会是彻彻底底的——全人类平等。我考察过你的社会关系,你大学四年到现在的关系网只有你的导师和小傅,小傅是七处的人,明白这样的保密工作的性质。而你的弟弟林等,我们会派人照顾好他。"

林水程沉默了一会儿:"您是要找个机会掀翻现在的学术界吗?"

禾木雅坦然点头:"你这么说或许也正确,我想要你做一把漂亮的锋刃,割掉那些腐烂的果实。我想你或许会感兴趣。当然,你的人身安全是第一位,我们会做好这一步。"

"如果在两年前,我或许会感兴趣。"林水程低声说,"但是我现在有别的事要做,我想大约没有办法胜任。"

禾木雅见他回绝得这样干脆,反而笑了起来:"不再考虑一下吗?这扇门今天对你关闭了,或许将永远不再打开,我以为你会动心。在你身上,我能看到现在学术界许多人已经没有了的骨气。"

林水程只是坚持:"对不起,我没办法胜任。我现在有必须要做的事。"

禾木雅看了他一会儿后,叹了口气:"也好,这样的结果虽然有些出乎我意料,但是我尊重你的选择。"

她站起身来,显然这次对话已经结束了。

林水程跟着站起身来,顺手从外套口袋里摸出一个精巧的礼物盒:"能够得到您的赏识,我十分荣幸。虽然这次没有机会了,但是依然祝您身体康健,寿比南山。"

他来之前,徐杭已经检测过他带来的所有物品。不过这份生日礼物,禾木雅也感到有些意外。她接过来打开后,发现是一块雕刻精美、具有收藏意义的古墨。

林水程做事真的滴水不漏。

她叮嘱徐杭原路送林水程回去。

看着人离去的背影,她轻轻叹了口气:"这样的人还是难找。我也不强求,不过星大倒是出人才,两年前那个小楚很好,但是发生了那件事……可惜了。不过也算是巧,都是傅家的人,他是小傅的朋友,也说不准这孩子认识吧。"

33

董朔夜在连续四天跟苏瑜出去吃饭之后,苏瑜终于发现了一点不对劲的地方:"不对啊,这不是公休庆典期间,你怎么这么长时间没去上班？"

他们在吃冰激凌火锅，董朔夜不爱吃这些甜的，自己叫外卖点了一份凉面，慢悠悠地吃着。

"我被停职调查了啊。"董朔夜瞥了一眼一脸震惊的苏瑜，勾起嘴角笑了笑。

"我服了你了，大哥，你被停职调查这么大的事不说，反而跟我跑出来天天胡吃海塞？"苏瑜追问道，"为什么啊？"

他立刻想到了某种可能性："不是吧，是林水程接手的那个名画案？你也太惨了吧，警务处查不出来要被问责，查得出来也要被问责？"

"哪有那么简单。"董朔夜慢悠悠地说，"你不用管，不过你最近两年就别往七处、九处这边考了，进去了小心被扒得骨头都不剩。"

"我怎么知道你不是又在骗我？"苏瑜记仇，重提他们高中时的事，"高一时我们都想追十一班班花，你当时提醒我那班花前任无数，欺骗感情，我就没追，结果你把人泡上手了，泡完还不够，两周就甩，惹得人家姑娘天天跑我们这层哭，你和夏燃就在我和负二隔壁班，我可记得一清二楚。"

"我那不是帮你探路嘛！也就谈了两个星期，那女生的确不怎么样，算是帮你蹚了个雷。"董朔夜说。

"你放屁！我再信你，我就是傻。"苏瑜说完，往嘴里塞了个冰激凌球。

过了一会儿，苏瑜又凑过来问他："真的啊？我对你们这些事情不清楚，可我爸妈还要开医院呢，你再跟我说说？"

董朔夜沉吟一会儿后，说："我说不好，只是感觉上面有大动作，你如果为伯父伯母考虑，近两年就尽量把家里的事业往旧中东分部、旧北非之类的地方搬，星城和旧北美不要待了。我现在没具体的信息，但是三五个月，风向自然就会出来。"

看他神色语气这么认真，苏瑜也被唬住了——从小到大，董朔夜一直是发小里最具有真知灼见的那一个，高中无聊，他连哪些老师在谈恋爱、哪些老师关系不合都能猜得八九不离十，每次苏瑜都觉得他在瞎编，但是往往都是真的。

在大院里的时候，他们这帮人坏事也没少干，最聪明的是董朔夜和傅落银，不过董朔夜属于洞察全局却不参与的那种，傅落银才是知行合一的实践者——小到用沙子去堵排挤他们的新来的实习班主任的车；大到听到班里女生被体训老师性骚扰后，把人关在训练室一顿狠揍——他每周选三天随机揍人，那体训老师不敢上报年级组，一直到他们毕业都没查出是谁揍了人。

"那我……我去问问负二？他会不会不好说话？"苏瑜挠了挠头，随后想起来了。傅落银家里把他安插进七处科研所也花了很大功夫，傅落银新官上任，其实也很难查到什么动向。

苏瑜想了想："算了，他估计也挺忙，我们提醒提醒他吧。"

"你今天约他了吗？"董朔夜问。

苏瑜摊手："打了电话，他在家吃饭，晚上也出不来，说要补觉。我妈说最近七处议案要上报了，又快到年底，负二今年过年估计都回不成家，得在科研基地忙。"

"也是辛苦。"董朔夜摇头笑了笑，"不过我最近闲下来了，倒是可以分出精力帮他查他哥的案子。"

苏瑜瞪大眼睛："你停职了，查案要自己来啊，那不是很辛苦？"

没了警务处的侦查科技和人力，一个人要负责下去，听上去会落得一个无限期停滞的结果。

服务员过来上芋圆奶油包，董朔夜把自己的那份推过去给了苏瑜："或者换个说法，这个案子，停职期间调查是最没有风险的。"

"为什么？"苏瑜完全晕了。

董朔夜又笑:"告诉你,你也不懂,快吃,要化了。"

苏瑜吃了一大堆,最后把董朔夜剩下来一半的凉面也吃掉了,整个人冻得瑟瑟发抖,但是依然坚持不懈地吃到了最后。

董朔夜开车送他回家,随后去了一趟警务处。

他如今被停职调查,警务处却没人敢怠慢他——只是停职,而不是撤职,董朔夜短短几年坐上警务处一科副科长的位置,许多人默默达成了共识:这个人不好惹,以后也不能轻易得罪。

他去了档案处,档案负责人对他一笑:"副科长,过来取档案啊?"

"嗯,还是我上次调用过的那一批,我要用几天。"董朔夜说。

档案员操纵机器滑杆,手忙脚乱地去翻,董朔夜平静地说:"z星号23321129,左起第四排B字柜从左往右第三个。"

档案员尽管已经习惯了他这种令人惊诧的记忆力,但还是不由得汗颜。理论上来说,董朔夜看过一遍档案就能全部记住,又何必再来取一遍?

不过档案员也只是腹诽一下,他按照董朔夜说的,找出那份资料交给他。

董朔夜拿着档案去了办公室。

楚时寒的案子档案由傅老爷子亲手封存,九处一份,警务处备份一份,他拿到手的就是这份备份。

早在上个月他就看过了一遍,而后去了一趟傅家,拿了当时调查的遗物,数据和案情记录他和傅落银都核对了一遍,没有发现任何异常,连验尸报告,他也拿给苏瑜看过,苏瑜说没有任何问题。

楚时寒的死因是肺部被刺中导致的开放性气胸以及心脏破裂,斗殴者持刀往死里捅,人不到五秒就丧失了行动能力。伤口状态和斗殴者提供的凶器也是吻合的。

但是这其中一定还有什么地方不对劲,因为傅凯直接中止了调查。

傅凯阻拦傅落银调查，不肯把这一点告诉他们，然而今天，董朔夜找出了那个似是而非的点。

他翻到档案的"死者社会关系调查"那一页，拿出手机拍了一张照片。

随后他打电话给傅落银："喂，负二？有时间出来一趟吗？或者我过来找你也行。"

傅落银刚从傅家出来，打算回家好好睡一觉，但是林水程不在家。

他给小奶牛喂了猫粮，刚洗完澡，问："什么事？我在星大这边的房子，你直接过来吧。"

董朔夜简短地说："好。"

他们两人在这方面有某种默契——他们这样的身份，手机是最容易被监听的。楚时寒这个案子虽然不算是在秘密调查，但是时刻提高警惕总没有错。

董朔夜上门了，傅落银给自己弄了一盘蛋炒饭，顺手给他也盛了一碗："来吃，今天林水程不在家，我的手艺没他好。"

董朔夜笑："你这个状态是直接步入老年生活了啊负二？"

傅落银："你少给我扯这些有的没的，说正事，有什么发现？"

董朔夜："档案不能带出来，我拍了照片，你看看。真好，还有蛋炒饭能吃，苏瑜那只饕餮，不好好吃正餐，非要吃冰激凌，完了没饱还跟我抢外卖吃。"

他低头吃饭，傅落银翻动着那张楚时寒的社会关系调查表，沉默着思索了一会儿。

楚时寒的调查资料他看过很多遍，这份社会关系调查表，他也看过很多遍。

涉及案件的社会关系调查会特别详细，详细到每个人的职业、家庭、与死者的关系以及案发时的不在场证明，这份资料的调查由傅凯

269

一手操办，只会更细致。

傅落银看了一遍，没发现任何疑点："有什么问题吗？"

董朔夜一边吃蛋炒饭，一边观察蹲在窗帘下鬼鬼祟祟打量他的小奶牛，拿筷子指了指："这个疑点还是林水程给我提供的灵感。"

"林水程？"傅落银皱起眉头，"这跟他有什么关系？"

董朔夜没回答，只是瞥了他一眼。

傅落银忽然明白了什么，垂下眼，视线下滑到"杨之为"三个字上。

这三个字就在楚时寒的社会关系调查表的第三栏，是他曾有的师生关系和社会活动关系。

师生关系：杨之为（本科及硕士导师），后附杨之为详细资料及实验室学生资料。

实验室同学：樊锋（室友，家庭关系及社会关系调查如下），裴睿（同学，曾合作如下项目，家庭关系及个人资料如下）……

"杨之为。"傅落银喃喃地说，"林水程也是杨之为的学生，他念本科的时候我哥应该大四毕业，刚读硕士。时间对得上，他们或许认识。"

但是林水程的名字没有出现在这份调查表上。

傅落银这个时候才意识到——林水程甚至可能和自己的哥哥认识。

他和楚时寒的关系并不像和楚静姝那样好或者和傅凯那样僵硬。

他小学到初中对这个哥哥没有很深的印象，他每年来回跑，能够短暂地和楚时寒相处一个寒假或者一个暑假，楚时寒很温柔，知道他个性独立，也仿佛意识到了这个家对傅落银缺失的那部分关爱。他知道男孩子大了也不好管，更会有自己的防范领域不允许人靠近，但他每次都会自来熟地跟傅落银说一些话，分享一下生活中的小事，或者不定期地打钱给傅落银，像一个唠叨的兄长，关心傅落银的生活。

他们差三岁，没有像正常兄弟那样一起在爹妈关照下长大的童年，但是楚时寒依然毫无保留地向傅落银敞开心扉。

傅落银叛逆得最厉害的时候就是高三，和夏燃的友谊决定了之后的志愿走向，他为此和傅凯吵得不可开交。

楚时寒那时候刚上大学，从中斡旋不少，傅落银出发去第八区的前一天晚上，楚时寒特意请了假回来送他，追着他往他兜里塞了一张卡——那是楚时寒大学以来攒下的所有零花钱。

时至今日，傅落银仍然记得那天晚上的对话。

他说："你把钱都给我了，你怎么办？即使你是我哥，这个钱我也不要。你也要谈恋爱的。"

"我是你哥，我的钱就是你的钱，我也还没对象。"楚时寒看着他笑，"一去两年呢，爸也不准我们去看你，你有空买点零食给自己加餐。还有出来分配的事，考虑一下星大江南分部或者联盟国防大学江南分部吧，哥在那里可以罩你啊。"

他说："到时候看。"

他那时候已经决定和夏燃留在星城，但是他没有说，走出去好几步后，他有些僵硬地回头，发现楚时寒还等在那里。

那天也只有楚时寒来送他。楚静姝在外地办艺术展，而傅凯和傅落银几乎断绝父子关系，彼此都不想看见对方，自然没来。

他其实不在乎有没有人来送他，即使有，他也打算一去不回头，但是这时候犹豫了一下，回头冲楚时寒挥了挥手："……我以后也会罩你的，哥。"

傅落银在第八区待了两年，出来接手傅氏科技，又是三年几乎音信灭绝的基地生活，他之后见到楚时寒的次数屈指可数。楚时寒做科研，他忙工作，时间总是错开，只是楚时寒还是会给他发信息，给他分享一下生活，提醒他注意身体。

随后就是楚时寒的死。

时至今日，傅落银对于他亲哥哥的死，并没有很多的感触，只是没有实感。

楚时寒对于他来说是遥远的、另一个世界的人物和符号，和他长在完全不同的环境中。

楚时寒成为他的哥哥，让另一个世界的光芒短暂照耀了一下他，他感念，却不会沉溺于此而生出什么奇怪的期待。因为他和楚时寒之间的鸿沟从小时候起就有了——一边是楚时寒众星捧月的世界，另一边是他无数个坐在傅凯空荡荡的办公室，在遥远的异乡拿压缩饼干对付晚饭的日夜。

没有恨意和不满，他只是清楚地知道，这鸿沟存在，唯一不同的是，他没有任何改变的想法，而楚时寒一直在努力填补这道鸿沟。

楚时寒会跟他分享楚静姝炖的银耳汤的图片，告诉他，等他冬天回来一起吃；也会告诉他，家里的床铺好了，装潢可能要动一下，问他有没有计划装修自己的房间。

即使楚时寒如此温暖细心，他也不会注意到，他是唯一一个在家中拥有加餐待遇的人。傅落银从没吃过一口楚静姝亲手做的饭菜。

傅落银的房间比旅馆还干净，桌椅、床铺和空荡荡的衣柜永远没有人气。傅落银在苏瑜家过夜都比在自己家过夜多。

两年前的那个秋夜，一个电话打进基地通知他时，他依然没有实感。

楚静姝崩溃晕倒进医院，傅凯一度不吃不喝，他反而成了最冷静的那一个。

他去看了看楚时寒，摸了摸那张和自己无比相似的、冰凉的面孔，替楚时寒安排墓地——楚时寒同时是傅家 B4 计划的领头人，涉及多种机密，必须秘不发表，时至今日，知道楚时寒死讯的只有内部人员。

别人或许会认为傅家大少去执行机密任务了。

只是下葬那天，傅落银在重重警卫开路下去楚时寒坟前献花时——

大雨倾盆，他撑着一把黑伞，吃了抗敏药，为楚时寒献了一束铃兰。

他把怀里的一张卡塞在香炉底下，不顾雨水沾湿他的风衣衣摆。

傅落银忽然就想起了他离家前往第八区的那个夜晚。

和他共享一张面容的温柔的人追着他，像他小时候拼尽全力追着家人的温暖一样。

他们是兄弟，是光与影，极端相似又极为不同的两面。

他想起楚时寒说"哥罩你"，想起那么多条带着微微试探和示好的信息，想起楚时寒在温室中经历的一切，他在那时候明白了，楚时寒未必不羡慕他的生活，他的自由、叛逆与任性，就如同他羡慕楚时寒一样。

"档案里没有提到林水程，有可能是因为关系太远而被省略了。毕竟一个本科一个硕士，虽然在同一个实验室，关系远也有可能。"董朔夜把饭碗往旁边一推，"但是按照这份调查的详细程度，至少也应该提一提林水程的名字。"

傅落银皱起眉："林水程和我哥有重叠的生活轨迹吗？"

"目前没有，我查过，每年杨之为都会带学生去参加峰会或者外出活动，但是没有查到他们两人的共同记录，说不定是年级跨得太大，真不熟。"董朔夜说，"这是第一个疑点，还不能确认，之后我们可以给林水程打个电话确认；其二，这份档案里缺失了一点信息，那就是恋爱关系。"

"恋爱关系？"傅落银一怔。

报告里的确没有提到恋爱关系，傅落银沉吟片刻后："我没有听说我哥谈过对象什么的，但是我和他接触不多，如果有，应该是能调查出来的。"

"这也只是一个怀疑点。"董朔夜说,"你哥我们不熟,但是一个人活了二十五年,多少都会有一段或几段发展过的暧昧关系,这份调查中一句都没提到。我对比了一下,去年我们警务处侦查的一起杀人案,被害者幼儿园拉过手跳舞的同学都被我们找了出来,但是楚时寒的档案里缺失了相关的记录,我认为有问题。我们警务处得到的档案是不完全的,甚至是被伪造过的。"

傅落银说:"你等一下,我给我爸打个电话。"

电话很快拨通,傅凯的声音出现在另一边:"什么事?"

"爸,我哥谈过对象吗?"傅落银说,"从小学到大学的,你知道的都说说。"

"我想想……没有。你问这个做什么?"傅凯在另一边问。

傅落银说:"就问问。"

"胡闹!叫你别再瞎搅和!你以为你哥是你,从初中就开始早恋!"傅凯说,"我挂了,你什么时候回家过夜?"

傅落银含糊不清地敷衍过去:"再看,挂了啊。"

董朔夜低声说:"看来难办。"

傅落银耸耸肩:"也不知道是不是在搪塞我,老头子鬼精得很,他一直都不想我继续查。"

董朔夜提议:"那给林水程打个电话?"

傅落银正要低头翻林水程的号码,另一边董朔夜对他晃了晃手机屏幕,显示电话已经拨了过去:"我来打吧,你别吓着他,我这个号拨过去直接显示是警务处。"

傅落银想了想:"也行。他平常也不接我电话。"

林水程很快接了电话:"喂?"

"林水程,有个问题要问一下你,请配合警务处的调查。"董朔夜问,"你认识一个叫楚时寒的人吗?"

34

董朔夜常备两台手机，一台是私人的，另一台是警务处一科配发的。

警务处配的这一批号码，归属地都默认显示为警务处，并且系统会进行变声干扰处理，以免意外情况发生。这种变声处理除了改变人的音调、音色，还会处理声音的大小、间隔，让人难以判断对方的真实用语习惯。

"喂？"另一边，林水程的声音听起来很轻，像是故意压低了声音说话，他像是没听清这句话，低声说了句，"稍等。"

董朔夜点击了免提模式，将音量调到最大，随后听见林水程走动的声音，似乎是从一个幽静的地方离开，而后来到了相对嘈杂的外边，隐约还能听见人声。

"许老师还要麻烦你们继续照顾了，他睡着了，我也不打扰了，谢谢。"

"会的会的，同学慢走。"

林水程走出许空的病房，来到空旷的大厅中，随后才再次问道："您说什么？不好意思，我刚刚没听清。"

与此同时，他快步走向长廊尽头的吸烟室——吸烟室外有星大附属医院这层的固定公用电话，一般情况下用于医院消防，保证火灾或者其他灾情发生时联络通畅。

他其实第一句就听清了对方在说什么，并且几乎是第一时间判断出了，这是变声器处理过后的声音。

在走出来的过程中，林水程已经将通话页面置于后台运行，飞快地按着短信页面往下翻。

不知道为什么,他就是想这样做。

——这个号码你记得存一下,我的名字在名片上。

这是一个半月前的短信记录,那天他在酒店一楼开房间,打算休息一下,遇见了董朔夜。

那名片早就被他丢了,但是这条短信记录还没删除。

那时候他还不知道董朔夜是警务处一科副科长。

林水程说:"……楚时寒?这个名字有印象,应该和我一个导师。"

与此同时,他伸手在公共电话的显示屏上摁下数字,照着董朔夜的电话号码拨出去。

手机里,对面继续传来询问的声音:"是吗?你们平时关系如何?"

"没见过,他好像和我不同级,我本科都是下课了才有时间去实验室,没什么印象吧,但是杨老师经常提起他。"林水程平静地问,"他出什么事了吗?"

这个反应没什么不对,董朔夜说:"没有,只是例行询问,谢谢你的配合。"

电话挂断了,与此同时,林水程也切断了公共电话。

对面一直没有人接听,但是也没有显示占线。

这边手机接通状态下,也没有听见明显的铃声或者振动声,但不排除对方有两台通信设备,正好另一台静音的可能。

打来这个电话的人是谁?

林水程放下电话,指尖沁出了微微的冷汗。

短短几分钟发生的事情如同一场梦,他直到电话挂断,才意识到自己做了什么。

突然闯入他生活的那三个字如同一块巨石,直接砸碎了他两年来的平静。他的手指几乎控制不住地发起抖来——电光石火间,他很快意识到自己犯了一个大错。

他快步走进吸烟室，不由分说地拽出一个男生，低声快速说道："麻烦用这个公共电话打这个号码，直到对方接通，到时你就说自己打错了，谢谢你，我给你转五千块，帮我个忙。不要说出去。"

那男生有些奇怪，突然被拽出来时正想发火，但是一看见林水程的脸，说话语气就不知不觉放松了："慢点慢点，你要我干什么来着？"

林水程冲他笑了笑："帮个忙，刚不小心打了前女友的电话，怕她想到是我，您帮我圆一圆可以吗？我教你怎么说。"

这个请求合情合理，那男生一下子就笑了："哥们儿长这么好看也能翻车啊？行，钱不用了，我帮你打过去就是了。"

另一边。

董朔夜刚刚挂断电话，对傅落银说："嫂子这边看来没问题，他是听说过你哥的，也确实在一个实验室，不过他名字没写上去还是有点可疑，我建议再往深里查一下。这份档案不能说有问题，但也不能说完全没问题，还是谨慎为上。"

傅落银点了点头："我知道，档案的事我去查，这段时间你先休息一下吧。另外，你手机刚刚亮了一会儿，好像有电话打进来找你。"

他说的是董朔夜放在沙发边充电的另一台私人手机。

董朔夜怔了一下——他这个私人号码很少给别人，也几乎没有流传出去的可能，但是现在未接来电那里显示着一个陌生号码。

他仔细看了看，接着微微一震。

他手机里配备的追踪系统可以直接显示电话来源，精确到定位，现在这个未接电话显示来源为：星大附属医院。

他清楚记得林水程刚刚在接电话时和护士的对话——林水程应该是在医院看望老师。

这个时间点太不凑巧，很难不让人想到一起去。

他记得他给林水程留过电话号码。

会是林水程吗？

如果对面是林水程，那么他的敏锐度也超出董朔夜的想象：警务处一通电话打过来，他几乎同时拨通了董朔夜的号码。

林水程想确认什么？

确认打来这个调查电话的人是谁吗？

这种不寻常的举措至少证明了，林水程压根儿没有电话里那样冷静！

他失措到画蛇添足地打了个电话，来确认电话另一头是否是他认识的人。

林水程对警务处这通调查电话反应非常大，为什么？

另一边，傅落银看他神色不对，问道："怎么了？"

董朔夜低声说："没事，这个电话号码我不认识。不过这真是……意外之喜。"

如果他没猜错，对方不会再次打过来，而他打回去，也不会有人接。

他眼中隐隐有些兴奋——那是捕猎者找到猎物的眼神，他每次都能嗅到一些不同寻常的动向。

然而不到十秒，他的手机再次亮了起来，仍然是刚刚那个号码。

董朔夜犹豫了一下，点击了接听。

对面大剌剌的声音传了过来："喂？喂喂？"

那粗糙嘶哑的声音明显不是林水程的，董朔夜又愣了愣，随后说："你好，找谁？"

"我也不知道找谁啊，我在这边捡到一个书包，里边有张纸片儿写了你这个电话号码，你看看是不是你包丢了？你是学生还是老师啊，住哪里，我给你送过来？"男生说，"或者是你朋友的书包？我瞅着这张纸质量还不错。"

董朔夜莫名其妙："什么？"

对方耐心地重复了一遍，随后说："到底还要不要这个包了啊，我看了一下里边好像有资料，公式什么的。"

董朔夜："……"

他问："包里还有什么东西吗？"

"除了资料没别的了，还有一瓶矿泉水，书包是蓝色的，带白边。"对方显然有些犹豫，"不是你的吗？那我放失物招领处了。"

董朔夜："麻烦你放那儿吧，我大概知道那是谁的包了，我马上联系他，谢谢。"

他挂了电话后，对傅落银笑了笑："负二，林水程的包丢星大医院了。前脚接电话，后脚丢个包，这有点丢三落四啊。"

傅落银挑起眉，关注点显然被他一句话带了过去："那这人怎么给你打电话？"

"上回见到林水程，我塞了张名片给他，就名画鉴定那天。"董朔夜说，"他估计随手就丢书包里了，别人照着名片上的号码打过来的。你通知林水程吧——别这么看我，像林水程这么优秀的人才，我作为警务处的人不也得过去问问他？要说抢人，你们七处那才叫一个快，肖处长就差明着跟我说人得留在七处了。"

傅落银瞥了他一眼，像是很认同这个说法，有点小小的得意："他跟着我跑来星城，毕业了肯定也要追着我进七处的。"

傅落银看了看时间，虽然已经到了晚上，但是也不算特别晚。

他说："我给他打电话吧，顺带接他回来，我哥那件事先放着，我去查，我爸的性子，如果他藏了档案，也应该放在家里，我回去先找找。"

董朔夜对他的安排毫无异议。

两个人一起下了楼，董朔夜开车过来的，走向停车场的前一刻，他忽然回头，问了傅落银一个问题："对了，林水程知道你和你哥的关系吗？还有你哥上学时，身边有人知道他是傅家人吗？"

傅落银摇头："林水程不知道，他甚至最近才知道我是七处的……至于我哥，他不公开露面也不公开身份，这个从他进 B4 计划时就开始了。我哥身边的老师和同学应该都不了解他的身份。近几年外界也只知道有个'傅家大公子'为了搞科研特意去江南分部追随杨之为，但是没有一个人知道我哥其实姓楚。这些事情涉及机密，我们家的人心里都有数，我哥也不是那种会违反保密协议的人。"

他们这样的家庭，一旦决定要隐瞒家人身份，那么是没有人能查出来的。楚静姝年轻时见过她闺密的儿子被绑架撕票的案件，这种悲剧就发生在她身边，她从此坚决要求将自己的儿子保护起来，对于楚时寒尤甚。

后边楚时寒进了 B4，连见个老同学都要打报告，这样的环境下，他也没有主动暴露家人身份的必要。

而傅落银作为第二代抛头露面，是因为他已经是傅氏科技的董事长，他现在是傅家的门面。普通人要查，在他的人物词条里，甚至都查不出他还有个哥哥。

董朔夜若有所思："明白了。"

车辆驶入暗夜的光流中，董朔夜伸手拨打了一个系统内电话："喂？去查一个人，名字叫林水程，我需要知道他大一到大四这段时间的人际关系，还有，要再次确认，他和楚时寒是否具有认识或认识以上的任何关系。"

那第一个电话让他疑心起来，但是第二个电话并未完全抹除他的怀疑。

因为过于巧合——巧合得如果这件事不发生，他根本不会怀疑林水程。

董朔夜是更多凭直觉办事的人，这种思维方式也来源于他过目不忘的记忆力。每天，他都会接收到许多有用的或者无用的信息，当这些信息在脑海里根深蒂固时，潜意识的逻辑思维会将它们组合在一起，暗示他最终的答案。

楚时寒遇刺事件的调查档案上的不精细之处，就是他将"林水程是杨之为的学生"组合进来之后发现的。

"林水程、楚时寒、傅落银。"董朔夜低声喃喃，"这件事真是越来越有意思了。"

林水程坐在医院长廊里，独自摁着手机。

搜索条目"警务处立案两年后重新进行社会调查""警方调查重启条件"……

显然这样的信息不可能被他搜索到。

过了一会儿，他仍然一无所获，揉了揉眼睛后，删除光标里的所有内容，改为搜索一个日期。

2332.11.29。

这个日期迅速检索到了一大堆东西，林水程看都不看，直接翻到最末页。

有一个已经无法进入的论坛留下了一张快照，标题是《钻石港码头出大事了，我刚从那边过来，听说有个人路过被打架的误捅死了，现在地方完全封锁了进不去，这真的是飞来横祸……》。

尽管已经对这个标题十分眼熟了，也知道点击的后果，林水程还是习惯性点击了一下。

页面跳出警告提示："无法读取，该页面已过期。"

他深深地吸了一口气，往后靠在长廊的座椅靠背上，闭上眼。

两年前的夜晚，2332 年 11 月 29 日，晚上八点。

电话里传出的声音温暖而富有磁性:"我不认为我们之间的矛盾是不可调和的,水程,我知道你难受,但是我比你更难忍受我们现在的状态。等我回来了好好谈一谈可以吗?我现在在海上,信号不好,大概两小时后过来找你。"

那边风声很大,能听出是在海上,还有海浪的声音。

林水程说:"我不会转专业,更不会放弃读研,我不想我的研究止步于本科。你如果非要我答应,你可以选择不继续资助我。"

虽然这样说,但是两边都没挂断电话。

就在林水程说出这句话之后,他第一次听见,也是最后一次听见——这个总是宽和、温柔、稳重无比的人,声音居然有些颤抖:"就两个小时,水程,你应该知道我比你更想两个人一起做研究,我们两个是最合适的科研搭档。你等我,我马上过来。"

他挂断了电话,然后捏着手机,等了一天一夜。

他那时候并不知道,有一个人会突然从他的世界里消失,如同蒸发在空气中的水。没有留下任何痕迹,也不曾来向他告别。

林水程偶尔会觉得时间压根儿没有流逝,因为不管过去多长时间,他总是在重复这个动作:等待,却又不知道自己在等什么。

"怎么又在外面吹风?"

林水程半闭着眼靠在椅背上,忽然感觉他身后走来一个高大的男人。

与此同时,男人把一个简单的学生书包放在了他身边:"东西丢了都不知道,打电话打到别人那里去了。"

旁边偶有路过的学生看他们。

林水程睁开眼,望见傅落银从他身后走到他跟前来,对他说:"回家吧,好学生,你看你都快睡着了,回家去睡。"

林水程乖顺地站起来，安静地抱着书包，跟在他身边。

"困了？在想什么？"

林水程不告诉他。

傅落银渐渐习惯了他这样的沉默——跟猫互动永远是单方面的，他自己撸猫撸舒服了才是正事。

35

傅落银明天难得没有会要开，他打算翘个班——反正他从来不打卡。林水程也不用早起，星大明后两天是学生节，差不多是有假可以放的意思。

两人都不急着睡觉。

傅落银低声说："好学生，好不容易有一点休息时间，打游戏吗？"

林水程瞅他："什么游戏？"

傅落银："斗地主。"

这是他、苏瑜、董朔夜的保留项目，就是图个放松，每次隔空打牌之后，每个人会各自核对一下分数，然后按照比例发红包，彼此戏称是以后被老婆管账时的小金库，尽管他们仨里没一个拥有正经对象。

林水程听他这么解释之后，瞅了他一会儿，低头继续看文献："没有技术含量，无聊。"

"你打连连看我还没说呢，嗯？"傅落银揶揄他，"连连看挺有技术含量？是不是还要算最短路径啊？"

林水程不理他，不过想了想，下载了一个斗地主游戏。

傅落银看他下完游戏，这才发现了一件事——他好像还没有林水程的社交账号。

他和林水程平时联系都是靠手机短信，两年了，两个人也没想过要加个好友。

这就有点尴尬了。

傅落银不知道林水程在不在意这件事——对他来说，林水程自然不会注意这些小事。

但是林水程不一样，林水程很感激他的资助，从不对他索要什么，几乎没什么要求，连他帮林水程调用了七处的计算机，林水程都还没反应过来。

傅落银想到这里，心情有些复杂，也莫名其妙地涌上了一些烦躁。

某种程度上，他是一个情感淡漠的人，偏偏林水程什么都不说，但是默默地什么都做好了，让他觉得心软。

他看着林水程盯着手机登录页面的样子，伸手抢过林水程的手机，嘴上说着："我给你调一下设置吧。"

斗地主哪需要调设置？

他打开林水程的社交平台账号，拿自己手机扫了二维码，点击发送好友请求，然后再用林水程的通过了。

傅落银假装无事发生："来吧，斗地主你总会吧，应该不用教。"

林水程低声说："我爷爷教过我，他还教我打花牌和麻将。"

两个人组队随机分配野人玩了几把，林水程没认真玩，一分钟能走两三把。

傅落银光明正大地看林水程的牌面，作弊赢了好几把，林水程懒得理他。玩到后面，两人都有些困了，傅落银催他赶紧回卧室去睡觉。

林水程认认真真地去看他们两个人的分数对比，因为他输得比较多，所以要给傅落银发红包。他在那里按比例算——傅落银刚刚告诉他，他们的规则是一万分算一块钱，林水程算过之后，又认认真真地给傅落银转了六块八毛钱。

斗完地主后，傅落银眯眼躺了一会儿，没睡着，去客厅抽了支烟。

284

这个时候熬夜的坏处就上来了——胃里空空的，泛着酸，隐隐又有一点灼烧般的疼痛。

另一边，林水程的房门也打开了，看到傅落银还在客厅待着，愣了一下。

"我准备炖点鸡汤，你要一起喝点吗？"

林水程做夜宵，傅落银就坐在餐桌边等饭吃。

屋里有暖气，林水程只穿了一件T恤。小奶牛跟在他脚边，只有几步路也要跟着他走。

这道汤快，也简单，林水程从网上学来的，冷冻鸡腿切开去骨，在锅里带皮煎出鸡油来，随后撒一把椴木香菇中火炒，直到满屋子都是香气。炒完后和鸡腿骨汤一起大火炖，放点姜片和盐，十五分钟就能出锅。这样焖出来的鸡汤会异常香浓。另一边，白米饭也焖好了，热腾腾的。

林水程把汤和饭分开，傅落银喜欢汤泡饭，两个人风卷残云地把一大锅鸡汤喝干净了。

小奶牛在旁边口水滴答，林水程就挑了一些剩下的鸡腿肉，用温水泡淡后喂给它。

两个人都吃饱喝足，才又各自真正睡去。

两个人睡下的时候已经快凌晨了，第二天又不约而同睡到了正午。

傅落银起得比林水程稍微早一点，叫了外卖来家里，等林水程起来吃。

林水程起床穿衣时，傅落银收到了一条通知，是上级派发的关于学术调查的，他看了一眼之后，对屋里说："我先出门了，明天再回来。这边有点事。"

林水程刚穿好衣服走出来，看了他一眼，"嗯"了一声。

傅落银顿了顿，随后说："这些天你们院里有什么动向，可以跟我说一说，你自己注意收敛锋芒，受委屈了就跟我说。七处我帮你兜着底，如果还有人不长眼撞上来，不要让自己吃亏。"

林水程又"嗯"了一声。

林水程吃完饭后，想了想自己没什么事，照常去了学校。

他按照习惯，先看望了一下许空——许空身体快好了，住院这么久，顺便检查出了一个良性的瘤，等待手术切除。

许空感叹道："我直系的几个博士生都没你来得勤快，这几天护士都认识你了。"

林水程只是安静地笑："是我应该做的。"

许空突然一拍脑袋："对了，你看我在医院待久了，脑子也钝了，你那个评审资格通过了没有？"

林水程被他一提醒，这才想起来打开邮件看看——他忘了清查邮件，点进去第一封邮件就是昨天凌晨发过来的。

"诚邀您加入《TFCJO》评审委员会……"

他把邮件给许空看，微微笑起来说："过了。"

许空很高兴："可以的，这个可以的！好好干。"

许空虽然是推荐人，但是他自己并不是《TFCJO》评审人，联盟核心期刊的评审人及推荐人的选用是两套不同的运作体系，以防止学术包庇行为发生。推荐人都是每年所有大学联合评选出的专业前二的学科研究者，而后由这些人来投票决定评审人是谁。

投票结果是匿名的，推荐人本身也不会知道自己推荐的人是否通过，除非被选上的人主动告诉他。而评审人之间也是匿名交流，互不干扰，互相不知道对方是谁。

不过，规矩是死的，人是活的。就算评审会人选不透明，其他人多少也能从论文通过率和论文质量上猜出点什么。像不同的派系，或者派系本身的小分支内斗，以及某些评审员的偏好和退稿风格，基本都被摆在明面上,能看出来并加以分析。

《TFCJO》以理论为主,评审成员大多数来自旧欧洲分部理论派系,也就是沈追、余樊的派系。

许空把林水程推荐进去,某种意义上也是为他和杨之为这一派系安插了人手。

林水程注册评审的代号是他自己取的,按照传统使用了拉丁语。很快,官网评审人员列表刷新出了一个新的名字:Vixerunt。

这个小变动会成为今天学术圈茶余饭后的一个小谈资,每一次有新的评审员加入,总会有人试图扒掉他的马甲,这似乎成了某种趣味仪式。

有的人马甲很好扒,比如使用"Veni Vidi Vici"(拉丁文:吾见,吾至,吾征服)这个名字的人显而易见是个恺撒迷,而后能顺藤摸瓜地扒出某某院系科研所大佬的桌上总有一个恺撒小铜像。

星大最顶尖的那一批学生也会跟着猜一下。

星大的学生组织,除了校学生会,还有一个规模颇大的"再被退稿就自杀"社团,专门探讨科研期刊、论文发表、考研选择等学术内容,属于信息资源互换小组。因为其选人条件非常严苛,也有一个别称是"学神也会被退稿小组"。

"哦噢,有意思,今年又有新评审员了,走掉的是谁?"

"'Deus ex machina',如有神助,说实话我挺喜欢这个评审代号的,总给我一种幸运A的感觉……但是我总被这个评审员退稿。"

"确实,'如有神助'的退稿率太高了……新的评审员不知道怎么样。"发言的是个化学院学生。

"啊……退稿率高吗?我跟着导师一起投稿的,怎么感觉过稿率还可以啊。"另一个人发言了,又补了一句,"我导师是罗松教授。我这么说是因为几篇论文都挺水的哈哈哈——我是说,相对来说。理论领域都是新瓶装旧酒嘛。"

"谁知道呢，这种东西看命。也可能是你们纯理论太惨了，有特别关照？"

这时，突然跳出一条新发言。

"内部消息：这个 Vixerunt 的担保方是我们学校，新来的这个评审员应该是我们学校的老师。"有个学生会干员发言了。

"哪里来的内部消息？"剩下人纷纷追问，"那我们以后岂不是可以抱大腿了？！激动！！报告评审员，我们不想考试了！我们都想免试！！求求了，让我们过稿吧！！我快考研了，我想在好多所学校间反复横跳！"

韩荒冒泡："不知道是谁，但是他出现在了今年学校年末的荣誉清单里，我们学生会将负责把他添加到校史博物馆的人才选项中。我刚做年末登记的时候发现的。"

群里一片"哇哦"声。

还有人插嘴道："V 什么，这个单词怎么读？"

韩荒："Vixerunt，这是一个典故，古罗马时，西塞罗在元老院的支持下处决了叛乱者，对罗马人民宣布了这个词。"

韩荒："这是拉美语系动词'生活'的完成时的第三人称复数，用生来阐述死，翻译过来是……'他们已经活过了'。"

第六章

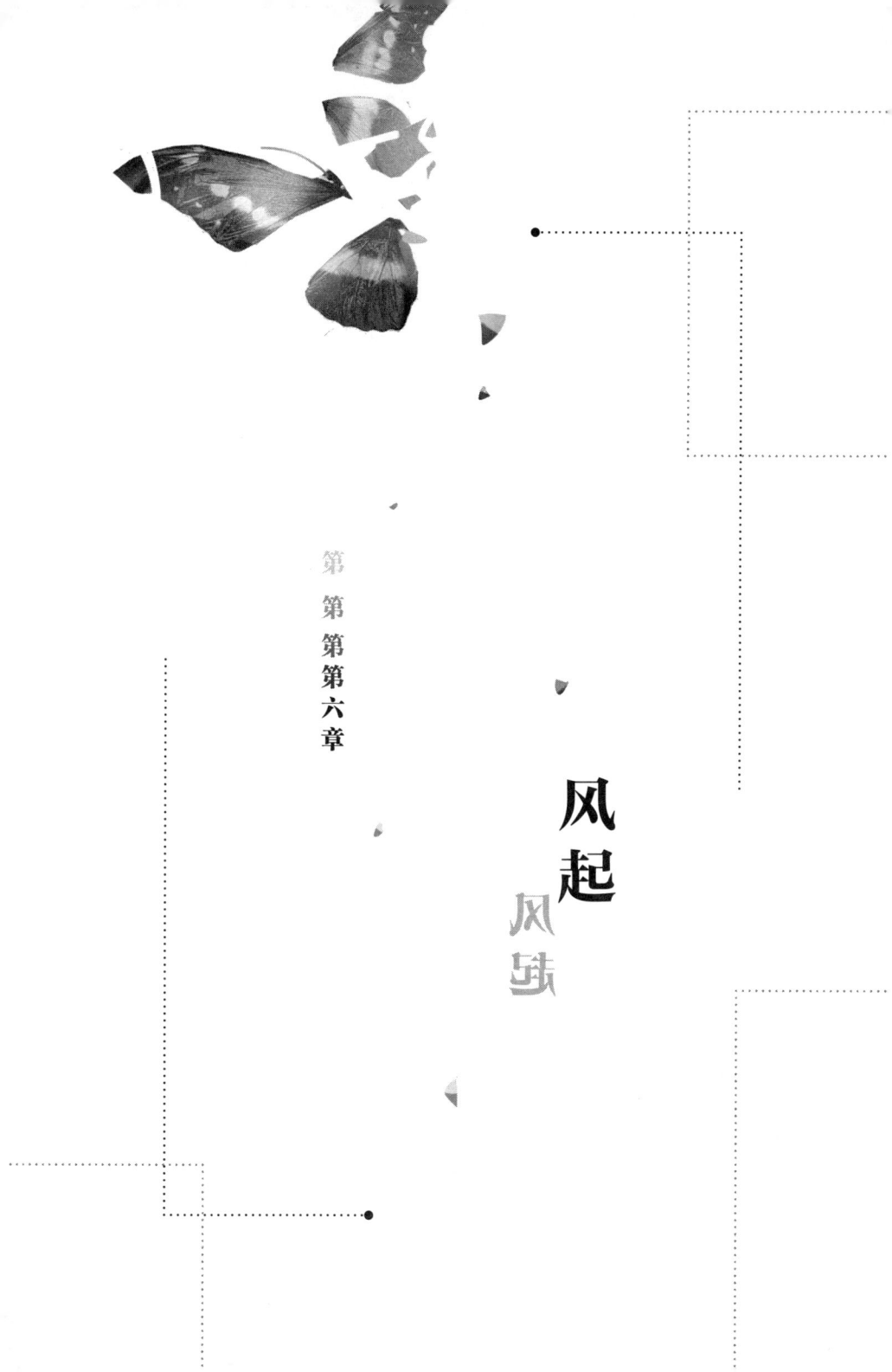

风起

36

沈追、余樊被撤职之后，数院的院长位置一下子就空缺了出来。

按照惯例，院长从现任副院长中提拔，数院目前的副院长一共三人，许空、杨申和罗松。

许空当初空降来星大，直接拒绝了院长职位，接下来的这次评选，基本等同于弃权，剩下杨申和罗松两人竞争。

而这次评选结果如何，不太好说。

杨申近几年更专注于带学生，论文发表和科研立项稍微少了一点，罗松论文成果倒是多，但是他同时带两个院系的课——数院和化学院，其中化学院才是他的重心所在。两人旗鼓相当，难以定论谁会成为院长。

对于现在这样的情况，星大学术圈内的人心照不宣的一件事是——这次院长评选，表面上是两个人的竞争，背后却是两个学派势力的较量。

余樊学术造假被撤职的事情依然拥有极高的讨论度，不断有人深挖数院这次事件背后的学术争端，各方势力都有。

有其他学院的博士生导师公开发言："旧欧洲分部派系虽然出了一些学术败类，但是还有更多优秀的学术领头人，我们偏重于理论，但绝不是死守着老古董过日子的学派，星大数院不能失去理论的支持，如果所有人都为了赚钱而去研究前线工具，那么百年后、千年后技术停滞的时候，才是我们真正的末日。"

理论派再一次受挫，而更多的人则把视线聚焦在背后的八卦上。

几天前，有好事者发表了一篇热度极高的指向性论文，深入揭露了学术圈内一些事情，条条详尽到派系矛盾的根源，号称工具派和理论派的分歧可以追溯到奥本海默时代，并且列出了全联盟高校的八卦，比如A大学和B大学势如水火是因为抢夺科研人才，而该科研人才换了无数个老板之后，带着一堆机密数据和创新研究自己当了老板，接着做自己的项目，其间造成的隐形亏损高达千亿元，直接导致联盟国防某些项目停滞，从而被学术圈彻底封杀。

…………

这些爆料内容真实可靠，不过很快就被各方势力压了下去。尽管表面风平浪静，但各方精神上已经高度紧绷。

北美分部，夏家。

"宝贝，爸爸妈妈已经帮你联系了星大那边的人，但是这次有点困难，知道吗？你要是在这边念书，想去哪里，我们就能给你弄到哪里去，但是星城那边已经没什么我们认识的人了，爸爸妈妈也只能努力帮你找找关系。之前认识的那个余樊……他把自己作没了，剩下一个罗松，看他能不能成，但是要看下个月的竞选结果。"夏妈妈坐在沙发上，语重心长地对夏燃说。

她已经不年轻了，但是保养得很好，浑身上下十分精致，一副雍容华贵的样子。

夏燃正半跪在书房地板上，翻找自己要用的学习资料和工具。他不说话，只是埋头找，翻出了几本书，还有几盒旧颜料。

高中时的画材还剩下一半，可是过去了这么久，他把它们从箱子里拿出来的时候，剩下不用的依然光洁如新。画笔洗得干干净净，颜料管拧好盖子归位，这些是他们高中那个时候最好的颜料，即使放在现在也是有口皆碑的牌子。

"我说你……哎，怎么非要考星大呢？"夏妈妈面带愁容，"又那么远，没人能照顾你……那边关系也找不到，你要不要……"

"妈，我就不能自己考进去吗？"夏燃的声音闷闷的。

夏妈妈愣了一下，随后笑道："你这孩子，妈妈知道你肯定有这个实力，可是有关系的时候就用，别这么傻呀。"

她看了看夏燃，片刻后，放低声音问道："宝贝，你是不是因为那个……小傅啊。我之前听你白阿姨说，小傅调回星城工作了，现在七处和傅氏科技两边抓着呢……"

他抱着画材站起身来，放回书桌上，脸色有点不悦："跟他没有关系，我只想回去念书。"

夏妈妈讪讪地说："念书好啊，念书肯定好。你这孩子，又没说你什么，怎么这么冲！正好欧家把他们闺女送过去了，你现在过去也能有个照应嘛。"

夏燃在旧北美分部念完的大学，中间跟着人玩过摇滚乐，当过刺青师，正是二十四五岁的年龄，同龄同学进了社会工作，他却有资本——作为夏家最受宠的孩子不那么努力。

事实上，他只要付出半分努力，就能比其他人更加闪耀。夏燃在绘画上是有天赋的，即使高三后半学期那样困难迷茫，他不复习也能通过星大、星美、设计学院三家顶级美术院校的专业课考试，最终却折在了文化课的分数上。

后面他复读一年，再加上夏家在北美分部发展，走了特招的渠道，进了北美分部的美术学院，读的设计系。

夏燃坐在书桌边，开着台灯，外边的天色从烟青色变为深黑色，他面前的书却没有翻过一页。

他发了很久的呆，随后打开手机，看群里的最新消息。

傅雪："燃燃，你要回来了？"

其他人纷纷冒出来惊呼。

"什么？发生了什么？燃燃要回来了！"

夏燃说："嗯，在复习，想考星大美院。"

傅雪："还用考吗？你先回来备考，我帮你联系一下人，应该可以操作一下透题给你，完全没有什么好怕的！你打算什么时候回来？"

群里其他人也纷纷冒出来刷屏，不出五分钟，这群人连夏燃回来时去哪里接风洗尘都想好了。

夏燃看了一会儿，退出群聊界面，然后点开了一个人的头像。

傅落银的头像就是默认头像，一个灰色的小人，以他的性格，他不会搞什么好看的头像。

夏燃在对话框里输入"我过几天回来"，片刻后又摁了删除键，把脸埋在手中，深深地吸了一口气。

林水程加入评审组的第二天，禾木雅的保镖徐杭再次联系了他："林同学吗？"

林水程说："是我，有什么事吗？"

"哦，是这样的，我是来提醒一下您，记得把报告内容整理一下，走一下流程，上报到禾木雅这里，不要忘了，项目奖金有三百万元呢。"

林水程想了一下："这个不应该是学院或者……七处走流程吗？应该不是我个人上报吧。"

"就是您个人，七处那边表示只提供了器材，功劳是您的，学院那边暂时也没有意见。这个报上去后走一下流程，不止有项目奖金，这也是可以记联盟个人一等功的。"徐杭说，"您可能不太清楚RANDOM

相关调查的重要性，您只需要知道，这个犯罪团伙的追查优先级也是很高的，对方的手段——仅仅是科技手段，您应该心里有数。"

林水程："我明白。"

能精确到原子级别的堆砌复刻，对方一定会是联盟政府的大麻烦，至少说明对方掌握了非常先进的技术。之前就已经有人提过，这是星大的矿泉水项目，却绝对不是警务处一科的矿泉水项目，量级只会只重不轻。

"也是这个原因，虽然您的研究成果很漂亮，但是希望您不要将其发表或投稿，以免被 RANDOM 和其组织成员盯上。虽然您的研究成果无法见报发表，但这是出于对于您人身安全的考虑。"

林水程："我明白，谢谢。只是我最近还有一些事情要忙，可能要两周后才有空整理，可以吗？"

"这个不急的，完全看您意愿。"徐杭说，"有什么事情，您依然可以随时联络我这边。祝您生活愉快。"

林水程最近很忙，自从上次小组组长欧倩被取消资格，他就成了组长，负责后续的立项调查。

这次剩下的组员很配合，他给了思路和框架，安如意和吕健尽心尽力地跑数据，徐梦梦则负责一遍一遍地核对、组合、纠错，小组合作空前和谐，也都是加班加点进行研究。

除了联盟的这个项目，还有最近的《TFCJO》审稿。

林水程在这方面完全还是个菜鸟，他本科时期虽然跟在杨之为身边，但是没有机会接触审稿系统，因为这些机会是给博士生的，他作为本科生，没有这样的机会。

每个博士生基本都会遇到老板把稿件丢给自己审的情况，对于杨之为，他习惯把一些看一眼就知道需要拒稿的稿子丢给自己的博士生审阅，并要求学生给出审阅意见。这样做既减少了工作量，又能锻炼学生。审稿人是荣誉身份，没有工资，杨之为还会倒贴钱给自己的博士生，当作他们的审稿工资。

联盟中对于学术期刊水平有一个统一的衡量标准，即 IF 值：前两年该期刊出版的文章在第三年被引用次数的总和，除以前两年该期刊出版文章的总篇数，一般来说，IF 指数大于 1 表示引用率较高，而 IF 值越高，也代表这本学术期刊的影响力越强。

《TFCJO》的 IF 值是 7 左右，而当年杨之为经手的基本都是 IF 值大于 10 的期刊的评审任务。

林水程没有审稿的经验，对于他来说，这是一次不小的挑战。

很快就有稿件被分配给他审阅。《TFCJO》的评审分为一审、二审、三审三个阶段，一审会有三个评审员分别给出意见，决定稿件的去留，这些评审意见也都会在评审领头人那里过一遍。

《TFCJO》官网排行最靠前的评审员名叫 Sinemora，翻译过来是"不再迟疑"，他已经在评审会待了十四年，至今没有人能扒下他的马甲。他的用稿风格和评审意见都让人捉摸不定，但是他被普遍认为是水平最稳、知识面最广的一位评审员，他精通化学、物理、数学等多个领域，在理论方向和实用工具方向都能给出稳准狠的意见。

许多人曾经怀疑"不再迟疑"是杨之为，不过林水程知道杨之为不是。

晚上，傅落银回家时，就看见林水程在那里咬着电子笔审稿子。

林水程把稿件投影到电视上了，关掉周围的灯，屏幕上的页面就非常明显。

傅落银进门一看就随口"哟"了一声："在审稿子呢。"

他一眼就看出了《TFCJO》内部的标志水印——傅氏科技每年要和无数 IF 值大于 10 的期刊进行对接，在无数篇论文中寻找他们所需要的人才和研究方向。《TFCJO》近年发表的文章在 AI 和 CV 领域有所建树，傅落银对此很熟悉。

林水程端着一碗炸薯片，一边吃一边看，会顺手记点资料下来，也没理他。

林水程白天审了两篇稿子，写了很多修改意见，恨不得密密麻麻，正在审第三篇的时候，页面上方却突然弹出一条信息："您的评审意见有新调整。"

林水程点进去一看，发现他白天写给两篇稿子的修改意见被标红、删改了几处，而且几乎是大改——直接把他的四百多个字的意见删减到一两句话，有些意见整合了新的意见单列出来，而有些意见直接被省略了。

等于说，林水程的修改意见只有不到20%被采用，这还只是其中一篇。

另一篇是林水程待定保留的稿件，对方直接把他的修改意见换成了"拒绝"。

林水程看到满眼的红色删改痕迹，抿了抿嘴。

他表面上没有什么波动，但是傅落银已经自动脑补出了他内心另一个气呼呼的林水程——傅落银有点被这个想法"萌"到了，不由得笑了笑。

林水程不知道傅落银在笑些什么，瞥了一眼傅落银，而后拖动滑条拉到最下方，看见了修改人的名字：Sinemora（不再迟疑）。

傅落银在他身边坐下，低头叼走他指尖的一片薯片。

林水程炸的薯片撒了椒盐，很香，傅落银一边吃着，一边看前边的屏幕："是他啊，领域主席（area chair/editor）级别的人，你运气挺好的，碰到他指点你。"

林水程瞅他。

傅落银继续搜刮他的薯片："别看我，也别气呼呼的，这个人不比杨之为简单。我进七处前有个硬性任务是发表一篇IF值在5以上的学术论文，我的稿子就是他审的，不过不是这家，而是另一家期刊，他的审稿ID一直都是这个——'Sinemora'，风格也比较固定，虽然有时候比较爱夹带私货，但是其他的没什么说的。"

林水程重新看了一遍"Sinemora"修改后的意见："我知道他改的是正确的，但是你怎么知道他夹带私货？"

"你以为评审活动是双盲的吗？"傅落银问。

林水程犹豫了一下："……不是双盲的吗？评审委员之间不知道彼此是谁，投稿人和评审员之间也不知道彼此是谁，这样才能保证公平公正。"

"你把这个想得太简单了，理论上是双盲，但是其实很好看出来。"傅落银扬扬下巴，示意他看屏幕上的第三篇论文，"你这第三篇，我不用问都知道是星大化学院的一个杜姓老教授的论文，不是他就是他带的博士，像这种研究，大多数开题阶段就出论文了，能够直接被系统检索出来。现在全联盟在做这个研究的只有他和他的学生。"

林水程愣了一下——傅落银说得还真对，比如他这次任组长的项目，单单是开题就已经发表了论文。有心人只要搜索一下，立刻就会知道谁在进行这个研究。

他垂眼思索了一会儿，轻声说："那也是单盲选择，投稿人不会知道我们是谁。"

傅落银说："这有什么难的，学术圈里该猜的都猜出来了。这个'Sinemora'，你知道是谁吗？"

林水程又瞅了他一会儿，然后说："不知道。"

"他的名字是金·李，你应该听过他的名字。"傅落银说。

林水程想了想，立刻有了印象：金·李是混血儿，比杨之为小十岁，但是一样年少成名。他虽然没有世界级的大发现，却在不止一个领域内打破了停滞的研究，他的风格十分新锐、硬气，林水程在一次 CVPR 会上见过他——CVPR 是学术界三大顶级会议之一，金·李一个人带领的团队已经连续五年斩获了最佳论文奖。

而金·李本人也贡献给了学术圈许多惊天大"瓜"，林水程没有仔细了解过，只依稀记得这个人似乎特别讨厌杨之为。

金·李带的学生都必须遵循一条不成文的规定：但凡杨之为的论文，不允许引用。

学术圈的人差不多都知道这条规矩，杨之为只是一笑置之。

如果 Sinemora 是金·李，似乎实至名归，林水程并不意外，但是他不知道傅落银是怎么得出这个结论的，他探询地望向傅落银。

傅落银摊手："我说了他爱夹带私货，这个人出了名的偏心护短，他早年审稿的修改意见发给人家时，建议查阅的文献里十条有八条是他自己的，就是为了提高自己论文的被引用率。不过后面他不那么干了，渐渐也没多少人记得了。十四年前的《TFCJO》还没有现在这么重要，很少有人会注意，但是我因为工作会接触调查。"

林水程听完他的话后，打开手机搜索了一下金·李的词条。

他低声说："他是旧欧洲分部的人呀。"

并且似乎是领头人级别的。

旧欧洲分部派系近年来和旧北美分部派系差不多势如水火，抢资源抢得正上头。单从名画鉴定案在星大发生的风波，就可见一斑。

林水程不是不知道这些事情，只是他并不感兴趣。

学术圈多的是为抢 idea（指学术方面的思想、概念）、研究意见而吵架、竞争的事情，林水程大二时曾见一个五六十岁的教授在峰会上被毫不客气地指着鼻子反驳，言辞很激烈，甚至一度无法收场。

那时候他身边的人跟他讨论，觉得这样未免闹得场面不好看。

但他其实并没有觉得有什么不对，他想了想，或许自己五六十岁时，不会介意在大庭广众之下被指出研究方向上的缺点；同样，他也不会是为了顾全场面而选择沉默的人。

林水程沉默了一下："这个期刊评审员的位置……是许空老师推荐给我的。"

他似乎斟酌了一会儿，接着转头来看傅落银："我不知道是不是应该……"

他的声音小了下去，眉头又皱了起来。

傅落银再次脑补了一下一脸委屈的林水程——接着又从他指尖劫走一片刚拿起来的薯片，问他："你觉得他们把你安插进来，或许是为了今天或以后的派系斗争？"

林水程沉默着，没有说是，却也没有否认。

他不太喜欢这样的感觉，尽管对方是他的恩师，也和他最敬重的老师站在一起，但是他并不喜欢这件事。

"评审员的准则就是客观公平、避免利益冲突、简明扼要、有建树性、不要吹毛求疵，这是一件非常简单的工作，你的想法没问题，是这个环境决定了这样的情况。或许你的老师们压根儿没想那么多，他们只是觉得这是个锻炼你的机会而已。"

傅落银开始拿那片薯片勾引角落里的小奶牛："但是说白了，这世界上没那么多清白中立的人。利益不同的人站到了一边，你和其他人自然就会被划分到另一派里去，这就是人的社会属性，你无法避免。没有这个属性，不能对你造成任何影响，有的话也不应该对你造成任何影响。"

他看着林水程笑："我是不太能想象你偷偷摸摸在修改意见里加上自己的论文名，要对方引用的样子。你说呢？"

林水程抿起嘴："我不会这样做的。"

"那不就成了。你不用管那个 Sinemora 到底是金·李还是银·李，好好审稿,注意休息,这就是了。"傅落银把薯片放在一张废纸上,俯身放在地上往小奶牛的方向推了过去。

这只猫绕着薯片嗅了嗅,随后不感兴趣地跑走了,傅落银只好起身走过去,把薯片和废纸收回来,一起丢掉。

林水程于是继续看稿子,把 Sinemora 修改过后的意见和提供的参考文献都记了下来,之后尽量按照示范思路提升自己的审稿思路。

傅落银看他没有钻牛角尖了,于是也放下心来,开始斗地主。

林水程摸了摸薯片碗,空了。

傅落银回来之后就一直在吃,这么一会儿,一块都不剩了。

林水程:"……"

他把空碗塞进了傅落银手里,什么都不说,继续看稿子。

傅落银瞥他,他于是也回以视线,一动不动地盯着傅落银。

傅落银:"……"

傅落银举手投降:"好好好,我再去给你炸一碗。"

37

傅落银果然乖乖去给他炸薯片了。

他厨艺没有林水程好,看见林水程还有一盆泡好的土豆片,也没管太多,直接下锅炸了。他知道林水程喜欢油少的,捞出来沥干后还用吸油纸吸了吸,干干爽爽热腾腾的,给林水程送过去了。薯片上边撒了椒盐孜然,香气四溢。

林水程遇到的第三篇稿子内容和他专业方向不太对口,查资料、理解模型的过程更加漫长而吃力,他揉了揉眼睛,摸了一片傅落银送过来的薯片。

吃完后才发现傅落银在旁边瞅着他,像是等待着被表扬一样。

林水程思索了一下,说:"没有我做的好吃,你没焯水。"

"哦。"傅落银就把碗抢了回去,自己优哉游哉地吃了起来。

林水程继续看稿子,看了一会儿后,无比自然地把手伸过去要拿薯片,结果手被傅落银拿开了:"我的薯片难吃,你不许吃。"

林水程:"哦。"

他把手缩了回去,看样子不动如山,是真的没打算继续吃了。

傅落银一看这还赌上气了,赶紧挑了一片薯片送到他嘴边:"吃吃吃,幼不幼稚啊你,跟我较这个劲儿干什么!"

林水程不理他,张嘴吃了。

他在这边看稿子,傅落银就喂猫似的,这边打着斗地主,想起来了就给林水程喂一片薯片。

林水程正好用电子笔写字,两手都没空,也省得拿了薯片后再擦手,他喂就乖乖吃。

傅落银觉得林水程跟猫太像了:"小奶牛是不是你生的,林水程?"

林水程陡然听见这样惊悚的提问,只是淡淡瞥了他一眼,傅落银很确信,这就是看傻子的眼神。

傅落银打开手机消息,看见有周衡发送来的新消息。

"傅总,您月初要我们送的对接名单发过来了,您过目一下。"

七处要他重启的 B4 计划并不是很简单的事,虽然傅家掌握这个计划的核心科技,但是领军人并不是那么好找的。当年楚时寒能以硕士身份成为领头人,他自己的个人能力只是一方面,另一方面在于他就是傅凯的亲儿子——尽管其他人并不知道这个秘密。

楚时寒去世之后,谁来接手就是一个大问题。傅氏科技涉及的机密太多,一旦泄露,就会危及整个傅氏,所以这个继任的人选非常关键。

周衡发送来的名单上基本都是之前与他们有合作的研究员,基本上知根知底。

傅落银看了一圈儿，给周衡打了个电话："我接手不久，以前的合作业务没我爸知道得多，人选你让我爸看过了吗？他有没有意见？"

涉及机密，他走到客厅外的阳台上。他一走，林水程就自动往后挪了挪，占了他的位置，继续两耳不闻窗外事。

周衡："傅先生看过的，他的意向人选是裴睿教授和樊锋教授之中的一个，说剩下的要交给您决定。"

傅落银又看了看资料："我哥的硕士同学，都是杨之为的学生吗？"

"对的，傅总，我现在就在傅先生这边，您要和他说话吗？"另一边，周衡战战兢兢地把电话递过去——傅凯听他说了几句，直接向他伸手，示意要手机。

"资料我看过了，杨之为和我们也打过不少交道了，也是你哥的硕博导师，这样的话我觉得比较放心。"傅凯说，"裴睿和樊锋的能力都不差，剩下的你决定吧。"

"爸，他们是我哥的同门同学，但他们不是我哥。"傅落银说，"联盟的任务派下去，人家是不能拒绝的，都要吃饭，还真不一定比外人牢靠。而且 B4 需要的是多领域人才，你只考虑师门派系，他们能不能拿住 B4 还是个问题。"

傅凯耐着性子听了后，沉吟片刻："那你觉得呢？还是直接让杨之为过来？你说得有道理，但是咱们家的核心科技一定要谨慎把关，太随便了也不好。"

傅落银说："杨之为不行，他是外空间站那边要的人，七处和联盟安全局都要用他，他没么多时间精力从头带 B4，不过我有个想法，您听听。"

傅凯说："你说，你是董事长和执行总裁，我不干预。"他这话仿佛不是对傅落银说的，而是对自己说的——催眠似的要求自己不干预儿子现在的决定。

"我倒是想用一下旧欧洲分部那边的人，金·李。"傅落银说，"也算是巧，我今天还跟人提过他。"

傅凯这下还是没克制住，怒吼道："胡闹！这人跟我们就没搭上过边儿！怎么能把这么重要的项目交给一个外人？！"

傅落银慢条斯理地说："一个金·李，一个我们的熟人，比如樊锋或者裴睿——具体的，我还要考察一下。B4计划不能再像以前那样，把所有的事情交给领头人，仅仅是出于效率上的考虑，一主一副比只放一个人更好。我哥出事了，项目直接进行不下去，这就是证明。两人合作，也可以互相竞争监督。金·李您没接触过，我是知道的，他除了有点小毛病，业务能力没得说，契约精神也很强，每年都在出成果，不过这人我们不一定请得动，他的行程应该很满，还要接触一下再说。"

傅凯没说话，应该是被他的想法搞得哑火了。

傅落银："那爸您没什么意见我就先下去让人跟金·李教授接洽了，至于另一个人我再找找，我其实不太满意目前这两个人选，我需要从头找起。"

傅凯叹了口气："那就由你决定吧，我也老了，你的想法比我的好。"

虽然这样说，但是傅落银知道，他这位独裁式的父亲已经对他做出了相当大的让步——家族企业，有哪个会真正把设计核心技术的东西给人看呢？

傅凯说："就这样吧，今年过年你回家吗？我今年能回家了。"

傅落银说："我恐怕要去七处基地。"

又是一片沉默。

在傅落银印象里，家里只有一次完完整整过了年，那就是傅凯从

304

江南分部暂时调回星城工作的那一年，那年他初三。

他从此不用两地来回跑，也是那一年，一家人勉强算是团圆过了年。后面傅凯工作又忙了起来，一直没能回家，现在傅凯倒是不忙了，傅落银却忙了起来。

"能回来还是尽量回来吧，家里怪冷清的。"傅凯又说。

傅落银沉默了一会儿："好，我再看看，您注意休息。"

电话挂断了。

另一边，傅凯收敛了刚刚有点克制不住的情绪——人年纪越大，仿佛就越脆弱，也慢慢地更在意那些形式上的东西，比如一家人团圆过个年。白发人送黑发人一回，才知道聚少离多是多痛的一个词。

他整理了一下情绪，而后吩咐周衡说："你可以忙你的了。"

周衡点了点头。

傅凯揉了揉眼睛，去看桌上呈递上来的资料。为了 B4 计划，他们甄选了全联盟所有有作为的科研人，年龄从十八岁到八十岁不等。按照他之前的吩咐，下边的人采集资料时，特意关照了一批年轻学生。

这些年轻学生都是各领域中最优秀的，基本上也是所有导师抢着要的人才，有独立研究课题的能力。

这一批学生中，有个人的名字被他特意圈出来，然后打了个叉。

有句话他没有告诉傅落银，樊锋和裴睿并不是他认为最适合的人选，综合他选人的所有标准，最适合 B4 计划的其实另有其人。

傅凯伸手把纸张放进碎纸机，墨水笔圈出的"林水程"三个字悄无声息破碎湮灭在机器运行的嗡嗡声中。

傅落银打完电话，接着发信息让手下人选人。他坐在林水程身边，林水程抬眼瞅了瞅他，往前让了让，在自己旁边留出一个位置来。

傅落银忽然心一动："……好学生，有个大项目你想不想做？"

他想，林水程或许是一个非常好的人选。

此前他不怎么了解林水程，不过自从他回了星城，搬过来和林水程一起住之后，他才后知后觉地发现林水程不是一般的学霸。听周衡说，林水程之前学化学，后面才转了量子分析系。

既然是杨之为的学生，那就更符合这个标准了。

林水程怔了一下："……没兴趣。"

傅落银诱惑他："跟我一起工作，指不定更方便你做研究啊，七处有两台量子计算机哦。"

林水程："……没兴趣。"

傅落银也不继续闹他，只是想到他转专业这件事，问他："怎么突然转了专业？学化学的话，跟在杨之为手下挺好的吧？"

"为了赚钱。"林水程像是有点困了，声音里也带上了一些睡意，"学化学累，量子分析学起来简单而且来钱快。"

傅落银想了想，又觉得有道理。

林水程缺钱，所以当初才会找傅落银资助自己。赚钱，是一个最简单也最能让人信服的理由，他可以理解。

他知道林水程的弟弟需要靠ICU维持生命。

他接着说："也不用那么累，你要是……要是还想回去，就回去学化学吧，钱的事你不用担心，我会一直资助你的，直到把你培养成……我最信任的左右手。"

傅落银-林水程

相性十二问

采访人：某不知名小粉丝
整理人：沉迷搬砖的不是风动

Questions

喜欢的食物？

林水程还未开口，即被傅落银打断："猫条。"
主持人警告："请勿替别人回答问题！"
林水程："爱好不固定，最近爱吃金枪鱼肉泥煎饼。"
傅落银："这不就是猫条？"
主持人："请勿打断别人的回答！"
傅落银："我爱吃乌冬面。"

请评价一下自己的性格。

林水程："宅，没什么性格，比较记仇。"
傅落银："感觉自己还挺不错的，有时候神经比较粗吧。"

请评价一下对方的性格。

林水程："挺不错的。"
傅落银："小清高，很固执。"

身边人对你的评价是？

林水程："一般人可能觉得我很厉害？有人叫我林神，不过最近挂科的学生比较多，看见很多人开始叫我魔鬼……"
傅落银："工作狂。"

傅落银－林水程

Questions ━━━━━━━━━━━━━━━━━━━━■

两位当室友这么久，认为对方有什么缺点？	林水程："没有什么有印象的缺点。" 傅落银："洁癖！整理癖！"
你对对方印象最深的一件事是？	林水程："对猫唱歌。" 傅落银："每一件事都令人印象深刻！"
对方做什么会让你感觉没辙？	林水程："对猫唱歌。" 傅落银："过去的事就不要再提了——他开启学霸模式时会比较让人没辙。"
对方有什么癖好吗？	林水程："对猫唱歌。" 主持人警告："请勿重复回答！请组织方检查被采访人是否使用复读机。" 傅落银："做饭，打游戏。" 林水程："我没有使用复读机。不能重复回答的话……唱歌吧，他喜欢唱歌并且老跑调，还有斗地主。"
还有计划养猫吗？	林水程："没有了，小奶牛和小灰已经很让人烦了。" 傅落银："养！"

相性十二问

Questions ━━━━━━━━━━━━━━━━━━━━━━━━■

二位平时吵架吗？　　　林水程："有，看上个问题。"

　　　　　　　　　　　　傅落银："不吵架。我脾气比较好，一般都让着他。"

采访一下小奶牛和小灰猫近况。　　　林水程："一切都好，身体健康，小奶牛有点胖了，在计划给它减肥。小灰猫恋爱了，不过无疾而终。"

　　　　　　　　　　　　傅落银："小奶牛最近比较粘人，不过它总喜欢让人给它挠痒痒，不知道哪里痒，是不是生病了，口味上喜新厌旧，已经吃腻了猫罐头猫条等一系列猫零食，我还在想办法给它找新口味的零食。小灰的话，我挺担心它得抑郁症的，因为它暗恋的隔壁家母猫已经有老公了，还有……"（以下省略八百字）

　　　　　　　　　　　　主持人："切下一个问题。"

有什么话想送给对方吗？　　　林水程："注意身体。下班后记得买湿纸巾带回来，家里的用完了。"

　　　　　　　　　　　　傅落银："早点休假吧小林老师，今晚想吃乌冬面。"

图书在版编目（CIP）数据

全世界都在等我们 / 不是风动著 . — 广州 : 广东旅游出版社 , 2021.2（2021.5 重印）
ISBN 978-7-5570-2413-0

Ⅰ . ①全… Ⅱ . ①不… Ⅲ . ①推理小说—中国—当代 Ⅳ . ① I247.5

中国版本图书馆 CIP 数据核字 (2020) 第 266741 号

全世界都在等我们
QUAN SHI JIE DOU ZAI DENG WO MEN

出版人：刘志松
责任编辑：梅哲坤

广东旅游出版社出版发行
地址：广州市荔湾区沙面北街 71 号首、二层
邮编：510130
电话：020-87347732
印刷：河北鹏润印刷有限公司
（地址：河北省沧州市肃宁县工业聚集区）
开本：880 毫米 ×1230 毫米　1/32
字数：250 千
印张：10
版次：2021 年 2 月第 1 版
印次：2021 年 5 月第 2 次印刷
定价：48.00 元

【版权所有 侵权必究】

如发现图书质量问题，可联系调换。质量投诉电话：010-82069336